걱정 마,
시작이 작아도
괜찮아

스물넷 파견 계약직 비서가 홍콩 금융계에 입성하기까지
슈퍼울트라파워 로즈의 성장 이야기

걱정 마,
시작이 작아도
괜찮아

서은진 (로즈) 지음

Work hard in silence, make success be your noise,

위즈덤하우스

Part 2 나의 첫사랑, 홍콩

Part 3 홍콩에서 비상하다

Part 4 새로운 무대, 세계

인생의 결이 같은 사람들끼리는 어떻게든 만나지는가 봅니다. 제가
중학생이던 90년대 중후반, 조안리님의 자서전과 비즈니스 관련 책
들을 보며 한비야님을 알게 되었습니다. 그때 이미 사회적으로 큰 획
을 긋고 있던 두 분을 만나는 과정은 참 신기했더랬지요. 로즈님도
그랬습니다. 꿈에 관한 이야기가 가득한 어느 블로거의 포스팅에서
링크를 따라갔더니 홍콩에서 일하는 로즈님의 이야기가 있었습니
다. 이렇게 앞서가는 누군가의 이야기를 듣더라도 조바심이 나질 않
았었는데 이상하게도 그녀는 달랐습니다. 저와 나이가 같은 사람이,
전혀 다른 곳에서, 나는 한 번도 하지도 않았고, 해본 적 없는 생각들
로 가득한 인생을 산다는 것이 신기하기도 하고 질투도 났었지요.

로즈님이 홍콩에서 일하고 있을 당시 저는 이미 두 아이의 엄마로 살고 있었기 때문에 회사 생활에 관한 이야기들은 너무나 까마득했고 낯설었습니다. 정신도 없고, 나 자신도 없는 육아에 지친 채 너덜너덜해진 모습으로 밤늦게 겨우 짬을 내어 그녀의 포스팅을 읽고 있을 때는 스스로가 한없이 초라한 느낌이었지요. 그렇지만 사실 그녀의 포스팅은 일상에 지친 저에게 돌파구와도 같았습니다. 누군가에게는 도전에 관한 부분이나 취업에 관한 상세한 내용이 더 공감 가는 이 책에서, 전업맘이, 그것도 해외 취업과 관련된 글을 통해 무엇을 얻을 수 있겠냐 싶지만 사람 사는 곳이 다르고 환경이 달라도 돌아가는 구조는 똑같습니다. 그녀가 말하는 우선순위에 따른 일 처리는 살림과 육아에도 적용되며, 조직 내에서의 인간관계 역시 아이가 다니는 유치원이나 학교의 학부모 모임에서도 충분히 겪게 됩니다. 그녀가 이야기하는 팀워크나 리더의 자세 등은 봉사 활동을 하면서 더 뼈저리게 깨달았지요. 이러한 내용들을 통해 생각을 전환하고 다양한 시각을 가질 수 있게 된 것만큼은 분명합니다.

사실 이 책에는 성공담만 있는 건 아닙니다. 그녀는 깨지고 다치고 넘어져도 보면서 조금씩 성장하고 있는 모습을 솔직하게 보여줍니다. 그녀의 모토는 늘 함께 성장하는 것입니다. 그렇기 때문에 바쁜 와중에도 꾸준히 강연을 하고, 도움이 될 만한 내용의 포스팅은 공유도 하는 것이겠죠. 그렇다고 그녀만의 방법을 강요하지도 않습니다. 그녀는 여러 가지를 시도해보고 결과를 내면서 때로는 내려놓기도 합니다. '끝까지 버텨라, 포기하지 마라, 무조건 앞으로 나아가라, 살아남아라'라는 기존의 많은 책들이 이야기하는 내용과는 비교됩니다. 그렇기 때문에 그녀가 이야기하고 싶은 것은, 결과를 쉽게 판단할 수 없는 인생이라는 긴 게임에는 승자도 패자도 없다는 것, 그보다 중요한 건, 후에 만들어질 결과를 위해 그저 오늘 하루를 열심히 최선을 다해 사는 것. 이것이 참 표가 안 나는 일이라도 어느 순간 어떤 결과로 우리에게 다가온다는 점입니다.

그녀의 이야기에 많은 사람들이 공감하고, 함께 울고, 웃었습니다.

또다시 마음을 다잡고 마음에 희망과, 스스로에 대한 믿음을 더 키웠습니다.

저 역시 그런 많은 사람들 중 한 명입니다. 이 책을 접하는 당신도 그랬으면 좋겠습니다.

—알리스 까르페디엠/박지민(블로그 이웃)

직장 생활에 어느 정도 안정감이 느껴지는 순간이 왔을 때 회사라는 곳이 어떻게 돌아가는지 조금은 알 것 같았고, 매일 처리하던 업무의 속도가 빨라지고 수월해졌다고 느껴져서 잘못하면 매너리즘에 빠질 것처럼 조금은 아슬아슬했던 어느 날, 홍콩 여행 후 우연히 만나

10

게 된 로즈님의 블로그는 조금씩 안주하던 제 삶 속에서, 오랜 꿈이었지만 어느새 잊고 있었던 글로벌 커리어 우먼이라는 목표에 대해 다시 한 번 생각하게 해주었습니다.

지금의 나는 이대로 괜찮은 걸까, 행복한 걸까 스스로에게 물어보았고, 그 의문에 대한 해답을 찾지 못해 용기를 내서 다시 한 번 꿈에 가까워지기 위한 긴 여정을 시작했습니다.

그렇게 가슴 뛰던 날로부터 지금까지 오랜 시간이 흘렀습니다.

블로그를 통해 꾸준히 공유된 로즈님의 시선과 생각 속에서 많은 영감을 얻었고, 이를 바탕으로 저만의 플랜을 만들어 하나씩 실행해 나가게 되었습니다.

그녀의 성실하고 긍정적인 에너지는 그렇게 제 삶의 많은 부분을 바꿔주었습니다.

그 결과 저 역시, 그토록 꿈꿔왔던 독일이라는 곳에서 새로운 환경과 문화, 다양한 사람들과 마주하며 소통할 수 있는 인생 최고의 시간을 보낼 수 있게 되었습니다.

이 책에는 서은진이라는 한 사람의 브랜드를 타 브랜드와 어떻게 차별화시킬 것이며, 사람들의 마음속에 어떻게 자리 잡게 할 것인가에 대한 구체적이고 미래 지향적인 전략과 이를 뒷받침해나가는 꾸준한 노력의 시간이 생생하게 담겨 있습니다. 취업을 앞둔 대학생, 새로운 도전을 꿈꾸는 직장인, 현재의 자신을 뒤돌아보고 그녀의 삶과 노력에 공감하는 모든 분들에게 솔직하면서도 실질적인 조언으로 더욱 가슴 뛰게 만들어줄 것입니다.

바쁜 시간 속에서도 지속적인 블로그 활동을 통해 본인의 소중한 자산과도 같은 경험을 공유하고, 많은 이웃들로 하여금 공감을 불러일으켜 지금 이 시간에도 더 많은 이웃들이 꿈꾸고 도전할 수 있도록 '용기'라는 큰 가치를 만들어주는 로즈님의 지속적인 재능 기부 활동에 박수와 응원을 보냅니다.

우리 두 사람의 출발점은 달랐지만 더 나은 삶을 위해 노력해나가고 있기에 언젠가는 분명 같은 도착점에서 웃으며 마주하게 될 거라고 생각합니다.

앞으로도 계속될 그녀의 도전과, 더불어 빛날 우리의 내일을 기다립니다.

— 슈가녀/안정민(블로그 이웃)

지난 6년간 블로그 이웃으로 그녀의 발자취를 늘 감탄하며 지켜보았습니다.

저를 감동시키는 건 현재 그녀의 직급이나 위치가 아니라 그 자리에 이르기까지 그녀가 지나쳐온 발자취, 그녀가 지나쳐온 그 시간들 속에서, 삶을 대하는 성실한 태도, 단 한 번도 비관하거나 좌절하지 않았다는 긍정적인 마인드입니다.

사회 초년생, 남들이 알아주지 않는 스펙과 직급 속에서도 비교하거나 굴하지 않고 하루하루 최선을 다해 살았다는 점, 남들이 인정해주는 대기업 자리를 박차고 나가 자신의 꿈을 찾아 해외로 나갔다는 점, 그곳에서도 성실과 열정 어린 태도로 항상 자신을 성장시키기 위해 부단히 노력했다는 점이 지금의 그녀를 만들었고, 남들이 가지 않는 문을 향해 또각또각 걸어간 그녀의 발자취는 어느새 새로운 이정표이자 희망의 경로가 되었습니다.

　미래가 불안하다고 느끼는 20대 청년분들, 해외 취업을 희망하시는 분들과 아이를 키우는 엄마뿐 아니라, 하루하루 삶이 버거운 분들에게 그녀의 진심 어린 목소리와 조언들이 큰 위로와 영감이 될 것이라고 믿습니다.

—노벰버/유정화(블로그 이웃)

프롤로그

평범한 국내 토종의
특별한 글로벌 도전기

중학생일 때쯤 어느 날.

나는 여동생과 함께 엄마의 눈을 피해 옥상으로 올라갔다. 푸르른 하늘을 바라보며 우리 둘은 옥상에 나란히 누웠다.

"언니, 저 하늘을 계속 따라가면 어디가 나올까?"

"글쎄, 여기는 우리나라 남쪽이니까 하늘과 맞닿은 바다를 쭉 따라가다 보면 태평양을 지나서 호주가 나오지 않을까?"

"호주? 언니, 나는 뉴질랜드에서 살아보고 싶어. 책에서 보니까 거기는 자연이 정말 아름답더라. 파란 초원 위에 양 떼도 있고 진짜 깨끗하대!"

"나는 호주에 가보고 싶어! 해외로 유학 가서 공부도 하고 거기서 전 세계를 돌아다니며 일하는 비즈니스 우먼이 될 거야."

"우아, 정말 멋지다! 언니, 우리 정말 그렇게 될까?"

"당연하지! 꿈꾸면 다 되게 돼 있어!"

"하하하, 생각만 해도 기분이 좋다~!"

"나도 나도!"

어떤 사람은 말이 안 된다며 비웃을지도 모른다. 대한민국 수도인 서울도 아니고 남쪽에 위치한 도시 여수에서, 아직까지 단 한 번도 해외에 못 가봤으면서 전 세계를 누비는 비즈니스 우먼이 된다고? 누가 뭐라고 하든지 우리는 너무나 행복했고 상상만으로도 가슴이 벅찼다. 우리는 그렇게 꿈을 꾸었고 생각만 해도 빛이 나는 미래를 상상했다. 그리고 그 꿈은 나의 10대 후반과 20대, 세월이 흘러 30대 가 된 지금까지도 가슴속 깊숙이 자리해 있다.

나는 너무나도 평범한 여대생이었다

나는 사실 아주 평범한 사람이다. 오랫동안 운영하고 있는 블로그 의 첫 공지 글 제목도 오죽하면 '저는 너무나도 평범했던 여대생이 었습니다'일까. 실제로 대학 시절, 나는 너무 평범해서 눈에 잘 띄지 않는 학생이었다. 졸업 학기가 되어 취업 준비를 하는데 무엇 하나

15

내세울 게 없었다. 해외 유학은커녕 다른 사람들에게는 흔하다면 흔한 경험인 교환 학생이나 어학연수도 다녀오지 못했다. 토익 900점, 정부 IT 기관 인턴십, 한국외대 영자 신문사 편집장, 영어 논술 대회 입상 등 특출하게 잘나지도, 그렇다고 못나지도 않은 스펙을 가지고 있었다.

이 책은 부모님에게 경제적인 도움을 받아 유학을 가서 해외 취업에 성공한 소위 '엄친아'의 이야기가 아니다. 오히려 시작이 너무 작았고, 가진 것이 아무것도 없었고, 내세울 것이 하나도 없었던 지극히 평범한 사람의 이야기다. 사실 해외 명문대 졸업에, 좋은 집안에, 원어민 수준의 영어를 구사하는 사람들을 보며 스스로가 초라하고 작게 느껴질 때도 있었다.

'나는 왜 이 정도밖에 안 될까? 나는 어차피 해도 안 될 거야. 어디 비교가 되겠어?'

그런 순간에도 절대로 좌절하거나 비관하지 않았다. 할 수 있는 일은 단 하나뿐이었다. 그저 그냥 묵묵히 내 길을 가는 것. 나와 그들을 비교하지 않았고, 나에게 주어진 환경과 내가 가진 것들을 과소평가하지 않았다. 오히려 주변에는 그런 기회조차도 없는 사람들이 많았으니 말이다. 그저 나에게 주어진 모든 기회와 환경에 감사하면서 하루하루를 충실히 살았다. 그렇게 한국에서 직장 생활을 시작했고,

무모하게 혈혈단신 홍콩으로 건너가 해외 취업에 도전했다. 지금이 아니면 안 된다는, 마지막이라는 심정으로……

지금, 꿈꾸던 그대로의 삶을 산다

성공보다는 방황하고 좌절한 시간이 더 많았던 나의 20대, 미래가 보장되는 안정적인 길을 포기하고 남들과는 다른 길로 과감하게 도전했던 그 시절. 내가 20대 때 겪었던 실패는 그 수를 헤아릴 수 없을 만큼 많다.

다른 사람들이 고용이 불안정하다고 꺼리는 6개월 파견 계약직으로 사회생활을 시작했다.
목숨 바쳐 일하던 회사에서 해고를 당했다.
해고 후, 불현듯 캐나다로 떠나 2개월 버티다 돌아왔다.
대학 시절 회계 공부를 하지 못한 게 아쉬워 세무사 학원을 2개월 다니다 때려치웠다.
그 후 들어간 중소기업에서 사내 왕따를 당했다.
그리고 그 회사도 6개월 다니다 때려치웠다.
그 후 들어간 국내 증권사도 6개월 다니다 때려치웠다.
그리고 달랑 300만 원 들고 홍콩에 가서 3개월 동안 백수로 지냈다.

나의 20대는 방황의 연속이었다. 과연 이렇게 사는 게 맞는지 의심이 들 때가 한두 번이 아니었다. 그럼에도 불구하고 주변에 물어볼 사람조차 없었다. 대부분이 안정적인 대기업 직원, 공무원, 선생님으로 일하는 주변 사람들. 그들에게는 남들과 다른 길을 가고 다른 생각을 하며 다른 도전을 하는 내가 오히려 이상하게 보였을 테니 말이다. 수많은 의심과 좌절과 방황 속에서도 나는 긍정적인 힘과 스스로에 대한 무언의 믿음을 가지고 꾸준히 나아갔다. 비록 앞으로 직진하는 방향은 아닐지라도, 옆으로 조금 새거나 혹은 조금 돌아가더라도, 결국에는 내가 가고자 하는 지점이 분명 나올 거라고, 나 자신을 믿고 기도했다. 그러고 나서 맞이한 나의 30대는 그제야 빛을 발하기 시작했다. 홍콩에서 전 아시아를 무대로 일을 하게 됐으며 홍콩대 MBA에도 입학했다. 그 후 나의 무대는 점점 더 커져 지금은 전 세계를 상대로 하는 금융IT업계에서 일하고 있다.

　20대의 방황이 아름다운 이유는 가슴 쓰리고 눈물 흘렸던 그 시절이 초석이 되어 30대를 더 빛나게 해주기 때문이다. 나의 30대는 수많은 생각과 고민으로 이루어진 20대의 결과물이며, 지금 이 순간에도 배우고 느끼는 나의 30대가 더욱더 지혜롭고 향기 나는 나의 40대, 50대를 만들어줄 것이라고 믿는다.

　화창하고 푸른 하늘을 보며 글로벌한 삶을 꿈꾸던 10대 소녀는, 평범한 스펙으로 무엇 하나 내세울 것 없던 평범한 여대생은, 10년이 지나고 20년이 지난 현재 그렇게도 원하고 꿈꾸던 그대로의 삶을 살고 있다.

대단한 성공 스토리는 아니지만, 또 내가 갔던 길이 비록 정석은 아니지만, 오히려 그래서 지금 불안해하는 사람들에게 더 위로가 되지 않을까? 누군가가 나의 이야기를 통해서 '아, 이렇게 도전해서 성공한 사례도 있구나. 별거 아니구나. 나도 할 수 있겠네!'라고 생각할 수 있다면 충분히 보람 있지 않을까 하는 심정으로 글을 썼다.

다른 사람들과 비교해 잘난 점이라곤 하나도 없었던, 가진 거라곤 열정과 노력뿐이었던 평범한 여대생. 이 책은 그녀가 매일매일 어떤 도전을 하고, 어떤 공부를 하고, 어떤 비전과 목표를 세우고, 어떤 과정을 거쳐서 결국 꿈을 이루게 되었는지에 대한 성장 이야기이다. 결코 남과 나를 비교하지 않고 묵묵히 나의 자리를 지키며 나만의 길을 가고 있는 수많은 청년들에게 이 책을 바친다. 나의 작은 이야기가 그들에게 한 줄기 희망이 되고 용기가 되며 또 다른 가능성을 찾는 꿈의 커다란 원동력이 될 수 있기를……

Part 1

내 꿈의 시작,
서울

승자는 도중에 그만두지 않는다.

그만두는 사람치고 승리하는 사람은 없다.

— 나폴레온 힐(Napoleon Hill), 『나폴레온 힐 성공의 법칙』

비루한 현실도
빛나게

▶▶▶　　홍콩에서 일하다 보면 소위 '좋은 스펙'을 가진 친구들을 많이 만나게 된다. 부모님이 경제적으로 여유로워서 어릴 때부터 해외 유학을 떠나 좋은 중고등학교 및 명문대를 졸업한 후 미국에서 일하다가 홍콩에 온 경우, 해외 대학을 졸업하고 스스로 열심히 노력해 홍콩에 온 경우, 한국 명문대를 졸업한 다음 대기업 혹은 외국계 기업에서 일하다 회사에서 홍콩으로 파견을 보내서 온 경우가 그렇다. 한국어와 영어는 기본이고 중국어까지 유창하게 하는 친구들, 다른 사람들의 한 달 월급을 월세로 아무렇지도 않게 내고 사는 친구들.

　　가끔 사람들은 나를 보며 묻는다. 한국에서 어느 학교를 나왔냐고. 스펙은 어떻게 되냐고. 어떤 과정을 거쳐 홍콩에 오게 됐냐고. 어쩌면 너무나도 평범한, 하지만 그렇기 때문에 너무나도 특별한 나의 이야기를 시작해본다.

경제 수업 시간, 미래를 그리다

내가 태어난 곳은 전라남도 여수, 지금도 눈에 선하고 그리운 나의 고향이다. 사실 나는 고등학교 때까지 그곳을 떠나본 적이 없었다. 고등학교 시절 내 인생의 오직 한 가지 목표는 서울에 있는 대학에 가는 것. 내가 알고 있는 세상, 내게 주어진 세상에서 내가 꿈꿀 수 있는 가장 큰 세계는 서울이었고, 이곳에 갈 수 있는 유일한 방법은 대학에 입학하는 것뿐이었다.

고등학교 3학년 때 내 하루의 행동반경은 오전 6시부터 오후 12시까지 '기숙사→학교→도서관→기숙사'였다. 정말 획일적이고 비슷한 날들이 계속됐다. 매일 반복된 삶, 매일 똑같은 삶, 매일 비슷한 삶. 지루하고 재미없고 지겹고 똑같은 하루하루가 날마다 지나갔다. 명절이나 가족 모임은 알아서 자연스럽게 배제됐고 친구들과 놀러 가는 것은 꿈에서나 할 수 있는 일이었다. 가끔은 너무 숨이 막힐 때가 있었다. 그럴 때마다 창문 밖으로 햇빛에 눈부시게 반짝이는 여수의 바다가 얼마나 아름답던지…….

내가 세상과 소통할 수 있어 가장 기다린 시간은 바로 경제 수업이었다. 큰 키에 커트 머리, 약간 마른 몸매의 경제 선생님. 자유로운 사고를 가진 그녀의 취미는 여행이었다. 그녀는 딱딱한 경제를 너무나도 쉽게 풀어 가르치기로 유명했는데, 특히 우리들이 공부하다 지칠 때쯤 하나씩 풀어놓던 해외여행 이야기는 단연 인기 만점이었다.

"내가 지난 방학 때 프랑스 파리 여행을 다녀왔는데, 에펠 탑이 얼마나 멋지던지……. 특히 밤에 가면 에펠 탑이 반짝거려서 너무나 아름답단다."

그러면 엎드려 자던 친구들, 눈이 풀려 멍한 친구들도 눈을 반짝 빛내며 집중해서 듣기 시작했다.

"와, 선생님 너무 부러워요. 전 세계를 여행하시다니!"

그때 그녀는 우리를 보며 딱 한마디를 했다. 그 답변을 아직도 잊을 수가 없다.

"여러분, 지금 나를 부러워할 필요가 전혀 없어요. 나중에 여러분이 내 나이가 되면 나보다 더 많이 그리고 더 자주 전 세계를 돌아다닐 거예요."

맞아, 그렇게 될 거야. 갑자기 머릿속에 전 세계를 누비고 다니는 나의 미래가 그려졌다. 그럴 때면 기분이 너무 좋아졌다. 비록 현실은 체육복 위에 교복 치마를 겹쳐 입고, 머리는 제대로 감지 못해 떡이 졌지만 가슴속에 품은 꿈이 그 비루한 현실조차도 반짝반짝 빛나게 만들어주었다.

답답하다고? 어떻게 그렇게 사냐고? 어떻게 매일 공부만 하냐고? 할 수 있다. 목표가 있으니까 할 수 있다. 꿈이 있으니까 할 수 있다. 서울로 대학을 가고 말겠다는 분명한 목표는 내가 다른 곳에 한눈팔지 않고 모든 에너지를 집중할 수 있게 만들어주었다. 글로벌한 삶? 그런 건 어떻게 해야, 무엇을 해야 이뤄낼 수 있는지 모른다. 하지만 나는 적어도 지금의 나에게 주어진 기회를 붙잡을 수 있다. 그것은 온전히 나의 몫이다. 그렇게 나는 나에게 주어진 운명의 키를 꼭 쥐고 죽도록 공부했다.

원하는 목표가 있는가? 원하는 꿈이 있는가? 대학 입시를 준비하든지, 회계사나 변호사 시험을 준비하든지, 석사 과정을 공부하든지, 취업을 준비하든지 무엇을 하든지 간에 '학교→도서관→집'만 맴도는 현실이 답답하다고? 지겹다고? 미래가 안 보인다고? 조금도 걱정할 필요가 없다. 목표가, 그리고 꿈이 지금의 비루한 현실도 언젠가는 빛나게 만들어줄 것이다. 목표와 꿈을 현실로 만드는 법. 대단한 비법이 있는 게 아니다. 현재 나에게 주어진 무대에서 최선을 다하는 것, 그렇게 한 발짝씩 앞으로 나아가는 것. 이게 내가 유일하게 아는 정답이다.

영화에서 건져 올린 'A+'라는 성적

꿈은 정말 이루어진다. 열심히 공부한 결과 서울에 있는 대학에 입학 허가를 받았다. 그토록 가고 싶었던 한국외대 영문학과. 가슴 벅차던 그 순간, 드디어 나는 해낸 것이다.

대학 공부를 시작하면서 자연스럽게 경영학에도 관심을 가지게 되었다. 어릴 때부터 막연하게 멋진 비즈니스 우먼이 되고 싶다는 바

25

람이 큰 영향을 끼쳤다. 영어를 좋아해 영문학과에 들어갔지만 문학보다는 실제 기업의 경영 이야기나 실질 경제가 그렇게 재미있을 수가 없었다.

아직도 가장 기억에 남는 강의인 마케팅원론. 오리엔테이션이었던 첫 번째 시간, 경영학과 건물에서 제일 큰 강의실은 100명이 넘는 학생들로 발 디딜 틈이 없었다. 그런데 담당 교수님은 소위 빡세기로(!) 악명이 자자한 분이었다. 강의를 소개하면서 끝없이 이어지는 과제와 팀 활동, 그리고 두 번의 시험까지……. 두 번째 시간, 100명이 넘던 수강생은 20명으로 줄어들어 있었다.

매주 영어로 된 마케팅 관련 논문이나 최신 기사를 번역해서 요약한 다음 토론하고, 조별로 모여서 케이스 스터디를 하는 것은 물론, 돌아가면서 발표까지 해야 했다. 우리 조의 한 팀원은 중국인이었는데, 한국어가 서투른 바람에 영어로 통역해주고 숙제까지 도와주느라 혼이 났다. 그런데도 수업이 너무 재미있었다. 마케팅 이론이 실제로 기업에 어떻게 적용되는지 사례를 보면서 공부하니 죽은 이론이 아니라 생생히 살아 있는 학문처럼 느껴졌다.

기말고사 날, 교수님은 갑자기 강의실 불을 다 끄더니 프로젝터로 영화 한 편을 틀어주고는 유유히 사라지셨다. 유명 여배우 제시카 알바(Jessica Alba)가 주인공으로 나오는 〈허니(Honey)〉. 뉴욕 브롱스의 한 청소년 센터에서 힙합을 가르치는 선생님이 춤을 통해 불우한 아이들에게 좌절과 절망 대신 꿈과 희망을 심어주면서 결국 자신의 꿈도 이룬다는 이야기였다. 1시간 반 동안 신나게 영화를 보고났더니 교수님이 다시 강의실 불을 켜고 들어오셔서는 칠판에 딱 한 줄을 쓰셨다.

이 영화에서 여주인공이 꿈을 이룰 수 있었던 이유를 마케팅 이론을 적용하여 논술하시오. 끝.

그러고 나서 교수님은 다시 유유히 사라지셨다. 어이가 없다는 한숨 섞인 소리가 여기저기서 터져 나왔다. 나는 문제를 받자마자 거침없이 답안을 써내려갔다. 영화에 등장하는 제품과 서비스는 아이들과 함께 즐기며 보여주는 댄스 공연으로, 이를 마케팅하기 위해 여주인공이 시장 세분화 및 포지셔닝을 어떻게 했으며, 또 어떤 전략을 사용했는지 영화의 각 상황에 맞게 설명했다. 당연히 나는 예상했던 대로 A+를 받았다.

공부를 열심히 하고 잘하는 비결은 분명한 목표와 꿈과 더불어 공부 자체를 사랑하는 마음가짐이라고 결론을 내렸다. 그렇게 열심히 전공 공부를 하며 하루하루를 알차게 보내던 중, 뭔가 갑자기 몸이 근질거려서 견딜 수가 없었다. 내가 도대체 왜 이러지……

역대 최대 글로벌 프로젝트를 이끌다

나는 내가 그리도 꿈꾸던, 그리고 꿈꿀 수 있는 가장 큰 세계인 서울에 드디어 발을 디뎌 그 안에 들어왔다. 그런데 막상 서울에 와보니 여기는 더 이상 큰 세계가 아닌 거다. 맙소사. 나는 다른 세계를 경험해보고 싶었다. 어렸을 때부터 그렇게 그리던 글로벌한 삶이 손을 조금만 뻗으면 그대로 닿을 것만 같았다. 그 후 나는 말 그대로 물 만난 물고기였다. 찾아보니 내 돈을 들이지 않고도 해외로 나갈 수 있는 기회가 너무나 많았다. 그걸 알고도 가만있을 내가 아니었다. 싱가포르 봉사 활동, 중국 청소년 교류 활동, 미국 오페어(Au Pair, 프랑스 어로 '동등하게'라는 뜻. 외국인 가정에서 일정한 시간 동안 아이들을 돌보는 대가로 숙식과 일정량의 급여를 받고, 자유 시간에는 어학 공부를 하면서 그 나라의 문화를 배울 수 있는 일종의 문화 교류 프로그램) 등 매년 해외로 나갔다. 새로운 곳으로 간다는 생각만으로도 가슴이 떨리도록 설레고 행복했다.

대학교 3학년 영자 신문사 편집장 시절, 한국외대 개교 50주년 기념호를 준비하며 나는 기어코 일을 저지르고 말았다. 이른바 글로벌 프로젝트. 학생 기자들이 나눠서 전 세계 곳곳을 방문해 그곳에 살고 있는 동문들을 만나고 인터뷰하는 동시에 각 나라의 대표 대학과 교내 신문사를 방문해 그들의 시스템을 배우고 취재하는 역대 최대 규모의 프로젝트였다. 15명이 채 안 되는 학생 기자들이 각자 나눠서 전 세계 곳곳을 방문하기로 계획을 세웠다. 미국, 홍콩, 싱가포르, 베트남, 중국, 인도네시아, 그리고 유럽까지. 막상 계획은 세웠지만 실행이 여간 어려운 게 아니었다. 우선 예산 마련이 가장 큰 난제였다. 이 프로젝트를 위해 학교에서 지원해주는 신문사 운영비를 다 써야 했는데 그것만으로는 턱없이 부족했다. 결국 모든 기자들이 모여 앉았다.

"여러분, 사실 경비 지원이 왕복 항공료밖에 안 될 것 같아요. 경비를 아끼거나 혹은 새롭게 구할 만한 아이디어가 있나요?"

"현지에 계시는 동문들은 아마도 저희 부모님 연세이실 테니 그분들 댁에서 신세를 지는 건 어떨까요? 어린 대학생들을 하루나 이틀 정도는 머무르게 해주실 수 있지 않을까요?"

"좋은 아이디어예요. 미국 같은 곳은 집이 큰 편이니까 총동문회에 연락해서 적극적으로 알아봅시다."

"그런데 숙소는 그렇다 쳐도 현지 체재비는 부족하지 않을까요?"

"체재비 정도는 각자 개인 돈을 써도 괜찮을 것 같아요. 가서 아껴 쓰면 되니까요."

어렵게 공들여 예산을 마련했다. 그런데 복병은 그다음에 있었다. 전 세계 각 나라마다 동문회가 있기는 했지만 시스템이 잘 갖춰져 있지 않아 연락하기가 힘들었다. 미국이나 홍콩 등은 동문회에 담당 총무님이 계셔서 연락이 수월했지만 나머지 나라는 그마저도 쉽지 않았다. 개인 동문을 일일이 연락해서 알아내는 수밖에 없었다.

그런데 말이 쉽지, 학생 기자들이 학기 중에 공부하랴, 또 매월 나오는 신문 기사 준비하랴, 거기에 해외 동문회에 외국 대학 신문사까지 연락하랴 그야말로 초 살인적인 일정이었다.

"미국은 뉴욕대 신문사와 연락이 됐고, 긍정적인 답변을 받았습니다. 그런데 나머지 나라는 대학에 연락하는 것 자체가 어려워요. 전화나 인터넷을 총동원해도 연락이 안 되는 곳이 많거든요."

"나머지 나라는 각 학부 교수님들이나 현지 유학을 다녀온 선배님들을 통해서 알아봐야 할 것 같아요. 쉽지 않지만 시간이 얼마 없으니 빨리 진행하도록 합시다."

살인적인 일정에도 우리는 기쁜 마음으로 모든 걸 해내기 시작했다. 우리는 한곳에 똘똘 뭉쳤다. 하나의 목표, 즉 해외에서 일하는 멋진 동문을 취재하고 현지 대학의 신문사를 방문해 그곳의 시스템을 배우고 교류하고자 하는 의미 있는 방문을 위해. 우리의 젊음은 아름다웠고, 우리의 실패와 시도는 우리를 더 단단하게 만들어주었으며, 일어서서 다시 도전할 수 있는 힘을 주었다. 이 프로젝트를 통해 나는 한 조직을 이끄는 리더십 및 다른 사람들과 함께하는 법을 배웠다. 돈을 주고도 살 수 없는 값진 경험이었다.

3년간 신문사에서 일하며 어학연수, 교환 학생, 학업 등을 위해 신문사를 그만두는 동기들을 보면서 나 역시 흔들릴 때도 많았다. 그러나 모든 사람이 자기가 하고 싶은 대로 모든 걸 할 수 없다는 사실을 그때 배웠다. 나에게 주어진 책임감이 나를 신문사에 남게 만들었고, 나는 후배를 이끄는 선배로서 의무를 다해야 했다. 신문사 경험은 내가 대학 시절 겪은 그 어떤 강의나 경험보다 많은 교훈과 깨달음을 선사해주었다.

모든 기자가 힘을 모아 한 목표를 향해 같이 일하던 그해, 우리는 여름 방학이 시작되자마자 인천 공항에서 각기 다른 나라로 향하는 비행기를 타고 떠났다. 내가 향한 곳은 미국 뉴욕과 워싱턴이었다. 아, 듣기만 해도 가슴 떨리는 도시 뉴욕. 맨해튼에 처음 발을 내딛는 그 순간, 황홀함에 숨을 쉴 수조차 없었다. 내가 뉴욕에 오다니! 그런데 화려한 도시 뉴욕보다 더 멋진 건 따로 있었다. 그곳에서 삶의 터전을 닦고 열심히 비즈니스를 하며 빛나는 하루하루를 살아가는 동문 선배님들이었다.

"미국에 처음 와서 참 고생 많이 했지. 지금 이렇게 자리 잡기까지 엄청 힘들었어."

뉴저지와 맨해튼에서 여러 곳의 운동화 매장을 운영하는 선배님이 나를 보며 말씀하셨다. 말도 안 통하는 나라에 온 가족이 와서 갖은 고생을 하던 긴 세월……. 그리고 지금 그 선배님은 많은 직원들을 고용하며 성공적으로 비즈니스를 운영하고 있다.

변호사로 일하는 선배님을 만나기 위해 엠파이어스테이트 빌딩의 사무실에 갔을 때는 괜히 내 마음이 얼마나 벅차던지……. 무역 회사를 경영하는 선배님과 그 지역에서 제일 큰 꽃집을 운영하는 선배님도 있었다. 그러다 한 선배님이 대표로 있는 의류 공장을 방문했

31

을 때는 엄청난 규모에 놀라움을 금치 못하기도 했다.

선배님들과 맨해튼의 유명한 레스토랑에서 랍스터 저녁을 먹고 나오는 길, 화려하게 반짝거리는 뉴욕의 밤거리를 걸으며 나는 다짐했다. 나도 미래에 멋지게 글로벌 무대를 누비며 비즈니스를 하리라. 그리고 내가 선배님들로부터 배운 값진 것들, 내가 낯선 타지에서 고생하지 않고 좋은 것만 보고 좋은 것만 먹고 좋은 데서 자고 좋은 것만 누리도록 도와주신 일들, 잊지 않고 나중에 그대로 후배들에게 베풀리라.

학생 기자들과 조판소에서 신문으로 인쇄될 필름을 꼼꼼히 살피는 중

뉴욕에서 동문 선배님들과 함께

HUFS
goes the
W O R L D

HUFS alumni are second-to-none!

During my student reporter years, I've experienced the 50th anniversary of The Argus and HUFS. I've decided that I want to do projects that encourage HUFSans to broaden our school's fame. What comes to your mind when you think of Hankuk University of Foreign Studies? You can imagine the HUFSans who are working in their own fields all over the world. This project, "Meet Alumni worldwide" was designed not just for the celebration of our 50th anniversary, but also to celebrate those who have shown the individual dedication of HUFS. On this project, over 17 Argusian staff members have worked diligently over the past 6 months, in preparation for our project; we have come to realize that the alumni system lacks organization and definition. This lack of organization has made it difficult to communicate with each alumni association. As a result of these efforts, we have been fortunate to recieve invitations from six countries, as well as eight alumni associations. Several of our The Argus staff members were invited to view and report on the lives of alumni residing overseas. We also had the opportunity to review foreign universities' newspapers and campus life for 10 days. Thousands of our alumni work for large, medium, and small businesses, high-tech firms, hotels, hospitals, restaurants, and medical facilities around the world. They are very proud to be a HUFSan. It was an enlightening experience to visit our alumni; we the members of The Argus staff hope that you share the HUFSan pride.

- by Seo Eun-jin

Special thanks to all the alumni members who helped achieve our journey.
This journey would not have succeeded without the help of the members.

한국외대 개교 50주년 세계 외대 동문 탐방 기념호

34

취업,
그 험난한 여정의 시작

▶▶▶　　20대 중 가장 스트레스를 많이 받는다는 졸업반. 나에게
도 여지없이 그 시기가 찾아오고 말았다. 4년 내내 전공 공부도 나름
대로 열심히 하고 특별 활동도 다양하게 한 터라 정말 취업은 대충
생각하고 있었다. '설마 어디든 못 붙겠어?' 대수롭지 않게 여겼고 크
게 걱정하지도 않았다. 그런데 그건 오산이었다. 그것도 너무나도 큰
오산이었다.

　기업의 채용문은 좁아도 너무 좁았다. 웬만한 대기업과 중소기업
은 보기 좋게(?) 서류 전형부터 탈락했다. 수십 군데 이력서를 넣어
도 연락 오는 곳은 단 한 곳도 없었다. 나의 하루는 매일매일 인터넷
에 접속해 채용 공고를 뒤져 이력서를 고치고 또 고친 다음, 원서를
넣는 일과로 채워졌다. 너무나도 거대한 기업들 앞에서 나는 너무나
도 초라했고 보잘것없었다.

눈물을 훔치면서도 인정할 수밖에 없는 사실은 나는 정말로 평범하기 그지없는 대한민국의 한 여대생일 뿐이라는 것이었다. 서울 소재 중상위권 대학의 졸업장. 오히려 요즘은 너무 흔해진 해외 유학이나 해외 교환 학생 경험은커녕 그보다 더 흔한 어학연수도 가본 적이 없다. 학점을 전부 A로 채워본 적도 없다. 그저 평범한 4.5점 만점에 3.6점으로 성적 장학금 같은 건 받아본 기억도 없다. 영문학을 전공했지만 해외파나 교포들과는 비교할 수조차 없는 실력에 영어 인증서라고는 900점 초반을 겨우 넘긴 토익 점수뿐이었다. 제2전공 및 부전공이었던 경영학은 학점 미달로 인정도 되지 않았다. 영자 신문사 편집장, 서너 번의 청소년 교류 등의 특별 활동이 추가될 수는 있었지만 어느 것 하나 나를 뚜렷하게 내세울 만한 게 없었다. 막상 부딪힌 현실 앞에서 '나'라는 존재는 생각보다 너무나도 작았다. 매일 저녁 제발 취업하게 해달라고 두 손 모아 기도하고 또 기도했다.

'절대 큰 것을 바라지 않아요. 제 열정과 패기를 펼칠 수 있고, 제가 많이 배울 수 있는 회사에 입사할 수 있게 도와주세요.'

매일매일 초조하고 절박했다. 내 소원은 면접 근처에라도 가보는 것이었다.

"은진아, 요즘 취업 준비는 잘되니? 힘들지는 않고?"

딸이 서울에서 혼자 외롭게 취업 준비를 한다고 걱정하는 부모님의 목소리가 수화기 너머로 들려왔다. 지방에 계셔서 와보지도 못하고 전화로밖에 응원해주지 못하는 부모님을 위해 애써 웃었다.

"당연하지, 엄마. 다 잘되고 있어요. 걱정 붙들어 매세요!"

전화를 끊자마자 서러운 마음이 복받쳐 올라왔다. 두 눈에서 눈물이 뚝뚝 흘러내렸다. 도대체 뭘 어떻게 해야 할지 알 수가 없었다. 어두운 밤, 껌껌한 방 안에서 엉엉거리며 혼자 울다 갑자기 정신이 번쩍 들었다. 이건 아니야. 이렇게 포기하기엔 일러. 나는 스스로 질문을 하기 시작했다. 그리고 수많은 질문을 앞에 두고 나는 나 자신에게 수없이 묻고 또 물었다.

내가 과연 무엇을 할 수 있을까?

내 스펙이 부족한 걸까?

명문대생, 유학파, 대기업이나 외국계 기업 인턴 경력자, 공모전 우승자 등 다양하고 화려한 스펙을 가진 지원자와 비교해 내 이력서가 과연 경쟁력이 있을까?

남들과 비교해서 내가 특별하게 돋보이려면 무엇을 해야 할까?

지금 내가 가진 걸로 나만의 강점을 어떻게 내세울 수 있을까?

그럼 도대체 나는 어떤 일을 하고 싶은가?

내가 일하고 싶은 회사는 어떤 곳인가?

취업은 '나'를 알아가는 과정이다

경영학에서는 기업의 전략을 효율적으로 세우기 위해 SWOT 분석을 한다. SWOT 분석이란 기업의 내부 환경을 분석해 강점 (Strength)과 약점(Weakness)을 발견하고, 외부 환경을 분석해 기회 (Opportunity)와 위기(Threat)를 찾아낸 다음, 이렇게 수집한 모든 데 이터와 정보를 바탕으로 강점은 살리되 약점은 죽이고, 기회는 활용 하되 위협은 억제하는 전략을 수립하는 것을 말한다. '나'를 회사에 판매하는 제품으로 생각한다면 과연 나는 어떤 SWOT 특성을 가지 고 있을까.

나는 내가 지나온 4년의 대학 시절을 분석하기 시작했다. 그동안 어떤 공부를 하고 어떤 경험을 하고 어떤 생각을 하면서 살았는지, 그리하여 어떤 삶을 살고 싶은지, 어떤 비전과 꿈을 가지고 있는지 스스로에게 묻기 시작했다. 영어가 좋아서 선택한 영문학과, 작은 조 직 사회와 리더십을 경험하게 해준 영자 신문사 생활, 더 큰 세상이 보고 싶어 열심히 뛰어다녔던 해외 교류 및 탐방 활동. 선생님이 되 어 안정적인 직장에서 생활하기를 바라셨던 부모님의 뜻과는 달리 내가 그리는 나의 모습은 글로벌 무대를 누비며 일하는 전문직 커리 어 우먼이었다. 나를 분석해보니 대략 이런 결과가 나왔다.

강점	약점
• 한국외대 영문학과 졸업장 • 토익 900점 • 영어 에세이 상 수상 • 영자 신문사 → 조직 생활, 리더십 경험 • 해외 교류 활동 → 적극성, 해외 문화 경험 • 정부 IT 기관 인턴 → 사회생활 경험	• 해외 유학, 해외 연수 경험 없음 • 미미한 학점 • 제2전공, 부전공 학점 미달로 이수 못함 • 특별한 공모전 수상 내역 없음 • 뚜렷한 진로 목표의 부재(업계 및 업무)
기회	위기
• 외국계 회사의 증가 → 영어 업무의 필요성이 늘어남 • 인턴, 단기직, 계약직 등 수요 증가	• 국내 대기업, 중소기업 채용 감소 • 청년 실업 증가

모든 것을 종합해보니 오히려 쉽게 해답이 나왔다.

- 업무에 영어를 쓰고 해외와 연결된 업무를 지향할 것
- 지금은 어떤 업계에서 어떤 일을 하고 싶은지 잘 모르므로 기회가 되는 대로 무조건 지원할 것
- 정규직만 바라보지 말고 인턴이나 단기 포지션도 적극적으로 알아볼 것

결국 '외국계 회사를 공략하자!'로 결론을 내렸다. 내가 내 이력서를 봐도 국내 대기업이나 중견 기업은 서류 전형부터 경쟁력이 없었다. 무엇 하나 내세울 것이 보이지 않았다. 나처럼 평범한 이력서는 수만 통일 터, 면접을 극단적으로(?) 잘 봐서 고려 대상이 된다면 모를까 이미 서류 전형부터 수면 위로 나올 수가 없는 이력서였다. 또

나 자신을 스스로 분석해봤다. 과연 나는 입사해서 은퇴할 때까지 한 회사를 오래 다니고 싶은가, 아니면 회사를 옮겨가면서 능력과 기회를 반영하는 경력을 쌓고 싶은가. 답은 명확했다. 취업을 준비하는 모든 과정은 진정으로 나를 알아가는 과정이었다.

당시에는 외국계 회사가 많지 않았고 경력이 있는 사람만 채용하는 좁은 시장이었다. 그런데 외국계 회사라……. 나는 잘되리라는 확신도 없이 끝없는 두려움과 한편으로는 왠지 모를 설렘을 가득 안고 그렇게 남들과 다른 길을 가기로 마음먹었다.

신입인데 헤드헌터를 쓰라고?

사실 문제는 다른 데 있었다. 도대체 어떻게 해야 외국계 회사에 지원할 수 있는지 도무지 알 도리가 없었다. 내가 졸업했던 2006년 당시 외국계 회사는 그 수도 적었고, 규모 역시 작았다. 게다가 외국계 회사는 조직의 특성상 소수의 경력직만을 뽑아 공채라는 개념이 없어서 정보를 얻기가 더 어려웠다. 주변에는 임용 시험을 준비하는 예비 선생님들 아니면 국내 대기업이나 언론 및 미디어 회사에서 일하는 선배들이 전부였다. 그들 역시 외국계 회사에 대해 알 리가 없었고, 교내 취업 센터에 문의를 해도 외국계 회사의 채용 정보는 아주 제한적이었다. 이리저리 뛰어다녀도 별 소득이 없었다. 그런 내가 딱해 보였는지 어느 날 미국에서 온 친구가 한마디를 했다.

"그러지 말고 헤드헌터를 한번 이용해보지 그래?"

"헤드헌터? 그게 뭔데?"

그때까지만 해도 헤드헌터가 무엇인지 어떤 일을 하는지에 대한 개념조차도 없었다.

"쉽게 말해 기업에서 필요한 포지션에 맞는 사람을 찾아 연결해주는 브로커라고 보면 돼."

"그래? 근데 나는 학부 졸업생이라 경력이 하나도 없는데 누가 나한테 관심이나 있을까?"

"왜? 미국에서는 학부 졸업생도 헤드헌터를 이용해서 취업하는 사례가 종종 있거든."

"정말? 근데 그럼 내가 수수료 같은 거 내야 하는 거 아냐?"

"수수료는 다 회사에서 내니까 걱정하지 마."

심봤다!!! 금광에서 노다지를 발견한 기분이었다. 그 길로 곧바로 헤드헌터를 검색해 인재파견업체 몇 군데를 찾아냈다. 그중에서 가장 유명한 곳은 '아데코'와 '맨파워'였다. 두 곳의 홈페이지에 들어가 보니 3개월, 6개월 그리고 1~2년 등 단기 파견 계약직 혹은 장기 계약직 구직 공고가 많이 올라와 있었다.

객관적으로 나를 분석한 결과 영어 업무에 자신이 있어 영어를 쓸 수 있는 사무직을 주 타깃으로 설정했다. 정부 IT 기관에서 인턴을 했지만 이를 실제 업무로 연장하기에는 부족함이 있어 업계는 크게 상관하지 않았다. 사실 나 스스로도 어떤 업계에서 어떤 업무를 해야겠다는 뚜렷한 비전이 딱히 없었다. 어쨌든 들어가 직접 일을 해보면서 천천히 알아나가면 되지 않을까 하는 생각에 맨땅에 헤딩하는 기분으로 이력서를 보내기 시작했다. 인사팀, 세일즈 보조, 비서, 고객서비스 등 외국계 회사라면 가리지 않았다. 정규직, 단기 파견 계약직, 장기 계약직, 인턴 등 눈에 보이면 무조건 지원했다. 그러던 어느날, 이력서를 잘 받았다며 간단하게 이야기를 하고 싶다고 헤드헌터가 전화를 걸어왔다.

"안녕하세요, 은진씨. 인재파견업체입니다. 보내주신 이력서 잘 받았어요. 지금 딱히 구체적인 포지션이 있는 것은 아니고요, 전반적으로 은진씨에 대해서 알아보려고 전화를 걸었어요."

"아, 네. 전화 주셔서 감사합니다."

"간략하게 자기소개를 해줄 수 있나요?"

"네, 저는 현재 한국외대 영문학과에 재학 중입니다. 이력서를 봐서 아시겠지만 한국 정부 IT 기관에서 6개월 동안 외국인을 대상으로 업무를 수행했고, 대학 시절에는 영자 신문사 및 여러 가지 해외교류 활동을 했습니다. 딱히 목표로 하는 업계는 없지만 영어로 업무를 하고 싶어서 외국계 회사에 들어가고 싶습니다."

"정규직이 아니라 단기 파견 계약직도 괜찮나요?"

"네, 상관없습니다. 우선 회사에 들어가서 일부터 배우는 게 목표이니까요."

"잘 알겠어요. 외국계 회사에서 단기로 일하는 포지션은 자주 나오니까 기회는 많을 거예요. 우선 대략적으로 이해했고요, 제가 알맞은 자리가 나오면 연락 줄게요."

"네, 감사합니다!"

나에게 필요한 것은 남들이 보기에 그럴 듯한 대기업 사원 명함이 아니었다. 어떤 곳이든 상관없이 어떤 일이든 배울 수 있다면 그것만으로도 충분했다.

03

'면접의 신'이
되기까지

▶▶▶　　전략은 적중했다. 여기저기서 면접을 보자는 전화가 걸려
오기 시작했다. 역시나 정규직 채용이 아닌 게 대부분이었지만 면접
을 볼 수 있다는 사실만으로도 감사했다. 그러고는 면접 준비에 말
그대로 '올인'했다. 도서관에 가서 면접과 관련된 책을 모두 빌린 다
음, 처음부터 끝까지 정독했다. 그중 『면접의 신』이라는 책에서 본
글귀는 내 인생을 바꿔주었다.

　　가장 가고 싶은 회사의 면접은 제일 나중에 보라!

　　무슨 말인고 하니, 면접을 연습할 수 있는 가장 좋은 방법은 실제
로 면접을 보는 것이란다. 그래서 가고 싶은 회사가 아닐지라도 면접
을 보면서 면접 스킬을 쌓으라는 말이었다. 일반적으로 사람들은 가

○

장 가고 싶어 하는 회사의 면접을 제일 먼저 본다. 어차피 가지 않을 회사는 면접도 가지 않고 가장 중요한 면접을 위해 혼자서 연습한다. 그렇게 면접에 가면 막상 내가 무슨 말을 하는지 나도 모르게 떨다가 면접이 끝나버리는 경우가 많다.

나는 닥치는 대로 면접을 보러 다녔다. 출산 휴가 중인 직원을 대신할 임시 사무직, 영국계 오일 회사 인사부 2년 계약직, 우리나라 대표 은행의 텔러 포지션, 외국계 생명 보험사의 신입 자리 등 가리지 않았다. 처음에는 면접관 앞에서 부들부들 떨며 머릿속이 새하얘지던 모습도 점점 변해갔다. 자신 있게 말도 하고 면접 예상 질문이 나오면 준비했던 대로 거침없이 대답했다.

국내 화재 보험사의 콜센터 상담원 면접 날이었다. 4명의 면접관을 앞에 두고 면접을 보는 자리였다. 예전의 나 같았으면 그 분위기와 면접관의 카리스마에 눌려 말 한마디도 제대로 못했을 것이다. 하지만 나는 이미 그동안의 수많은 면접으로 단련이 된 상태였다.

"다른 회사에도 좋은 포지션이 많을 텐데 왜 콜센터 상담원으로 지원했나요?"

"저는 작년에 청소년 교류 프로그램으로 중국에 간 적이 있습니다. 그때 한 콜센터 회사를 견학했습니다. 그리고 엄청난 규모와 서비스에 입을 다물 수 없을 정도로 충격을 받았습니다. 바로 저는 그곳에서 앞으로 이 산업의 유망성과 미래 가능성을 보았습니다. 국내 콜센터 회사에도 전문 분야가 늘어나고 있고, 앞으로의 산업이 서비스 중심의 체제로 돌아감에 따라 콜센터의 중요성은 점점 더 커질 것입니다. 그러한 미래의 변화에 저도 함께하고 싶어 지원하게 되었습니다. 또한 제가 이곳에 입사한다면 예전에 방문했던 중국 회사보다 더 뛰어난 서비스를 제공하도록 노력하겠습니다."

면접관의 압박 질문이 이어졌다.

"우리 회사는 국내 회사이고 고객들도 다 내국인이어서 영어를 쓸 일이 전혀 없을 겁니다. 보니까 영어를 전공했던데 회사에서 전혀 쓸 기회가 없으면 아깝지 않겠어요?"

"현재 우리나라는 매년 외국인의 유입이 늘고 있습니다. 이에 따라 기업도 외국인을 타깃으로 한 제품들을 계속해서 내놓고 있습니다. 지금 회사에는 내국인 고객만 있지만 점점 외국인 고객도 늘어날 것입니다. 그때는 제 영어 실력이 유용하게 쓰일 것이라고 믿습니다. 또 지금 실력에 만족하지 않고 꾸준히 공부해 영어 실력을 더 쌓겠습니다."

면접 결과는 당연히 합격이었다.

면접, 이것만은 꼭 기억해라

첫째, 면접에서 질문에 대한 답변은 나의 진솔한 경험과 고민을 통해 나온, 나만이 이야기할 수 있는 내용이어야 한다.

내가 어떤 경험을 하고 어떤 생각을 하면서 살았는지, 그리하여 어떤 삶을 살고 싶은지, 어떤 비전을 가지고 회사에 공헌할 것인지 등이 답변에 자연스럽게 묻어날 수 있어야 한다. 나만이 가지고 있는 진짜 내 이야기를 풀어나갈 때 면접관에게 공감은 물론 감동까지 줄 수 있기 때문이다. 따라서 예상 질문을 뽑고 답변을 준비할 때 나에 대한 고민을 최대한 많이 해야 한다. 면접에 항상 등장하면서 가장 중요한 질문은 딱 두 가지다.

"왜 이 회사에 지원했습니까?"
"왜 당신을 뽑아야 합니까?"

즉, '회사'와 '나'다. 두 키워드를 가지고 나만의 스토리를 회사와 어떻게 연결시킬 것인지는 전적으로 나에게 달렸다. 예상 질문지를 뽑아보고 솔직하면서도 감동적인 답변을 준비한 후에 실전처럼 여러 번 연습하라. 언젠가는 내가 봐도 자신감 넘치고 당당하게 말하는 나 자신을 볼 수 있을 것이다.

둘째, 면접 당일, 긴장을 푸는 가장 좋은 방법은 면접관을 보고 활짝 웃는 것이다. 막상 면접이 시작되면 누구라도 떨리기 마련이다. 수많은 면접을 통해서 내가 배운 것은 첫인상은 정말 중요하며, 환하게 웃는 인상은 긴장을 풀어줄 뿐만 아니라 면접관에게 좋은 첫인상을 남긴다는 것이다. 웃는 얼굴에 침 뱉는 사람은 없다. 또 그런 인상은 호감을 주기 마련이다. 경험상 내가 먼저 웃으면 보통 상대방도 웃어줄 때가 많았다. 그러면서 딱딱한 분위기가 점점 부드럽게 변해갔다.

사실 나는 인상이 별로 좋지 않았다. 외로움을 많이 타는 성격에 서울에 혼자 올라와서 생활하다 보니 힘들 때가 많았고, 이에 따라 얼굴도 점점 굳어갔다. 활짝 웃었을 때 호감이 가는 인상을 만들기 위해 6개월을 노력했다. 특별한 비법이 있는 건 아니고 그냥 계속 웃었다. 치아가 고르게 보이고 눈주름이 살짝 생기는 자연스러운 웃음이 가장 좋아서 매일 거울을 가지고 다니며 그렇게 웃고 있는지 얼굴을 체크했다. 특히 비 오는 날이면 우산을 푹 눌러쓴 채 혼자 웃는 연습을 하고 다녔다. 남들이 봤으면 정신 나간 사람으로 오해하기 딱 좋았을 거다. 하지만 꾸준히 노력한 끝에 웃는 인상으로 점점 얼굴이 변해갔다. 그리고 웃는 인상은 성격까지도 긍정적이고 밝게 변화시켜주었다.

셋째, 면접에서 까다로운 질문을 받았을 경우, 답변이 바로 생각나지 않을 때는 솔직하게 잠시 시간을 달라고 말한다. 그래야 생각을 충분히 정리해서 당황하지 않고 논리적으로 침착하게 답변을 이어나갈 수 있다.

내가 면접관이 되어 면접에 참여했을 때 "실패를 통해 배웠던 경

48

험을 말씀해주세요"라는 질문을 한 적이 있었다. 면접자는 잠시 시간을 달라고 말했고, 한 5초 정도 생각한 후에 침착하게 답변을 이어 나갔다. 보통 자신의 단점이나 실패 등 좋지 않은 내용을 말할 때 쉽게 답변이 나오지 않는 경우가 많다. 이럴 때 머릿속이 정리되지 않은 채로 말을 하기 시작하면 내가 무슨 말을 하는지도 모르게 앞뒤가 엉망인 답변을 하는 경우가 많다. 그러므로 차라리 잠깐 생각해보겠다고 한 다음, 비록 실패를 했지만 어떤 교훈을 얻었고 그것이 나에게 어떻게 자산이 되었는지 긍정적으로 마무리를 하는 편이 좋다.

넷째, 다른 사람과 함께 면접을 본다면 그 사람이 말하는 내용을 유심히 듣고 좋은 답변은 내 것으로 만든다. 한 보험 회사의 상담원 면접을 볼 때였다. 옆에는 다른 회사에서 전직 상담원으로 일했던 분이 앉아 있었다.

"이력서를 보니 이미 다른 회사에서 상담원으로 일했었는데 왜 또 같은 일을 하려고 하죠? 같은 일을 계속하면 지겹지 않나요?"

압박 질문에도 그 분은 전혀 당황하지 않고 침착하게 자신의 이야기를 풀어놓았다.

"네, 같은 포지션에서 일했던 게 맞습니다. 그런데 상담원으로 일하다 보면 같은 일을 한다고 해도 전화를 건 고객마다 문의한 내용이 다르고 처한 환경이 다릅니다. 따라서 매일이 다르고 케이스마다 다릅니다. 그래서 지겨워질 틈 없이 항상 배우는 자세로 일했습니다.

제가 배우고 경험한 것을 토대로 이곳에서 공헌하고 싶습니다."

그분도 당연히 합격이었다.

마지막으로 나도 회사를 면접 보자. 내가 일할 만한 곳인지, 내가 같이 일할 사람들이 보고 배울 만한 사람들인지, 내가 이곳에서 잘 성장할 수 있을지, 회사의 비전이 나의 목표와 잘 맞는지 뿐만 아니라 회사의 위치나 사무실의 분위기도 확인한다.

남녀 사이에 본다는 '궁합'이 나는 개인과 회사 사이에도 있다고 생각한다. 아무리 남들이 부러워하는 대기업이고 신의 직장이라 할지라도 나와 궁합이 맞지 않으면 그야말로 회사를 다니는 것 자체가 고역이기 때문이다. 나와 회사의 궁합이 잘 맞아야 입사 후에도 행복하게 일할 수 있다. 뽑아주기만 하면 열심히 하겠다는 자세보다는 내가 이곳에서 어떤 것을 배우고 1년 후, 5년 후, 10년 후 어떤 모습으로 변해 있겠다는 구체적인 목표를 가지는 편이 좋다.

회사는 오랫동안 회사에 기여할 수 있는 인재를 찾는다. 그리고 개인도 행복하게 오래 일할 수 있는 일터가 어떤 곳인지 진지하게 한 번쯤은 생각해봐야 한다. 나에게 꼭 맞는 회사는 내가 어떤 회사를 진정으로 원하는지 알고 있을 때만 발견할 수 있기 때문이다. 어쩌면 내 인생에서 가장 중요하다고 할 수 있는 취업의 칼자루를 회사에게만 쥐어주는 것만큼 불공평한 일은 없다.

정규직 vs 6개월 파견 계약직

따르릉~ 하루는 한 인재파견업체에서 전화가 왔다. 외국계 금융 회사에서 급하게 사람을 뽑는데 나한테 잘 맞을 것 같다며 강력 추천을 해주는 것이었다. 사실 나는 금융의 '금'조차 몰랐을 정도로 금융에 대해 아무런 지식이 없었는데도 헤드헌터는 괜찮다며 말을 이었다.

> "골드만삭스라는 미국계 투자 은행에서 트레이딩 부서의 팀 비서직을 뽑고 있어요. 조건은 6개월 파견 계약직입니다."

그때 골드만삭스라는 회사가 한국에도 있는지 처음 알았다. 인터넷으로 찾아보니 전 세계에서 가장 들어가기 힘든 투자 은행 중 하나란다. 떨리는 가슴을 부여잡고 면접을 보러 갔다. 고급스러운 금장식 회사 로고, 부드러운 카펫 바닥, 역사와 전통이 느껴지는 사무실에 들어서자마자 나는 첫눈에 반해버렸다. 운명적으로 바로 이곳이 내가 일할 곳이라는 생각이 들었다.

다양한 회사에서 수많은 면접 경험으로 이미 다져진 면접 스킬 덕분에 나는 이미 어떤 면접이든 자신 있는 상태였다. 그럼에도 불구하고 면접은 결코 녹록하지 않았다.

> "6개월밖에 안 되는 파견 계약직 포지션인 건 알고 계시죠? 다른 회사

에 더 좋은 조건도 많을 텐데 왜 지원했죠?"

"저한테는 파견 계약직이나 정규직 등 고용 형태는 중요하지 않습니다. 저는 글로벌 기업에서 쟁쟁한 사람들과 함께 일하며 배우고 싶습니다. 그것만으로도 충분합니다."

정말 진심이었다. 그렇게 유명한 회사에서는 도대체 어떤 사람들이 일하고 있는지 궁금했다. 그들과 함께 일하며 비슷하게 발전해나가고 싶었다. 뒤이어 인사부, 트레이딩 부서의 전무님, 트레이더 상무님 등을 포함한 총 6번의 인터뷰를 거쳐 최종 합격했다. 그런데 공교롭게도 첫 출근일이 내가 수없이 지원한 공채 중에서 유일하게 합격한 외국계 생명 보험사의 최종 면접일이었다. 필기시험 및 논술, 면접, 프레젠테이션 발표까지 거쳐 어렵게 붙은 신입 정규직 포지션이었다. 마지막 임원 면접만 남긴 상태였다. 100% 합격한다는 보장은 없지만 정규직 포지션에 희망을 걸고 임원 면접에 갈 것인가, 아니면 6개월 후 정규직으로 전환될 보장이 전혀 없지만 글로벌 투자은행에 출근할 것인가. 고민에 휩싸였다.

나는 안정적인 미래보다는 도전하는 미래를 꿈꿨다. 내가 내 삶의 키를 쥐고 내 미래를 결정하고 싶었다. 정규직으로 입사해도 1~2년 안에 퇴사하는 사람들이 얼마나 많은가. 그러고 나서 오랜 고민 끝에 결정을 내렸다.

네 능력을 보여줘,
멍청이!

▶▶▶　　나는 내 운명의 키를 단단히 잡고 골드만삭스의 문을 열어보기로 결정했다. 6개월이면 어때? 그곳에서 배울 것을 생각하니 이미 먹지 않아도 배가 불렀다. 드디어 첫 출근하는 날, 쿵! 쿵! 쿵! 요동치는 심장을 부여잡고 회사로 향했다. 사실은 그 전날 밤 드디어 취업에 성공했다는 기대감에 들떠 쉽게 잠들지도 못했다. 결국 1시간이나 빨리 사무실에 도착했으나 출입증이 없어 건물 앞에 있는 공중전화 부스 안에 들어가 애꿎은 전화기만 바라보고 있었다. 첫인사는 어떻게 해야 할까? 오늘은 어떤 일을 하게 될까? 즐거운 상상에 휩싸였다.

　　사무실에 들어가자마자 어리바리하게 서 있는 나를 보며 한 상무님이 말씀하셨다.

　　"오늘 새로 오셨죠?"

"네, 안녕하세요! 서은진이라고 합니다. 잘 부탁드립니다."

"입사 축하해요. 지금 시간 되면 우리 팀 아침밥 좀 사다 줄래요?"

"네…? 아침밥이요?"

"건물 밖으로 나가 왼쪽으로 직진하면 작은 김밥 가게가 있어요. 여기 2만 원 줄 테니까 10줄만 사다 줄래요?"

"네, 금방 다녀오겠습니다!"

대답을 우렁차게 한 다음 밖으로 나가 바쁜 아침의 출근 거리를 헤맸지만 도대체 그 가게가 어디에 있는지 도저히 찾을 수가 없었다. 시간은 계속 흐르고 가게는 안 보이고……. 그러다 갑자기 출근길에 지하철역에서 팔던 한 줄에 천 원인 김밥이 생각났다! 결국 나는 궁여지책으로 지하철역으로 뛰어가 김밥을 사서 사무실로 돌아왔다. '아싸, 잔돈을 만 원이나 챙겨서 간다!'라고 혼자 속으로 으쓱해하면서. 그런데 내가 사온 김밥을 꺼내 열어보자마자 상무님은 엄청나게 화를 내기 시작했다.

"아니, 부탁을 했으면 시킨 대로 그 가게에서 사 와야지 자기 마음대로 아무 김밥이나 사 오면 어떡해요? 위치를 모르면 전화라도 해서 당연히 물어봐야 하는 거 아닌가요? 앞으로는 이런 식으로 일하지 마세요!"

"아, 네……. 죄송합니다……."

세상에 내 인생에 김밥 10줄 가지고 이렇게 크게 혼나보기는 또 처음이었다. 안 그래도 첫날이라 몸이 잔뜩 얼어 있는데 출근하자마자 혼나다니…… 그것도 김밥 잘못 사왔다고! 나는 그 자리를 피해 바로 화장실로 직행했다. 갑자기 복받쳐 오르는 서러움에 눈물이 흘러내렸다. 눈물을 닦고 거울에 비친 내 얼굴을 보며 말을 걸었다. '그래, 내가 잘못한 건 맞으니까 앞으로 잘하면 되지!'

나중에 알고 보니 그 김밥 가게는 두 건물 건너 있는 1평 남짓의 아주 조그만 가게였다. 그곳을 발견하고 얼마나 어이가 없던지……. 살다 살다 정말 그렇게 작은 가게는 처음이었다. 그런데 김밥이 맛있다고 소문이 자자해 나중에 먹어보니 일반 김밥보다 두 배나 더 크고 속 재료가 다양하게 들어 있어서 정말 맛있었다. 게다가 그 상무님은 그 김밥만 드시는 걸로 유명했다는 사실! 어쨌든 그렇게 나의 취업에 대한 부푼 기대감은 입사 첫날 아침부터 무참히 보기 좋게 깨지고 말았다.

아침밥 주문자에서 아침 미팅 참석자로!

골드만삭스에서 내가 속한 사업부는 증권 트레이딩 팀으로 20명의 세일즈와 트레이더가 속한 조직이었다. 나는 20명의 모든 사무 보조를 맡았는데, 다시 말해 팀 비서 역할이었다. 흔히 상상하는 비서의 모습은 기업 회장님 사무실 밖 책상에 앉아 이런저런 사무를 처리하는 그런 이미지지만, 어떻게 된 것이 이곳은 입사 첫날부터 하루 종일 사무실 여기저기를 뛰어다녀도 몸이 부족할 정도였다.

이곳의 비즈니스는 한국에 상장된 주식 및 파생 상품을 국내 및 해외의 자산 운용사나 보험사, 국민연금기금 등을 포함한 투자 회사를 상대로 서비스하는 증권업이었다. 리서치 팀에서 나오는 주식 보고서에 세일즈가 자신의 아이디어를 반영해 투자자들에게 매일 업데이트 및 투자 조언을 하면, 트레이더가 그들의 주식이나 파생 상품 거래를 거래소에서 체결한 후 그에 따른 수수료를 받는 구조였다. 따라서 트레이더는 주식 시장이 열려 있는 시간에 항상 자리를 지키면서 거래를 체결해야 했기 때문에 자연스럽게 점심도 사무실로 배달해 각자 자기 책상에서 먹었다.

내가 맡은 일은 팀원들의 점심 주문 및 배달, 기본적으로 하루에 200장이 넘는 리서치 리포트 복사, 그리고 모든 팀원들의 비용 처리였다. 게다가 수시로 걸려오는 전화를 받아 담당자에게 연결해주고 팀원들의 미팅 및 출장 스케줄도 관리했으며 그 외에 내부적으로 필요한 모든 사무 보조 업무는 다 도맡아 했다. 택배 보내랴, 옆 팀에 가서 결재 받아오랴, 전화 받으랴, 점심 주문하랴, 뛰어다니느라 정말 몸이 10개라도 부족했다.

하루는 캐나다 출신의 교포 상무님이 아침 업무를 막 시작하려는 나에게 부탁을 했다.

"은진씨, 미안한데 지금 시간 되나요?"

"네, 괜찮습니다. 뭐 도와드릴까요?"

"실은 내가 전날 고객하고 회식을 늦게까지 해서 지금 숙취로 고생 중이거든요. 나는 아침에 해장을 꼭 햄버거로 해야 해서요. ○○햄버 거 세트 좀 사다 줄래요? 팀원들 것도 같이요."

역시 교포는 해장도 햄버거로 하는구나······. 정말 극한의 문화 차 이를 느낀 순간이었다. 어쨌든 문제는 그 햄버거 체인점이 배달이 되 지 않아 직접 가서 사 와야 했는데 위치가 사무실에서 상당히 멀었 다. 나는 업무에 지장이 생기지 않도록 열심히 달려가서 6인분이 넘 는 햄버거 세트를 주문했다. 그런데 그날은 하필이면 비가 어찌나 많 이 내리는지 왠지 모를 불안감이 엄습했다. 게다가 햄버거 세트를 포 장 주문했더니 비닐봉지가 아니라 손잡이조차 없는 종이봉투에 한 가득 담아주는 게 아닌가! 한 손에는 우산을, 또 다른 손에는 햄버거 세트가 가득 담긴 종이봉투를 들고 돌아오는 길, 결국 빗물에 종이 봉투 밑이 찢어져버렸다. 오, 마이 갓!!! 햄버거, 콜라, 감자튀김 할 거 없이 안에 있는 음식물이 다 터져 나왔다.

빗물이 흥건한 바닥에 떨어진 젖은 햄버거를 주우며 갑자기 서러 움이 복받쳐 올라왔다. 처량한 신세야, 내가 이런 일 하려고 대학교 에서 공부했나! 그때 정규직 면접을 가는 건데 괜히 여기에 와서 왜 고생이니! 정말 이렇게 하찮은 식사 배달 같은 업무가 나중에 나의 커리어에 도움이나 될까. 별 오만 가지 생각이 다 들었다. 심각한 회 의감이 몰려왔다. 이게 내가 골드만삭스에서 그토록 배우고 싶었던 업무였나. 남들은 정규직 사원, 선생님, 변호사, 의사 등 보기에도 멋진 직업을 가지고 떵떵거리며 일하는데, 도대체 나는 뭔가. 나도 뭔가 대단한 일, 그럴 듯해 보이는 일, 있어 보이는 일이 하고 싶었다. 그게 뭔지도 잘 모르면서 그저 명함에 쓰인 부서와 직함에만 관심이 갔다. 그래서 지금 여기서 뭔가 더 하지 않으면 안 된다는 그런 강박 관념과 조바심에 현재의 내 모습에 만족하지 못했다.

너무 작고 초라한 내 모습이 견딜 수가 없었다. 도저히 혼자서는 마음을 잡을 수가 없어 위로라도 받고 싶은 심정으로 고등학교 때부터 의지해온 멘토에게 메일을 보냈다. 그런데 멘토의 한마디는 위로가 아닌 정신을 번쩍 뜨이게 할 정도로 따끔한 충고였다. 그 한마디는 정말 나의 고민을 단 한 순간에 날려버렸다.

"네 능력을 보여주는 데 아직 너는 바보 맹꽁이 수준이라는 것을 알아라. 아침밥, 자발적으로 하겠다고 하고 능력을 보여줘. 멍청이!"

커피 한 잔을 타도, 점심 한 번을 주문해도, 문서 한 장을 복사해도, 전화 한 통을 받아도, 영수증 한 장을 처리해도 그러니까 이런 잡무를 하나 하는데도 일을 제대로 하는 방법이 있었다. 대단한 일, 그럴 듯해 보이는 일, 있어 보이는 일……. 그런 일을 잘하는 사람은 이런 잡무 하나를 해도 제대로 효율적으로 정확하게 수행했다.

트레이딩 팀의 하루는 오전 7시 30분에 시작했다. 정확히 매일 똑같은 시간에. 리서치 팀과 전날 미국 주식 시장 업데이트 및 새로운 리서치 보고서 요약 등 그날 하루를 간단하게 브리핑하고 시작하는 중요한 미팅이 있기 때문이었다. 그런데 출근 시간이 너무 빨라 보통 아침도 못 먹고 빈속으로 회사에 오는 분들이 대부분이었다. 사실 나는 오전 9시까지만 출근하면 됐다. 괜히 일찍 나와서 아침밥을 주문받고 배달할 필요가 전혀 없었다. 내가 해야 하는 업무는 아니었으니까. 하지만 어차피 누군가는 해야 할 일이라면, 그리고 내가 자발적으로 해서 다른 팀원들이 자기 업무에 더 집중할 수 있다면 내가 하는 게 맞지 않을까.

"오늘 아침 햄버거 해장 필요하신 분?"

나는 하나라도 더 배우고 싶은 마음에 남들보다 더 이른 오전 7시까지 출근했다. 그리고 자발적으로 아침 주문을 받기 시작했다.

추운 겨울날 새벽, 해가 뜨지도 않은 이른 시간에 나는 매일 같이 고민했다. 일찍 갈까, 말까……. 살을 에는 추위. 호~ 하면 입김이 바로 얼어버릴 정도로 새벽 공기는 차가웠으며 몇 벌의 옷을 껴입어도 온몸이 부르르 떨릴 정도로 추웠다. 하지만 미래를 생각하면 단 하루도 쉴 수 없었다. 일찍 가서 조금이라도 더 배우고 싶었다. 아침 일찍 출근해도 딱히 해야 할 일이 있는 건 아니었지만 실제 필드에서는 어떤 일을 어떻게 하는지 옆에서 보고 배우는 것만으로도 내 가슴은 벅차올랐다.

여느 때처럼 아침 일찍 출근하는 길, 엘리베이터에서 캐나다 교포 상무님과 마주쳤다.

"굿모닝, 은진씨! 그런데 왜 이렇게 매일 아침 일찍 출근해요? 많이 바빠요?"

"아, 일찍 출근하는 게 좋아서요. 일도 더 배우고 싶고요."

"흠… 그럼 우리 팀이 매일 리서치 팀과 진행하는 미팅에 들어올래요? 매일 와서 들으면 공부가 되지 않겠어요?"

"정말요? 네! 그렇게 하겠습니다!"

하지만 정작 미팅에 들어가니 무슨 말인지 알아들을 수 없는 외계어가 여기저기서 튀어나왔다. 순이익, 마진, 에비타, 총 매출, 감가상각 등……. 같은 사무실에서 일하는 동료였지만 그들은 나와는 다른 세계에 사는 사람들이었다. 그래도 좌절하지 않았다. 오히려 무엇을 공부하면 되는지 조금씩 알 수 있었다. 지금은 못 알아들어도 계속 듣고 공부하면 언젠가는 나도 저들처럼 일하는 날이 오리라.

나는 꿋꿋이 매일 아침 미팅에 참석했다. 그러면서 업무도 점점 더 많아졌다. 그러다 보니 아침밥 주문을 할 시간이 도저히 나질 않았다. 몇 주 동안 지켜보시던 전무님은 팀원들에게 한마디 하셨다.

"앞으로는 은진씨한테 절대 아침밥 주문을 시키지 마세요. 아침밥이 먹고 싶으면 본인 스스로 주문하세요."

나는 속으로 외쳤다. 할렐루야~!

단순한 비서에서 오피스 매니저로!

회사의 모든 업무는 어느 정도는 매일 같은 일의 반복이다. 성공하는 사람과 그렇지 않은 사람의 차이점은 딱 한 가지다. 바로 반복되는 업무를 효율적으로 개선시키느냐 아니면 주어진 대로 기계적으로 처리하느냐다.

내가 맡은 업무도 거의 모든 일이 매일 반복의 연속이었다. 매일 점심 주문하고, 매일 리서치 자료 복사하고, 매일 비용 처리하고……. 어느 정도 일이 익숙해지자 똑같이 해서는 안 되겠다는 생각이 들었다. 일이 하루라도 밀리면 그다음 날 야근이 장난이 아니었기 때문이었다. 하루 종일 바쁜 트레이딩 팀에서 살아남기 위해서는 일을 빨리 정확하게 효율적으로 해야 그나마 모든 일을 하루에 다 마칠 수 있었다.

'어떻게 하면 일을 좀 더 효율적으로 할 수 있을까?'

항상 고민했다. 특히 점심 주문은 상당히 골칫거리였다. 보통은 20명 남짓한 사람들에게 일일이 다가가서 먹고 싶은 메뉴를 물어봤다.

"상무님, 오늘 메뉴는 샌드위치입니다. 무엇을 드시고 싶으세요?"

"오~! 저는 호밀빵에, 레러~스, 햄, 치~즈, 어뉘언~ 넣어주고요. 아, 얼~리브는 절대 들어가면 안 돼요!"

정말 어쩌면 그렇게 다들 취향이 독특하신지. 특히 교포 상무님이 말씀하실 때면 이게 영어인지 한국어인지 도대체 적응이 되질 않았다. 어쨌든 한 명씩 다 물어보고 메모한 후에 식당에 주문 전화를 했다. 음식이 배달된 다음, 교포 상무님의 떠나가라 외치는 소리.

"은진씨, 내가 얼~리브 넣지 말라고 했는데, 여기 들어 있잖아요! 나 얼~리브 못 먹는단 말이야!"

결국 나는 특단의 조치를 취했다. 매일 점심 주문하는 식당을 하나로 통일했다. 그리고 점심 메뉴 선택 문서를 만들어 그 종이를 데스크에 돌렸다. 각자 종이에 적힌 메뉴를 보고 원하는 음식 옆에 자기 이름을 적는다. 그리고 옆 사람에게 돌린다. 마지막으로 나에게 전달한다.

처음 일주일은 아무리 기다려도 종이가 나에게 돌아오지 않았다. 정황을 파악해보니 트레이더 한 분이 주식 거래를 하다 정신이 없어서 돌리는 일을 깜빡한 것이다! 그럴 때마다 나는 다가가서 일일이 부탁을 드렸다.

"이러시면 아니 됩니다, 상무님~~! 자꾸 이러시면 저희 점심 못 먹습니다~~!"

기분 나쁘지 않게 웃으면서 애교 있게 부탁드리니 모든 분들이 점점 이 방식에 맞춰 변해갔다. 결국 실수가 훨씬 줄어들었고 더 짧은 시간에 점심 주문을 할 수 있었다. 나도 일일이 돌아다니며 소리 지르면서 물어보지 않아도 되었고, 그 시간에 다른 일을 할 수 있었다. 또 새로운 메뉴 개발을 위해 퇴근 후에는 회사 주변의 식당을 탐방했다. "혹시 점심 배달하시나요?"라고 물어봐서 일이 잘 성사되면 그다음 날 오후에 "새로운 식당이 추가됐습니다!" 하고 나름의 이벤트도 열었다.

비용 처리 또한 만만치 않은 업무였다. 특히 세일즈들은 매일 영업을 하느라 하루에 발생하는 영수증의 개수가 장난이 아니었다. 이를 감사에 대비해 원본 영수증을 하나씩 다 복사한 다음에 개별 서류 파일로 정리해야 했다. 그래서 A4용지에 풀로 영수증을 최대한 많이 붙인 후 한 장씩 복사를 했는데 생각보다 시간이 엄청나게 걸렸다. 복사만 했는데도 오후가 다 지나갈 정도였으니까. 고민하다 또 특단의 조치를 취했다. A4용지에 영수증을 투명 테이프로 꼼꼼하게 붙인 후에 복사기에 넣고 자동으로 돌려버리니 문제는 간단히 해결되었다. 복사기에 영수증을 붙인 종이 뭉치를 올려놓은 다음, 10분 후에 가보면 복사는 말끔히 끝나 있었다.

매일 세일즈들이 투자 기관들을 방문해 주식 업데이트를 할 때 필요한 리포트의 복사 부수도 최소 100부에서 200부 정도로 엄청났다. 항상 이렇게 많은 양을 복사하다 보니 복사기도 과부하에 걸리는지 문제가 생기는 경우가 빈번했다. 특히 100부가 넘을 때 복사기에 종이가 자주 걸리는 것을 발견하고는 부수를 나누어 복사했다. 당연히 웬만한 복사기 고장도 혼자서 다 고쳤다. 또 복사만 하는 게 아니라 리포트를 한 번 더 읽어보면서 공부했다.

사실상 모든 일에는 높고 낮음이 없다. 중요한 것은 나 스스로 내가 하는 일에 얼마만큼의 자부심을 가지고 일을 하느냐다. 매일매일 업무를 어떻게 효율적으로 개선할지 고민하고, 오늘은 또 어떤 새로운 것을 배웠는지 생각하니 내가 맡은 업무가 더이상 하찮거나 시시하게 느껴지지 않았다. 내 일은 너무나도 중요하다. 그냥 사무 보조나 하는 팀 비서가 아니라 '오피스 매니저'다. 우리팀의 모든 사람들이 자기 일에 집중할 수 있도록 모든 일을 원만하게처리하고 있으니까. 내가 당장 없다면 사무실이 돌아가지 않을 정도였다.

골드만삭스
사람들

▶▶▶　　대학 시절, 나는 미래의 모습이 잘 그려지지가 않았다. 항상 현실에 충실했고 가장 멀어도 그저 1년 후 정도만 바라보면서 매일매일 스케줄을 꽉꽉 채워 넣으며 정말 열심히 살았다. 그날그날 해야 할 일을 빡빡하게 다 적고 끝낸 일은 밑줄을 그어야 하루를 보람차게 보낸 것 같은 느낌이 들곤 했으니까 말이다.

금융계에 파견 계약직으로 들어온 지 어느덧 6개월. 대학 시절과 달라진 점이 있다면 매일매일 해야 할 일이 오늘 고객에게 해야 할 일, 매니저에게 해야 할 일로 바뀌고, 미래가 조금씩이나마 희미하게 보인다는 것이었다.

어쩌면 대학 생활과 회사 생활은 크게 달라진 점이 없었다. 매일매일 해야 할 일이 있고, 하루하루를 충실히 보낸다는 것만 놓고 본다면 말이다. 다만 회사가 좀 더 힘들다는 것? 책임감이 훨씬 늘어났다는 것? 야근은 기본이었고, 가끔은 주말에도 하루 정도는 회사에 나가서 일해야 했으며, 나 자신보다는 회사가 먼저일 때가 많았다. 처음에 한동안은 적응하기가 참 어려웠다. 이렇게까지 일을 해야 하는지에 대한 생각만 가득했다. 가족들과 친구들도 하나같이 너무하다며 불만을 토로했다.

그런데 점점 시간이 지나면서 조금은 알 것 같았다. 이렇게 열심히 일할 때가 감사한 거라고. 즉, 내가 회사에 그만큼 필요하고 쓸모 있는 인재라는 뜻이기 때문이다. 주말에도 출근하는 나를 보고 엄마는 정말 회사가 너무한다며 나보다 더 격분하시곤 했다. 그럴 때마다 나는 이렇게 말했다.

"엄마, 저도 처음엔 화도 나고 짜증도 나고 솔직히 그랬는데요, 이제는 그냥 이것도 감사해요. 이렇게 열심히 일하면서 많이 배우고 있거든요. 엄마가 화내고 짜증내면 저도 기분이 안 좋아져요. 기왕 일하는 거 그냥 기분 좋게 하려고요. 그러니까 엄마도 기분 좋게 생각해주세요."

모든 것은 생각하기 나름이다. 또 모든 것은 다 나의 태도에 달려 있다. 내가 즐겁고 신나게 일하면 그만큼 일이 즐겁고 신나는 거다. 나는 그렇게 6개월 동안 감사하며 최선을 다해 일했다. 너무도 짧은 6개월 계약이 끝나고 인사부와 마주 앉았다.

"은진씨, 팀에서 은진씨의 업무 실력을 높이 평가하고 있어요. 그래서 계약을 연장하고 싶은데 어떻게 생각해요?"

"저야 감사하죠. 앞으로 더 열심히 하겠습니다!"

1년 더 계약이 연장되었다. 특별히 달라진 점은 없었다. 그저 매일매일 주어진 일에 최선을 다하고 충실하게 보내는 것뿐. 연봉은 정규직으로 입사한 대졸 신입 사원의 절반도 되지 않을 만큼 볼품없었으나 더 이상 돈은 중요하지 않았다. 모든 팀원이 성과급을 받고 들떠 있는 시간, 전무님은 조용히 나를 방으로 불렀다.

"은진씨, 그동안 열심히 일해줘서 고마워요. 은진씨는 성과급도 못 받는 거 알고 있어요. 그래도 열심히 잘해줘서 내가 성과급을 대신 주는 거예요."

전무님은 본인의 사비를 털어 100만 원에 상당하는 금액을 성과급으로 챙겨주셨다. 너무 감사했지만 사실 나는 성과급을 받고 안 받고는 크게 상관없었다. 회사에 다니면서 항상 이런 생각을 했다. 나는 돈을 받고 회사에 다니는 거라고. 그래서 오히려 회사에 감사해야 한다고.

대학을 이제 막 졸업한 사회 초년생이 사회생활에 대해서 무엇을 알까. 사실 신입 사원은 회사에서 부담해야 하는 비용이다. 하나부터 열까지 처음부터 다 가르쳐야 하기 때문이다. 입사하자마자 내가 제일 먼저 배운 것은 바로 트레이딩 부서의 전화를 받는 법. 그 외에 일하는 태도, 업무 센스, 여러 가지 일을 한꺼번에 하는 능력, 팀으로 일하는 방법 등 사소한 것부터 큰 것까지 나는 골드만삭스에서 비서로 일하면서 다 배웠다. 부족한 나를 여기까지 이끌어온 것도 이 회사였

고, 부족함을 느끼면서 더 열심히 하도록 채찍질하게 만든 것도 이
회사였다.

우생마사(牛生馬死)의 마음으로

골드만삭스에서 비서로 일하면서 얻은 가장 큰 소득은 내가 앞으
로 어떤 일을 하고 싶은지 조금씩 희미하게나마 알게 되었다는 점이
었다. 나는 같은 팀에서 일하는 사람들, 즉 세일즈, 트레이더, 리서치
애널리스트 등과 같은 전문직으로 일하고 싶은 욕심이 생겼다.

홍콩 금융 기관에서 일하는 상무님처럼 전 세계 투자자들을 대상
으로 세일즈를 하고 싶었고, 전무님처럼 멋진 집을 소유해 온 가족과
행복하게 살면서 친구들과 동료들을 불러 하우스 파티도 해보고 싶
었고, 리서치 애널리스트 상무님처럼 기업 분석 및 주식 전문가가 되
고 싶었으며, 일본에서 능력을 인정받으며 최연소로 초고속 승진하
신 상무님처럼 치열하게 일하고 결혼도 하고 두 딸도 키우면서 살아
가는 현명하고 멋진 엄마가 되고 싶었다. 이렇게 자기 일에 전문적인
지식과 경험을 가진 굉장한 사람들과 같은 공간에서 날마다 얼굴을
보며 일한다는 사실 자체가 나에게는 너무나도 큰 행복이고 영광이
었다.

워낙 유명한 글로벌 투자 은행인데다 소수 정예 인원만 뽑는지라

사내에는 소위 '고스펙'을 가진 사람들이 많았다. 미국이나 캐나다 교포에, 해외 명문대를 졸업하고, 굉장한 집안 배경에다 영어는 웬만하면 다 원어민 실력을 갖춘 사람들. 내 눈에는 너무나도 빛나고 멋지기만 한 그들을 보면서 스스로가 너무나도 초라하고 작게 느껴질 때도 종종 있었다. 그들과 너무 비교될 만큼 아는 것도 별로 없고 뭔가 막상 자랑할 것도 내세울 것도 없다는 사실이 나를 더 위축시키곤 했다.

국내외 명문대를 졸업하고 리서치 팀에 입사한 주니어 애널리스트들을 보면 자격지심이 들기도 했다. 나와 같은 나이인데도 그들은 국내외 기업들의 재무제표를 분석하고, 투자 리포트를 내고, 투자자들과 컨퍼런스 콜 및 미팅을 하고 다녔다. 입사하자마자 과장님이라는 호칭을 받고 금박 장식의 회사 로고가 박힌 명함도 가지고 있었다. 반면, 내가 가진 건 6개월, 1년 뒤에 계약이 끝나면 무엇을 해야 할지에 대한 불안과 고민이었다.

우생마사(牛生馬死)라는 사자성어가 있다. 소와 말은 물에 빠져도 헤엄쳐 나올 수는 있단다. 실제로 둘이 물에 빠지면 소보다 말이 훨씬 빨리 물에서 빠져 나오는데 물속에서 다리로 헤엄치는 속도가 굉장히 빨라서 그렇다고 한다. 하지만 거센 물살에 휩쓸려 떠내려갈 경우 상황은 달라진다. 말은 물에서 빠져 나오기 위해 엄청나게 헤엄을 친다. 그런데 그 방향이 하필이면 물살의 반대인 것. 말은 물에 떠내려가지 않기 위해 물살의 반대 방향으로 헤엄치지만 결국 거센 물살에 부딪쳐 전진과 후퇴를 반복하다 탈진해 익사하고 만다. 반면, 소는 물살을 거스르지 않고 그 물살을 따라 떠내려간다. 그러다가 육지 쪽으로 조금 움직이고, 또 떠내려가다 육지 쪽으로 조금 움직이고, 그렇게 물살을 따라 떠내려가면서 시나브로 움직이다 드디어 얕은 곳에 닿게 되었을 때 센 물살에서 빠져 나온다.

반짝이고 멋진 그들을 보면서 나는 '아, 나는 왜 이 모양일까. 어차피 해도 안 될 거야. 비교가 되겠어?'라고 좌절하거나 비관하지 않았다. 그저 그렇게 묵묵히 내 길을 갔다. 물결을 따라 떠내려가는 소처럼 나도 내 자리에서 최선을 다하며 조금씩 공부해나갔다. 가끔은 좌절하고 비교될 만한 현실인데도 나는 스스로를 비관한 적이 단한 번도 없었다. 애널리스트 정규직으로 입사한 친구들의 연봉이 나보다 2~3배 혹은 4~5배씩이나 많은 것을 보고도 부러워하지 않았다. 그들은 그들이고 나는 나였으니까.

그저 나에게 주어진 모든 기회와 환경에 감사하면서 우생마사의 상황처럼 조금씩 하루하루를 충실하게 살았다. 주위를 둘러보면 그런 기회조차 없는 사람들이 많았으니까. 그리고 사실은 남들과 비교할 시간조차 없었다. 공부할 게 너무 많았고 내 앞에 펼쳐질 꿈을 잡기 위해서는 매 순간이 중요했다. 여기서 조금만 더 열심히 하면 꿈이 이루어질 것 같았다.

○

공부, 공부, 그리고 또 공부

경제나 경영을 제대로 전공하지 않은 내가 금융계의 생리를 단기간에 이해한다는 것은 거의 불가능했다. 증권사의 세일즈나 트레이더가 되려면 어떻게 해야 할까? 현재 가지고 있는 지식만으로는 너무나 부족했다. 그런데 뭘 도대체 어떻게 시작해야 하는지 감도 안 잡혔다. 그러다가 앉아서 곰곰이 생각해보니 내가 되고 싶은 '워너비'들이 이미 같은 사무실, 바로 옆자리에서 근무하고 있는 것이 아닌가! 주위를 둘러보니 모두 10년에서 20년 경력의 베테랑 세일즈와 트레이더들이 포진해 있었다. 한 명 한 명이 나의 스승이고 멘토였다. 그들한테 어떻게 공부하면 되는지 물어보면 제일 간단하고 쉬울 것을! 나는 시간이 될 때마다 상무님들에게 궁금한 내용을 물어보기 시작했다.

"상무님, 주식 거래하실 때 가끔 '뷰압(?)'이라고 말씀하시는데 도대체 무슨 뜻인가요?"

"그건 영어 VWAP(Volume Weighted Average Price)의 약자인데 전체 거래된 주식 수량을 기준으로 해서 낸 평균 가격이라고 생각하면 돼."

"아, 그럼 VWAP보다 잘했다고 하는 건 평균 거래 가격보다 좋은 가격에 거래를 체결했다는 뜻이군요."

"어, 그렇지. 은진씨가 트레이딩에 관심이 많구나. 혹시 그러면 주

71

식 거래나 선물 거래 상담사를 공부해보는 건 어때?"

나는 퇴근 후와 주말마다 금융 자격증을 따기 위해 그 누구보다 열심히 공부했다. 그리고 영어 스터디도 결성해 영어 금융지를 매번 번역하면서 금융 공부를 했다.

"상무님, 주식 분석은 도대체 어떻게 공부하면 쉽나요?"

"어, 은진씨가 관심이 많군요. 나한테 정리가 잘돼 있는 주식 분석 리포트가 있는데, 이거 한번 읽어볼래요?"

"와, 정말 감사합니다!"

나는 시간이 날 때마다 물어봤다. 이건 뭐고 저건 뭐냐고. 어떻게 공부하면 되냐고. 뭘 더 준비하면 되냐고. 혹시 더 도와드릴 일은 없냐고. 그리고 시간이 날 때마다 공부했다. 그러자 처음에는 외계어 같았던 단어들이 점점 어떤 의미가 되어 들려오기 시작했다. 아침 미팅에 들어가서 그냥 듣고만 있어도 이제는 어느 정도 이해가 되고 심지어 가끔은 질문까지 하고 싶을 때가 생겼다.

자기 그릇이 결정되는 것은 상사 혹은 회사가 나에게 얼마만큼 기대하고 있는지도 있지만, 그보다는 내가 어느 자리에서 어떤 능력을 쌓고자 하는지 개인의 욕심과 목표가 더 크게 작용한다. 나는 비록 팀 비서 업무를 하고 있었지만 나의 그릇은 그것보다 훨씬 더 크다고 믿었다. 언젠가는 나에게 주어질 큰 그릇에 부합하기 위해 내가 할 수 있는 일은 공부, 공부, 또 공부뿐이었다.

나는 그렇게 매일매일 치열하게 살았다. 모두 퇴근하고 혼자 남아

○

야근하고 집에 들어가는 길, 까만 밤하늘에 별이 총총 빛났다.

"오늘도 꽉 채워서 충실하게 살았구나!"

비록 체력이 달리고 몸이 힘들지언정 마음만큼은 충만했기에 너무나 행복했다. 매일 새로운 것을 배우고 조금씩 성장하고 있다는 사실에 힘든 줄도 몰랐다. 그렇게 나는 묵묵히 내 길을 갔고, 그렇게 하루하루 성장하고 있었다. 그리고 1년 반이 지난 어느 날, 그토록 갈망하고 원했던 엄청난 기회가 나에게 다가왔다. 불가능할 것만 같았던 바로 그 기회가.

무시무시한
트레이딩의 세계

▶▶▶ 국내 코스피 시장 지수 2,000 돌파!

주식 시장 활황에 외국인 투자자의 자금이 거액으로 유입되면서 사무실도 활기를 띠었다. 내부에서 사람을 더 뽑아야 한다는 이야기가 들리기 시작했다. 국내 투자자를 대상으로 서비스하는 국내 주식 영업 팀에는 전담 트레이더가 없어서 세일즈가 영업과 주식 체결을 동시에 하는 상황이 종종 발생했다. 그러다 보니 주문이 늘자 점점 영업 활동에 차질이 생기기 시작했다. 결국 트레이더 한 명을 더 뽑기로 결정했다. 오, 마이 갓! 이것은 분명 신이 주신 기회였다. 절대로 놓칠 수 없었다. 지금이 아니면 앞으로 언제 기회가 또 올지 알 수 없었다. 나는 마음을 단단히 먹고 본격적으로 작업에 들어갔다.

"상무님, 저 사실 새로운 포지션에 관심이 있습니다. 정말 잘할 자신 있는데 시켜주세요!"

○

"아, 은진씨……. 실은 그 자리는 최소 2~3년 이상 트레이딩 경력이 있는 사람을 뽑고 있거든. 미안하지만 아무래도 힘들 것 같아."

"아… 네, 잘 알겠습니다."

비록 경력은 없지만 그동안 열심히 일했던 성실함과 꾸준함이 내 강점이라고 생각했다. 그런데 그런 나한테는 기회조차도 주어지지 않는 게 아닌가! 항상 긍정적으로 열심히 성실하게 일해도 안 되는 건 안 되는 거구나. 아무리 혼자 뒤에서 주식 공부를 해도, 트레이딩 실무 공부를 해도 정식으로 입사하지 않으면 안 되는 거구나. 그 와 중에 나는 외부 경력직 후보들과 인터뷰 미팅을 잡아야 했다. 인터뷰를 하러 온 사람들을 안내하면서 마음속으로 기도했다.

'제발 떨어져라!'

하지만 외부 경력직들과 계속되는 인터뷰 일정을 보고 있자니 그나마 가지고 있던 작은 희망마저도 버려야 할 것 같았다. 그럼에도 불구하고 나는 시간이 될 때마다 적극적으로 스스로를 마케팅했다.

"상무님, 그 자리가 경력직인 거 잘 알고 있습니다. 그런데 상무님도 그 동안 옆에서 지켜보셔서 잘 아시겠지만 저는 책임감이 강하고 일도 아주 빨리 배웁니다. 경력은 없지만 빨리 배워서 실무에 바로 투입될 수 있습니다. 또 그동안 공부해서 금융 자격증도 땄고, 경제 공부도 꾸준

히 했습니다. 혹시라도 모든 인터뷰가 성사되지 않아 기회가 다시 생
긴다면 저를 고려해주세요."

나는 정식으로 한 분, 한 분께 부탁을 드렸다. 그런데 하늘도 무심
하시지 아무리 노력해도 별 성과가 없었다. 결국 체념하고 마음을 추
스르던 어느 날, 전무님이 나를 사무실로 조용히 부르시는 게 아닌
가. 그리고 딱 한마디만 물어보셨다.

"은진씨, 앞으로 잘할 수 있어요?"

"네? 전무님……. 설마……."

"그래요, 우리 팀에서 은진씨를 정식 트레이더로 고용하기로 결
정했어요."

오, 마이 갓! 오, 마이 갓!! 오, 마이 갓!!! 도저히 믿기지가 않았다.
내가…? 아무런 트레이딩 경력도 없는 나를…? 그것도 1년 동안 비
서 일만 했던 나에게…? 그렇게 해서 나는 인터뷰 같지 않은 두 번의
인터뷰를 거쳐 정식 트레이더로 승진했다. 상무님이 나를 보며 말씀
하셨다.

"은진씨, 형식적으로라도 인터뷰를 하라고 해서 하는 거예요. 앞
으로 잘 부탁해요. 우리 서로 잘해봐요."

나의 가능성을 믿어주고 가늠할 수 없는 큰 기회를 준 상사에게
내가 할 수 있는 대답 역시 단 한마디로 간단했다.

"감사합니다, 상무님! 정말 감사합니다! 앞으로 더 열심히 잘하겠

습니다!"

내 포지션은 시니어 애널리스트(Senior Analyst), 직함은 과장. 1년 만에 그렇게도 내가 꿈에 그리던 금박 장식의 회사 로고가 박힌 명함을 받는 순간이었다. 나는 그길로 또 화장실로 직행했다. 그리고 떠나가라 소리를 한번 질렀다. "아~아~~아싸~~~!!!" 그런 다음 부모님께 전화를 걸었다.

"엄마!!! 저 트레이더로 뽑혔어요! 과장으로 승진했어!! 진짜 대박이야!!!"

부모님은 한동안 멍해서 말씀이 없으시더니 수화기 저 멀리서 훌쩍거리는 소리가 들렸다.

"은진아, 정말 감사하다. 그동안 수고 많았어. 정말 장하다, 우리 딸. 앞으로도 열심히 해!"

가슴 한가득 벅찬 감정이 솟구쳐 올랐다. 가슴이 너무 뛰어서 진정시킬 수가 없었다. 그동안 사무실에서 참고 있었던 웃음이 터져서 입이 헤벌쭉해졌다. 좋아 죽을 것 같은 이 마음을 어찌 표현할꼬? 퇴근 후 집에 돌아와서는 동생을 부둥켜안고 저녁 내내 뛰어다녔다. 한참을 소리 지르면서! 내가 해내다니! 나에게 이런 엄청난 기회가 주어지다니! 도저히 믿을 수가 없었다. 그러나 너무나 달콤한 사실이었다.

나중에 듣기로는 전무님이 내부적으로 한마디를 하셨다고 했다. "은진씨는 시켜도 된다"라고. 또 다른 상무님들도 나에게 기회를 한

번 주자고 만장일치로 동의했다고 했다. 나는 그렇게 유례없이 골드
만삭스에서 전 세계 최초로 파견 계약직 비서에서 정규직 트레이더
로 발탁됐다.

처음 걸음마 했을 때를 생각해봤다. 1년 전 입사 당시, 아무것도
모른 채 열정만 갖고 시작했을 때를 생각하면, 지금은 비교할 수조차
없을 만큼 많이 자라 있었다. 나의 미래는 내가 원하는 만큼, 내
가 생각한 만큼, 내가 상상한 만큼, 내가 소망한 만큼 이루어
져 있었다. 그렇게 삶은 내가 꿈꾸는 만큼 이루어진다. 꿈을 이
루기 위해서는 치열하게 노력하는 것도 중요하지만 그만큼 그 꿈을
다른 사람들에게 알리는 것도 중요하다. 그래서 기회가 왔을 때 정확
히 포착해 내 두 손으로 꼭 잡을 수 있도록…….

승진 발표와 동시에 나는 또 다른 꿈을 꾸기 시작했다. 언젠가 전
세계를 무대로, 벅찬 가슴을 안고 꿈을 조금씩 이루면서, 삶에 최선
을 다하며 살아가고 있을 그날이 곧 올 거라고……. 삶은 내가 꿈꾸
는 만큼 이루어지니까. 이제부터 진짜 시작이다.

조금씩 성장하는 트레이더로서의 삶

트레이더로 승진한 후 나의 하루는 180도로 달라졌다. 급하게 뽑
은 자리라 트레이닝 없이 바로 실무에 투입됐다. 정말 단 5분도 쉴 틈

이 없는 하루는 오전 7시부터 오후 7~8시까지 이어졌다.

처음에 가장 힘들었던 것은 화장실을 마음대로 못 가는 것이었다. 전화로 혹은 컴퓨터로 누가 주식 주문을 할지 모르기 때문이었다. 장이 열려 있는 오전 9시부터 오후 3시까지는 잠깐이라도 사무실을 벗어나려면 동료에게 부탁하고 잽싸게 총알 같이 다녀와야 했다.

그다음으로 힘들었던 것은 점심 식사. 책상을 떠나지 못하므로 항상 점심을 사무실로 배달해서 먹었다. 게다가 주식 가격이 크게 움직일 수도 있으므로 항상 모니터를 주시하고 있어야만 했다. 그 후로 내 점심시간은 10분으로 맞춰졌다. 그때부터였던 것 같다. 밥을 빨리 먹는 안 좋은 습관이 생긴 게…….

게다가 장중에는 투자 기관 고객들의 비즈니스 요청도 끊이질 않았다.

"서 과장, ○○ 투자 회사에서 화학 섹터 최근 리포트를 보내달라는데, 그것 좀 처리해줄래요?"

"이번에 □□ 정유 회사에서 로드 쇼를 하는데 고객 미팅이 잘 잡혔는지 한 번 더 확인해줄래요?"

"△△ 투자 자산에서 미국 리서치 팀의 에너지 섹터 애널리스트하고 컨퍼런스 콜을 하고 싶다는데, 일정 좀 잡아서 진행해줄래요?"

"다음 달 이코노미스트에서 주최하는 세미나 일정과 장소는 다 확인했나요?"

주식 거래를 체결하는 일 외에도 내가 해야 할 일은 끝이 보이지 않았다. 관련 리포트도 찾아서 보내줘야 하고, 리서치 애널리스트와 미팅을 잡고, 컨퍼런스 콜을 준비하고, 세미나가 있을 경우에는 참석자부터 장소까지 확인하는 것도 모두 내 몫이었다.

장이 끝난 후에는 개별 주식 거래 체결을 확인해서 모든 거래가 끝까지 잘 마무리되도록 정리해야 했다. 그게 끝나면 장중에 바빠서 밀어놓았던 고객들의 업무를 하나씩 처리했다. 사실 이 모든 일이 오후 6시에 끝나면 그야말로 기적이었다. 작은 일 하나라도 제대로 하려는 내 성격상 오늘 업무를 대충대충 끝내고 퇴근할 수도 없었다. 너무나 당연한 이야기지만 어쩜 일에 적응할수록 업무량은 왜 점점 더 많아지기만 하는지…….

평균 퇴근 시간은 오후 9시였고, 오후 11시가 돼서야 퇴근한 적도 아주 흔했다. 문제는 그렇게 해도 일을 끝내지 못할 때가 수두룩했다는 것. 드디어 집으로 퇴근하는 길, 나는 전쟁터에서 싸우다 진 패잔병의 모습이었다. 온몸은 녹초가 되었고 집에 도착하자마자 종이 인형으로 둔갑해 그대로 침대에 쓰러져 잠들었다.

평일은 그렇다 쳐도 주말에도 수시로 나와서 일해야 할 상황이 생겼다. 알고 보니 바로 위 상사가 지독한 일벌레였던 것. 정말 주말에는 어쩜 그렇게 사기가 더 생기시는지, 조용히 잠만 자고 싶은 나를 기어코 사무실로 불러 같이 일했다. 그러다 보니 사생활은 점점 줄어들었고 내 삶은 집→회사→집으로 요약됐다. 정말 말 그대로 "회사는 내 인생의 전부야!"가 된 것이었다.

그런데 참 이상했다. 몸은 힘들고 죽는다는 소리가 나올지언정 마음은 왠지 모르게 항상 즐거웠다. 나에게 주어진 일이 있다는 그 자체가 감사했고, 아무것도 모르는 나에게 큰 기회를 준 회사에 감사했고, 나에게 하나라도 더 가르쳐주려고 애쓰는 동료들이 감사했다. 그리고 무엇보다도 나보다 더 바쁘게 열심히 일하는 동료들이 훨씬 많았기 때문에 그들을 보며 스스로 자극을 받았고 힘도 났다.

리서치 팀의 소비재 섹터 애널리스트인 P 상무님. 그분은 한 달에 1~2주 정도는 미국과 유럽의 투자자들과 미팅을 하기 위해 출장을 가셨다. 서울에 계실 때도 기업 탐방, 고객 미팅, 컨퍼런스 콜 등 스케줄을 살펴보면 비어 있는 30분을 찾아볼 수가 없을 정도였다. 그런데 제일 부지런히 리포트를 자주 내셨기에 도대체 그 많은 일을 언제 다 하시는 걸까 신기하기만 했다.

그날도 어김없이 주말에 나와 툴툴거리며 일하고 있는데 P 상무님이 갑자기 사무실로 들어오시는 게 아닌가! 그러고 나선 두세 시간 바짝 해야 할 일을 마무리하고 다시 나가셨는데, 다음 주 월요일에 보니 역시 새로운 리포트가 나와 있었다. 그분의 시간 관리, 자기 일에 대한 주인 의식, 게다가 항상 존댓말로 모든 사람을 친절하게 대하는 인간미 넘치는 태도를 보면서 정말 많이 배우고 느꼈다.

시간이 흐르고 나도 어느 순간부터는 일이 정말로 재밌어지기 시작했다. 고객이 주식 관련 문의를 하면 왜 그런 질문을 했을까 다시

한 번 생각하게 됐다. 또 간단한 리서치 문의 하나에도 심사숙고해서 정성을 다해 답변했다.

한번은 국내 대규모 투자 기관에서 미국의 태양광 산업과 관련된 자료를 보내달라며 그에 따른 긴 질문을 함께 첨부해 메일을 보내왔다. 미국의 담당 애널리스트에게 문의하니 딱 한 줄로 답변이 오는 게 아닌가.

"이 내용은 과거에 작성한 리포트에 다 있으니 첨부 파일을 확인하세요."

헉. 무성의한 답변을 그대로 고객에게 전달하기에는 양심이 허락하지가 않았다. 결국 나는 거의 2시간 동안 모든 관련 리포트를 정독하고 모든 표를 정리한 후 고객의 질문에 대한 답변을 한국어로 정리해서 보냈다. 그리고 그다음 날 고객으로부터 메일을 받았다.

"실은 다른 증권사에도 같이 요청했는데 골드만삭스가 가장 도움이 많이 됐어요. 정말 고맙습니다."

그간 쌓인 온갖 피로와 묵은 때가 단번에 씻겨나가는 상쾌한 기분이란! 이런 답변을 받을 때마다 나는 조금씩 자신감을 얻었다. 이렇게 급박하게 돌아가는 투자 은행에서 살아남으려면 그만큼 힘들고 스트레스도 심하지만 나 자신이 조금씩 발전하고 변하는 모습을 보면서 도저히 멈출 수가 없었다. 나의 책임과 위치가 조금씩 더 커지

○

는 게 보이고, 상사가 나한테 거는 기대가 더 커지고, 내 존재를 알고 나에게 일을 요청하는 고객들이 생기는 게 뚜렷이 보였다. 그만큼 일이, 나의 성장이 너무 재미있고 즐거웠다.

실수, 실수, 그리고 또 실수

"지금까지 살면서 제일 많이 울었던 적이 언제인가요?"

누군가 이렇게 물으면 나는 단연코 골드만삭스에서 트레이더로 일하던 때라고 주저하지 않고 대답할 수 있다. 보통 증권사의 트레이더는 신입 시절부터 바로 주문을 결제하는 트레이딩 업무를 하지 않는다. 시스템 안에서 수억 원, 수천 억, 심지어는 조 단위의 돈이 움직이기에 그만큼 위험 부담이 크기 때문이다. 따라서 처음에 수습 기간이나 몇 년 정도는 직접 거래하지 않고 공부를 좀 더 하고 실무를 익힌 후 조금씩 실전에 투입시키는 게 일반적이다.

그런데 나는 어떤 연습이나 교육도 없이 곧바로 실무에 투입됐기 때문에 시행착오가 많아도 너무 많았다. 주문 시스템 자체도 익숙하지 않은데다 온통 영어로 된 주문 거래와 관련된 용어마저도 굉장히 생소했다. 거기에 모든 국내 기관의 거래 주문을 혼자 처리해야 했으니 그 부담감도 만만치 않았다. 혼자 최소 100억에서 최대 몇 천 억을 거래해야 했으니 말이다. 그러다 보니 너무나 당연하게도 실수가 끊이지 않았다. 그러던 어느 날, 고객이 전화로 주식을 주문했다.

"○○화학, 100주 매수. 장 끝날 때까지 가격 잘 조정해서 체결해 주세요."

"네, 알겠습니다. 감사합니다!"

나는 평소대로 주식 거래 시스템에 주문을 올리고는 다른 일을 시작했다. 한두 시간쯤 흘렀을까, 그 고객으로부터 또 전화가 왔다.

"혹시 제 주문 들어갔나요? 왜 시장에 가격 변동이 없죠?"

"아, 잠시만 기다려주세요. 제가 확인해보겠습니다."

다급하게 확인해보니 말 그대로 시스템에 주문을 올리긴 올렸는데 실제 시장에서 체결을 하지 않은 것이었다. 도대체 무슨 생각이었는지 완전히 까먹고 있었다. 정말 정신줄이 나가도 보통 나간 게 아니었다. 결국 뒤처리는 모두 선임이 해주셨지만 마음은 편치 않았다.

트레이더로 일하다 보면 내가 가끔 시장 한복판에 와 있나 하는 착각이 들 때가 종종 있다. 갑자기 주문이 밀리거나 장이 심하게 움직이면 사무실이 난리가 난다. 세일즈는 고객들에게 전화를 돌리고, 트레이더는 서로 소리를 지르며 주문 체결을 하고, 사무실 안에서 뛰어다니고 말 그대로 난장판이 된다. 특히 주식 시장이 심하게 움직일 때 현재 가격으로 체결해야 하는 시장가 주문은 특별히 조심해서 정확하고 신속하게 해야 하는데……

나에게는 잊을 수 없는 그날이 있다. 그날도 이렇게 아침부터 정신이 없는 하루였다. 모두가 소리를 지르고 난리가 났던 그날. 그 와

중에 전화가 다급하게 울렸다.

　"○○은행, 2천 주, 시장가 사자!"

　대답할 겨를도 없이 전화는 끊겨 있었다. 나는 곧바로 시스템에 주문을 올리고 시장가에 체결을 했다. 그리고 고객에게 업데이트를 하려고 보는 순간, 진심으로 그 자리에서 기절해 쓰러지는 줄 알았다. 아니, 정말 기절해서 쓰러져 병원으로 실려 가고 싶었다. "사자!"라고 했으니 분명 매수 주문이었는데 시스템에는 매도로 체결이 된 것이었다. 이건 정말 뭔가 잘못돼도 한참 잘못됐다. 맙소사, 이런 말도 안 되는 엄청난 실수를……. 손이 부들부들 떨리고 목소리도 나오지 않았다.

　"서 과장 뭐 잘못됐어? 왜 그래? 지금 ○○은행 어떻게 된 거야?"

　"저……. 그, 그게……."

　사무실은 더 난리가 났다. 실수를 확인했던 순간, 정말 두 손이 부들부들 떨리면서 갑자기 주책없이 눈물이 나오려고 했다. 누가 한마디만 하면 거의 울음이라도 엉엉 터뜨릴 태세였다. "에휴, 또 실수했니?"라고 누군가 이야기했다면 참고 참았던 눈물을 또 흘렸을지도 모른다. 나는 나 자신에 대한 회의가 들었다. 왜 나는 이것밖에 안 될까. 왜 나는 맨날 실수만 할까. 왜 그렇게 조심을 하는데도 사고가 나는 걸까. 정말 알 수 없는 건 내가 실수를 안 하려고 하면 할수록 더 큰 실수가 생기는 것이었다. 아무리 조심한다고 해도 그게 어디서든 100% 완벽할 수 없는 것처럼 어디선가 자꾸 이렇게 삐걱댔다.

○

결국 경험이 많으신 J 상무님이 급히 반대 주문으로 바꿔 실수는 우선 일단락됐다. 그런데 이에 따른 손해가 몇 백만 원이 난 것이다. 심장이 뛰고 눈물이 나서 뭘 어떻게 해야 할지 몰랐다. 그렇게 스스로를 벼랑으로 몰아가고 있다 보니 이런 생각까지 들었다.

'아, 회사를 그만둬야 하나. 난 트레이더로서 소질이 없나 보다. 도대체 맨날 이렇게 실수만 하고……. 내가 나가기도 전에 회사가 먼저 나를 포기하는 건 아닐까?'

사람이 정말 우울한 생각만 하니 끝도 없이 우울해졌다. 그렇게 사무실에서 자책의 시간을 보내고 있으니 목소리엔 힘이 없고 눈가엔 눈물만 그렁그렁 차 있었다. 힘없이 축 처져 앉아 있는데 상무님이 메신저를 보내왔다.

"은진씨, 목소리가 왜 이렇게 기어 들어가? 사람이 실수를 할 수도 있지. 힘찬 은진씨, 오뚝이처럼 다시 해보자!"

아무리 실수 없는 발전은 없다고 하지만 크고 작은 실수가 터질 때마다 심장은 벌렁벌렁 뛰었다. 또 내가 무슨 잘못을 한 건 아닌지 하루하루가 서바이벌 삶의 현장이었다. 정말 내가 이러다 제명을 다 채우고 살 수 있을지 의문이 들 정도였다. 실수를 하면 상사한테 혼나는 건 당연한데, 그렇게 혼나면서도 나를 위해서 해주시는 말씀들이 얼마나 위안이 되던지…….

"은진 씨, 골드만삭스는 한 사람에게 그 사람이 할 수 있는 업무량을 절대 주지 않아. 최소 2명에서 3~4명이 해야만 하는 업무량을 던져주고 그 사람이 얼마나 역량이 되는지, 얼마나 발전하는지 보는 거야. 그러니까 처음에는 이렇게 힘든 게 당연해."

그렇게 실수를 할 때마다 나는 똑같은 실수를 다시는 하지 않으려고 노력했다. 그 뒤로 나는 주식 주문을 받으면 고객에게 최대한 지속적으로 시장 상황을 업데이트해주고, 좋은 가격에 체결하기 위해서 트레이더와 지속적으로 상의하고, 차트 및 그래프까지 꼼꼼하게 분석해 보고를 했다. 그리고 몇 주 후, 한 자문사의 팀장님이 주식 주문을 하면서 이렇게 말씀하셨다.

"알아서 좋은 가격에 잘 매매해주세요. 그동안 서 과장 많이 늘었어요. 이젠 잘하시더라고요."

이 한마디를 듣는 순간 그동안의 수많은 고생과 흘렸던 눈물이 파노라마처럼 지나갔다. 아, 이 맛에 트레이딩을 하는구나. 실수는 어쩔 수 없다. 그보다 더 중요한 것은 같은 실수를 반복하지 않는 것이다.

나에게 있어 회사라는 존재는 인간을 한 단계 성숙하게 해
주는 매개였다. 어느 곳에서 어떤 일을 하든 그 안에서 최선을 다하
면 물론 본인이 회사에 기여한 것도 있겠지만, 무엇보다도 스스로가
훨씬 성장해 있었다.

가끔 주변 사람들로부터 이런 고민도 받는다. 지금 회사가 너무 비
전이 없어서 못 다니겠다고. 하지만 회사에서 자신의 위치는, 향후 그
려지는 비전은 최소 1~2년은 진득하게 일해야 보이는 것이다. 회사는
이제 막 입사한 사람한테는 쉽게 기회를 주지 않는다. 적어도 1~2년은
두고 지켜본다. 믿고 일을 맡겨도 될 만큼 된 사람인지 아닌지.

골드만삭스 시절의 유일한 사진, 연말 행사에서 여동생 유진이와 함께

07

성장 후 다가온
위기

▶▶▶　매일 이메일로 날아오는 금융업계 소식지를 보다가 이런
글귀를 발견했다.

Work hard in silence, let success be your noise.
(묵묵히 열심히 일하면 성공은 크게 따라올 것이다.)

미국의 가수 프랭크 오션(Frank Ocean)이 말했다는 이 짧은 문장
하나가 내 가슴을 사무치도록 울린 기억이 있다. 그리고 이 문장은
내 삶 깊숙이 자리하게 되었다.

가장 먼저 출근하고 가장 늦게 퇴근하는 사람

트레이더로 일하면서도 출근 시간은 오히려 변함이 없었다. 정해진 출근 시간은 오전 7시 30분. 나의 출근 시간은 오전 7시, 아무리 늦어도 7시 15분. 나는 어김없이 다른 사람들보다 항상 일찍 출근했다. 그래서 신문 기사를 하나라도 더 보고, 하나라도 더 배우고 싶었다. 하루 종일 점심도 제대로 못 먹어가면서 주식 거래를 하다 보면 어느덧 오후 5시. 그 후 밀린 업무를 처리하고 나면 어느새 오후 7~8시. 그때 주변을 둘러보면 이미 동료들은 다 퇴근하고 나만 혼자 사무실에 남아 있는 경우가 허다했다.

가끔은 해도 해도 끝없는, 오히려 늘어만 가는 업무량이 너무 벅차서 '이렇게 일만 하며 살아야 하나?', '누가 알아주는 것도 아닌데……', '누가 매일 같이 칭찬해주는 것도 아닌데……' 하는 허탈한 마음이 들기도 했다. 그럼에도 나는 멈추지 않았다. 더 열심히 했으면 했지 결코 요령을 피우거나 쉽게 가려고 잔꾀를 부리지 않았다. 오히려 주어진 기회에 감사하며 내가 일할 곳이 있고 그 안에서 매일 배우고 성장하고 있음을 스스로 느끼니 더 이상 허탈하지도, 힘들지도 않았다.

그렇게 트레이더로서 하루하루 치열하게 일하다 보니 어느덧 연말 평가 시즌. 골드만삭스는 연말 평가를 위해 내부 동료 10명에게 동료 평가 요청을 한다. 단지 상사의 의견뿐만 아니라 동료의 의견까지 성과에 반영하고자 함이다. 회사는 개인의 영업력이나 실적 등 눈에 보이는 성과뿐만 아니라 팀워크, 인간관계 등 소프트한 역량까지도 평가했다.

드디어 내 차례, 회의실에서 전무님과 마주 보고 앉았다. 그동안 워낙 실수를 많이 해서 상당히 주눅 들어 있는 상태라 솔직히 너무나 두려웠다. 동료들이 지켜본 내 모습은 과연 어떨지…….

"서 과장, 짧은 기간에 바로 실무에 투입돼서 일하느라 수고가 많았어요."

"아닙니다. 오히려 저한테 이런 기회를 주셔서 감사합니다."

"그래요, 이번에 동료들이 서 과장을 평가한 내용이에요. 한번 들어보세요."

- 성실하고 맡은 일을 꾸준히 한다.
- 무엇이든 열심히 하고 모르는 게 있으면 배우려고 하는 자세가 남다르다.
- 처음에 아무것도 모르는 어시스턴트로 시작해서 지금 세일즈 트레이더로 훌륭하게 성장했다.
- 실력이 지속적으로 향상되고 있다.
- 직속상관을 대단히 잘 보조하고 모든 업무를 혼자서 훌륭하게 수행한다.
- 많은 업무량을 혼자 완벽히 처리하며 그에 대해 불평하지 않는다.
- 친절하며 긍정적인 사고가 배어 있다.

ㅇ

그중에서 가장 내 눈에 돋보였던 평가 한마디가 있었다.

First One In, Last One Out.
(가장 먼저 출근해서 가장 나중에 퇴근한다.)

남들이 아무도 알아주지 않을 거라고 생각했던 건 나만의 착각이었다. 사무실에서 같이 일하는 동료들은 내가 어떤 태도로 일하는지, 어떤 자세와 마인드를 가지고 어떤 일을 하는지 다 보고 있었던 것이었다. 혼자 매일 야근한다고 힘들다고 투덜대며 일부러 떠들고 다니지 않아도 이미 동료들은 내가 얼마나 열심히 오랜 시간 일을 하는지 다 알고 있었다. 같이 일하는 동료들에게 좋은 평가를 받고 칭찬을 받는다는 건 참 행복한 일이다. 평가를 마치고 나는 또 한 번 회사에 감사했다. 아무것도 몰랐던 나에게 더 클 수 있는 기회를 주고, 더 발전할 수 있도록 격려를 아끼지 않으니 말이다.

얼마 안 가 업계 헤드헌터들로부터 전화가 걸려오기 시작했다. 그제야 나는 어렴풋이 깨달았다. 일을 잘하는 법에 대해, 일을 어떻게 하면 되는지.

Work hard in silence, make success be your noise.
(묵묵히 열심히 일하면 성공은 크게 따라올 것이다.)

스스로 최선을 다해 일하면 굳이 떠벌리고 다니지 않아도 남들이 알아서 인정해준다는 것. 남들이 뭐라고 하든지 내가 먼저 나 스스로 인정할 만큼 노력할 때, 그리고 경험과 지식이 쌓여 내 분야의 전문가가 되었을 때, 그때는 남들이 먼저 나를 찾을 것이다.

버티는 것도 능력이다

투자 은행 업무가 매일매일 가슴이 벅차고 즐거웠던 것만은 아니었다. 좋은 업무 평가는 물론 동기 부여가 되었지만 엄청난 업무량, 실적 스트레스, 사내 인간관계, 업무에서 저지르는 실수 등으로 회사를 그만두고 싶은 상황이 한두 번이 아니었다.

날마다 여지없이 이어지는 야근에 Y 상무님이 고생한다고 저녁밥을 사주겠다며 건물 지하의 레스토랑으로 데려갔다. 나도 사람인지라 그동안 정신적·육체적으로 너무 지치고 힘들어한다는 걸 알아채셨나 보다.

"은진씨, 지금 힘들지? 있잖아, 회사에서는 버티는 것도 능력이야. 사실 회사에 가만히 앉아만 있어도 실력이 늘거든. 그러니까 지금 조금만 더 힘내고 우리 계속 잘해보자."

Y 상무님은 초등학생인 두 딸을 둔 워킹맘이었다. 그녀는 고등학교를 졸업하고 바로 증권사에서 트레이더로 일하기 시작했다. 그러던 게 어느새 경력이 쌓여 벌써 15년차. 수십 년의 세월 동안 수많은 시행착오와 스트레스, 힘겨운 상황을 이겨내고 여기까지 버텨왔다. 특히 두 아이를 키우면서 엄청난 업무량을 요구하는 투자 은행에서 일한다는 것은 정말 보통 사람이 아니고서는 불가능한 일이었다. 특히 아이들이 유치원에 다닐 무렵, 한창 엄마 손이 많이 필요할 때라서 그런지 아이들이 엄마와 떨어지기를 너무 싫어했단다. 하루는 아침 일찍 아이가 잘 때 출근하려고 조용히 집을 나서는데 아이가 엄마의 인기척을 듣고 바로 깨버렸다. 이른 새벽 어둠 속에서도 아이는 아파트 복도까지 뛰어나와 엄마를 찾기 시작했다.

"엄마, 엄마! 어디 있어? 엄마 가지 마! 엄마 회사 가지 마! 엉엉……."

그때 상무님은 우는 아이를 안고 집으로 들어가 대충 달랜 후에 다시 사무실로 뛰어왔다고 했다. 그리고 출근길에 찢어지는 가슴을 부여잡고 한참을 울었다고 했다. 그런 시간을 지나 아이들은 밝게 잘 자라주었고, 상무님도 그 아픈 시간을 버텨내면서 꿋꿋이 커리어를 쌓아갔다.

지금 그 자리를 유지하는 것, 뛰어난 실적을 내지 않아도, 두드러진 능력을 자랑하지 않아도 조직 내에서 수많은 세월을 버텨내는 것 또한 능력이라는 거다. 수년의 시간 동안 수많은 시행착오와 스트레스, 힘겨운 상황을 이겨내고, 그만큼 스스로 성숙하고, 그만큼 인내심을 갖추었다는 방증이니 말이다.

생각해보니 그 말이 정말 맞았다. 버티는 것도 능력이라고……. 꾸준하게 한 분야의 경력을 쌓으면 자신도 모르는 사이에 이 분야에 대한 어떤 질문에도 자신 있게 대답할 수 있는 정도의 능력을 갖추게 되니 말이다. 이런 건 책을 읽거나 수업을 듣거나 혹은 자격증을 딴다고 해서 짠! 하고 짧은 시간에 나타나는 부류의 것들이 아니다. 직접 피부로 경험하면서, 수많은 시행착오와 실수를 거치면서, 수없이 다른 케이스를 처리하면서 이런 고객은 이런 걸 원하고 저런 고객은 저런 걸 원하고 등등 그렇게 직접 부딪치고 겪으면서 서서히 쌓아지는 것이다.

와인이나 포도주가 충분히 긴 시간을 거친 후에야 알맞게 숙성되고 좋은 맛을 내는 것처럼 한 사람도 한 기업의 좋은 인재로 성장하기까지는 충분한 시간이 필요하다. 그 시간 동안 나 자신이 잘 숙성되고 잘 익을 수 있도록 그곳에서 버텨내야 함이 맞다.

내가 현재 다니고 있는 회사, 지금 몸담고 있는 조직이 정말 비전이 없고, 여러 면에서 나와 전혀 궁합이 맞지 않는다면 빨리 다른 곳으로 옮겨야 한다. 하지만 그렇게 하기 전에 한번 객관적으로 짚어보자. 연봉도 괜찮고, 사람들도 좋고, 회사의 분위기나 비전도 마음에 들고, 내가 장기적으로 클 수 있는 가능성이 보인다면 이곳에 남아있는 게 맞다. 그저 다니기 싫다는 들쑥날쑥한 변덕스러운 마음으로 인해 회사를 옮기면 그것조차도 습관이 되기 때문이다. '나'라는 인재가 한곳에서 잘 자라기도 전에 다른 곳에서 처음부터 다시 시작하는 것, 이것이 한두 번이 아니라 여러 번 반복되는 경우라면 그리 좋은 커리어라고 볼 수 없다.

왜 일을 하는가?

자기 계발을 위해서, 사회에서 좀 더 쓸모 있는 사람이 되기 위해서 능력을 키우고, 경력을 쌓고, 몸값을 올려 경제적으로 풍요롭게 살고, 사회생활을 하면서 다양한 사람들을 만나 교류하고……. 남을 위해서 일하는 것이 결코 아니다. 나 자신을 위해서 일하는 것이다. 내가 과연 잘 버티고 있는지 한번 점검해보는 것도 의미 있지 않을까.

스물여섯, 정리 해고를 당하다

또각또각 구두 소리와 함께 정장을 차려입은 한 여자가 걸어가는 뒷모습이 화면을 가득 채운다. 미국 월 스트리트의 한 투자 은행 사무실. 모두 바쁘게 정신없이 일하고 있는 업무 시간, 회사에 처음 나타난 이 여자가 에릭 데일(Eric Dale)을 찾는다. 에릭은 10년 넘게 이곳에서 근속 중인 리스크 관리 팀의 팀장. 회의실에서 처음 보는 여자와 대면한 에릭. 그녀는 에릭을 보며 이렇게 이야기한다.

"에릭 데일, 당신은 오늘부로 회사에서 정리 해고되었습니다. 회사의 재정 상황을 고려해 어쩔 수 없이 감원 결정이 내려졌고 향후 재취업을 한다면 회사에서 적극적으로 도와줄 것입니다……."

그는 그렇게 그 자리에서 해고 통지를 받는다. 10년 넘게 일한, 자신의 모든 것을 바쳐온 회사에서. 지금 바로 자리로 돌아가 모든 회사 물품을 반납한 후 개인 소지품을 가지고 집으로 돌아가라는 설명과 함께.

인정이라고는 찾아볼 수 없는, 피도 눈물도 없는 금융계의 현실을 너무나도 잘 그려낸 영화 〈마진 콜(Margin Call)〉의 첫 장면이다. 대부분 노조가 있는 우리나라 기업에서는 상상도 할 수 없는 해고 절차이지만 외국 금융계에서는 흔히 나타나는 상황이다. 어떤 예고도 없이, 티끌만큼의 정도 없이 10년 넘게 한 회사에 충성해온 직원을 단한 순간에 해고하는 이곳, 금융계. 과연 나는 이렇게 영화에서나 볼법한 장면이 내 인생에 실제로 펼쳐지리라고 상상이나 했을까…?

오전 8시, 여느 때와 마찬가지로 리서치 팀과 아침 미팅이 끝난후, 나는 국내 기관 투자자들을 위한 리서치 리포트를 준비하느라 정신이 없었다. 게다가 곧 시작될 주식 시장에 미리 들어온 주문까지처리해야 해서 몸이 2개여도 모자랄 지경이었다. 그토록 바쁜 시간, 갑자기 전화가 울렸다. 따르릉~

"골드만삭스 서은진입니다."

수화기 건너편에서 낯익은 목소리가 들렸다.

"은진씨, 지금 바로 위층에 있는 회의실로 잠깐 올라올래요?"

우리 부서의 대표 전무님이셨다. 지금은 너무 바빠서 도저히 짬이 안 나니 나중에 주식 시장이 끝나고 가면 어떻겠냐는 답변에 전무님은 한마디로 일축하셨다.

"지금은 아무 일 안 해도 괜찮으니까 하던 일 모두 중단하고 곧바로 회의실로 오세요."

이토록 바쁜 시간에 무슨 중요한 일이 있다고 부르냐며 혼자 투덜거리면서 회의실로 향했다. 문을 열자 전무님과 처음 보는 낯선 남자가 자리에 앉아 나를 기다리고 있었다. 나는 자리에 조용히 앉았다. 누구도 먼저 말을 꺼내지 않았다. 회의실 안에는 어색한 침묵만이 흘렀다. 고요한 정적을 깨고 낯선 남자가 전무님을 바라보며 말문을 열었다.

"앞에 놓인 종이에 적힌 내용을 그대로 읽어주세요. 그리고 일절 다른 말은 하지 마시기 바랍니다."

불안한 예감이 온몸을 휘감았다. 어찌 된 영문인지 전무님을 바라보니 약간 수척해진 얼굴에 수염도 깎지 못한 채 초췌한 몰골이 말이 아니었다. 내 눈을 똑바로 바라보지 못하는 전무님. 그리고 그렇게 종이를 받아 들고 한 문장 한 문장 차근차근 읽어나갔다.

○

"지금 이 시간 이후로 골드만삭스는 서은진씨와의 모든 고용 계약을 종료합니다. 이는 회사의 갑작스러운 인원 감축 결정에 의한 것으로 서은진씨의 개인적인 업무 성과나 평가와는 전혀 무관함을 밝힙니다. 서은진씨는 지금 당장 본인의 자리로 돌아가서 회사의 모든 물품을 반납하고 본인의 모든 소지품을 챙긴 후 사무실을 즉시 떠나주시기 바랍니다."

내가 뭘 잘못 들었나…? 순간 멍해진 나는 아무 말도 할 수 없었다. 설마… 설마… 설마… 이건 꿈인가…? 영화에서나 일어날 일이 정말 나한테 일어난 거야…? 이게 현실이라고는 너무나도 믿기가 힘들었다. 정말 내가 해고된 거라고…? 고작 입사한 지 3년밖에 되지 않은, 이제 겨우 신입 딱지를 뗐는데 이런 나를 해고한다고…?
멍해진 나를 보며 낯선 남자가 말을 이었다.

"고용 종료 계약서입니다. 집에 가져가서 읽어보시고 모든 조항에 동의하시면 날인하신 후에 다시 가져오시면 됩니다. 그리고 이 자료는 재취업을 위해 회사에서 도와주는 프로그램입니다."

나는 아무 말도 하지 못했다. 아니, 어떤 말도 할 수 없었다. 눈물이 쏟아지려는 걸 억지로 참고 충격에서 벗어나지 못한 채 회의실을 나오자 양복을 잘 차려입은 2명의 경호원이 나를 따라나섰다. 자리로 돌아오는 길, 겨우 5분도 채 걸리지 않는 그 길이 나에게는 천년만큼이나 길게 느껴졌다. 동료들에게는 뭐라고 설명해야 하나, 해고됐다고 어떻게 말을 해야 하나, 누가 말 한마디만 걸어도 곧 울어버릴 것만 같은데…….

사무실로 돌아오니 아무런 영문도 모르는 팀원들은 컴퓨터를 보며 거래 중이거나 통화를 하며 하루 업무를 시작하고 있었다. 그렇게 바쁜 시간, 상무님이 자리에 돌아온 나를 보시더니 한마디 하셨다.

"서 과장, 이렇게 바쁜 아침 시간에 자리를 그렇게 오래 비우면 어떡하나?"

뭔가 심상치 않은 내 얼굴과 경호원들을 본 상무님은 바로 알아채셨다. 그리고 아무 말도 잇지 못했다. 팀원 모두 아무 말도 하지 못했다. 모두 충격을 받은 표정이 역력했다. 내가 받은 충격만큼 모두 충격이 컸으리라. 그런데 그 와중에도 나는 일이 걱정됐다. 내가 보관해온 고객 연락 리스트, 주식 주문지, 리포트 할 내용 등등 떠나기 전에 다른 사람한테 인수인계라도 해줘야 하는데, 그래야 업무에 지장이 없을 텐데…….그 순간 경호원이 입을 열었다.

"업무 관련 이야기는 절대로 해서는 안 됩니다. 당신의 소지품 외에 회사 물품은 건드리지 마십시오. 회사 컴퓨터는 만져서도 안 됩니다. 당신의 이메일 계정은 이미 소멸되었습니다."

나는 소지품을 대충 주섬주섬 챙겨 사무실을 나섰다. 경호원들은 내가 사무실을 완전히 떠나는지 확인하기 위해 엘리베이터까지 따라 나왔다. 얼마 되지도 않는 짐을 들고 그렇게 혼자 텅 빈 집으로 돌아오는 길……. 남들은 바쁘게 출근하는 아침 시간, 출근길을 거슬러 나는 어디 속한 곳 없이, 더 이상 일할 곳이 없는 상태로 집에 도착했다. 항상 야근하느라 밤늦게 퇴근하다 이렇게 아침 일찍 집에 오니 햇살이 가득한 집조차 너무나 낯설고 외롭게 느껴졌다.

그리고 그날, 내가 할 수 있는 일이라곤 하루 종일 엉엉 우는 것뿐이었다. 사무실에서 꾹꾹 참았던 눈물이 집에 도착하자마자 주체할 수 없이 흘러내렸다. 도대체 내가 뭘 잘못했다고! 나는 정말 열정을 다 바쳐 열심히 일한 것밖에 없는데……. 이제 뭔가 좀 알아가려고 하는데……. 그동안 나의 모든 생활은 회사일 정도로 회사에 충성하며 정말 열심히 일했는데……. 결국 회사가 나에게 주는 보상이란 고작 이런 것인가.

26살, 남들은 이제 막 사회생활을 시작하거나 한창 자리를 잡고 열심히 일할 나이에 나에게 남은 것은 해고 통지서뿐이었다. 정말 열심히 노력해서 트레이더까지 승진했는데, 계속 노력해서 경력을 쌓고 싶었는데, 승진한 후에 부모님께서 너무나 좋아하셨는데, 이 소식을 들으시면 얼마나 가슴 아파하실까…….

나는 이제부터 어떻게 해야 하나. 나는 뭘 해야 하나. 열심히 했지만 결국엔 실패하고 말아버린 걸. 뼛속 깊이 파고든 좌절감에서 헤어

날 수가 없었다. 그리고 그렇게 시작되었다. 20대 후반, 내 인생의 방황의 시기가.

영어 공부
어떻게 하나요?

요즘은 영어를 공부할 수 있는 환경이 굉장히 좋아져 조금만 능동적으로 노력하면 해외 유학이나 어학연수를 가지 않고도 현지인처럼 영어를 구사할 수 있다. 나 역시 홍콩에 가기 전까지 해외 유학이나 어학연수를 가본 적이 없었지만 영어는 자신 있었다. 물론 해외 취업을 한 후 매일 영어를 쓰며 막상 실전에서는 내 영어가 절대 잘하는 수준이 아니라는 걸 알아차리긴 했지만 말이다. 영어 공부법은 개인마다 천차만별이겠지만 여기서는 실제로 나에게 큰 도움이 되었던 방법을 위주로 소개한다.

1. 회화

기본적으로 회화를 잘하려면 영어로 많이 말하면 된다. 그중에서 가장 좋은 방법은 원어민 친구와 정기적으로 만나서 영어로 수다를 떠는 것이다. 특히 상식이 풍부하고 어휘력이 좋은 친구면 금상첨화다. 외국인이 속한 단체의 모임이나 교류 활동에 정기적으로 참석해 회화 연습도 하고 그들과 우정도 쌓는다면 일석이조일 것이다.

　　경제적인 여건이 갖춰져 영어권 나라로 공부하러 갈 수 있다면 더 좋다. 단, 어느 정도 기본적인 회화가 가능한 후에 떠나는 것을 추천한다. 현지에서 하루 종일 영어만 쓰면 당연히 말이 늘 수밖에 없다. 나의 경우 회화 실력 향상에 가장 효과적이었던 방법은 대학 시절 미국에서 두 달 동안 아이를 돌보는 보모로 일한 경험이었다.

대학생의 경우 해외 교류 활동이 다양하게 있으므로 이를 적극적으로 활용해 시야를 트고 해외 경험을 쌓으며 회화 실력도 늘리면 더없이 좋을 것이다.

- 영어 스피치 모임 toastmasters.org
- 영어 1:1 레슨 italki.com
- 외국인 모임 meetup.com
- 대학생 해외 교류 활동
  - 국제워크캠프기구 workcamp.org
  - 월드와이드코리아 cafe.naver.com/worldwidekorea.cafe
  - 서울시립청소년문화교류센터 mizy.net

---

2. 듣기

듣기 역시 원어민과 정기적으로 대화할 수 있는 환경이 갖춰지면 좋다. 그렇지 않은 경우에도 개개인에게 맞는 여러 가지 방법이 있다. 나는 매주 정기적으로 영어 설교를 듣는다. 그중에서도 특히 조엘 오스틴(Joel Osteen) 목사님의 설교는 발음이 깨끗하고 말하는 속도가 적당한데다 무엇보다 내용이 좋아서 새로운 설교가 올라올 때마다 듣는다. 그리고 짬이 날 때마다 TED 강연을 본다. TED 강연 역시 다양한 영어 발음을 들을 수 있고, 또 갖가지 주제를 접할 수 있어 굉장히 도움이 많이 된다.

특히 요즘에는 영어로 진행되는 대학 강의를 들을 수 있는 기회가 많아졌다. 세계 유수 대학에서 온라인 강의 서비스를 제공하기 때문이다. 이를 통해 세계적인 석학들의 강의를 얼마든지 무료로 들을 수 있으며 영어 듣기 실력 또한 향상시킬 수 있다. 그리고 강의를 이수하게 되면 과목별로 수료증을 발급 받을 수 있는데, 이를 새로운 방식의 스펙 쌓기로 이용하는 사람들도 있다.

- 조엘 오스틴 목사 설교 joelosteen.com
- TED 강연 ted.com
- 온라인 공개 강의(Massive Open Online Course, MOOC)
  - 코세라 coursera.org
  - 에드엑스 edx.org
  - 유다시티 udacity.com
  - 칸아카데미 khanacademy.org

3. 독해

자신이 좋아하는 분야의 영어 원서를 많이 읽는다. 초·중급 수준이
라면 영어와 한국어가 펼침 면에 같이 나온 책이 좋다. 먼저 영어로
읽다가 내용이 잘 이해되지 않을 때 한국어 번역을 읽으면 이해하기
도 쉽고 영어 단어 공부도 함께할 수 있기 때문이다.

소설 및 특정 분야의 전문 서적보다는 자기 계발 분야의 책이 상
대적으로 어휘가 쉬운 편이다. 그리고 자기가 좋아하는 분야의 책부
터 시작하는 것이 좋다. 나 역시 내가 좋아하는 자기 계발 및 재테크
분야의 책을 주로 읽었다. 아래는 내가 영어 원서로 읽어서 도움을
많이 받았던 책 목록이다.

- 『Rich Dad, Poor Dad』— Robert Kiyosaki

- 『Think and Grow Rich』— Napoleon Hill

- 『The Secret』— Rhonda Byrne

- 『Million Dollar Habits』— Brian Tracy

4. 작문

작문은 기본적으로 문법을 얼마나 열심히 공부했는지가 드러나는
분야이다. 따라서 초급 수준일 때는 영어로 작문을 하는 것도 좋지만

기초 문법 공부를 충실히 해서 기본기를 탄탄하게 하는 편이 더 좋다. 영어 문법은 한국어로 된 책을 보는 게 이해가 빠르다. 토익 문법만 숙지해도 영어로 업무를 하기에는 충분하다.

중급 수준이라면 영어 개인 교사를 구하기를 권유한다. 이쯤 되면 영어 실력을 고급 수준으로 올려야 할 단계이기 때문이다. 따라서 일대다 학원 공부보다는 좋은 선생님을 만나 일대일로 수업을 받는 게 좀 더 효과적이다. 그리고 문법은 영어로 된 책으로 공부한다. 영어를 영어식으로 이해하는 데 훨씬 도움이 되기 때문이다. 다음은 내가 유용하게 참고했던 영어 문법책이다.

• 『Understanding and Using English grammar』 — Betty Azar and Stacy Hagen

---

영어 개인 교사를 구하기 힘들다면 원어민 친구를 사귀는 방법이 있다. 일주일에 1시간만 함께 공부해도 실력이 많이 늘기 때문이다. 홍콩에서 나는 회사의 지원으로 좋은 선생님을 구해 일주일에 한 번 1시간 30분씩 공부했는데, 그때마다 내가 썼던 이메일을 다 출력해서 선생님에게 첨삭을 받았다. 비록 첫 시간은 빨간 줄이 더 많았지만 회사에서 쓰는 비즈니스 영어는 유형이 정해져 있기 때문에 몇 번

첨삭 받자 확실히 사소한 문법 실수가 눈에 띄게 줄어들었다.

마지막으로 해외에 산다고 해서 가만히 있는데 영어가 느는 것은 절대 아니다. 나는 오히려 홍콩에 와서 영어 공부를 더 열심히 했을 정도로 어디에 있든지 딱 내가 노력한 만큼만 실력이 향상된다는 사실을 잊지 말아야 한다. 그렇다고 영어 때문에 너무 스트레스를 받지 말자. 모든 것이 다 행복하고 즐거운 인생을 위한 것이니 인생을 즐기면서 그 과정 속에서 재미있고 신나게 영어를 익히고 써먹는 것이 가장 중요한 방법이 아닐까 싶다.

Part 2

나의 첫사랑
홍콩

도전하라.

그러면 성장할 것이고, 인생이 바뀔 것이며,

긍정적인 시각을 갖게 될 것이다.

목표를 이루는 것은 언제나 쉽지 않지만 그렇다고 해서

포기할 이유는 하나도 없다.

스스로에게 말하라.

"나는 할 수 있다. 그리고 성공할 때까지 계속 시도할 것이다."

— 리처드 브랜슨(Richard Branson), 『내가 상상하면 현실이 된다』

01

겪어봤니,
인생의 쓴맛

▶▶▶　　나는 갈 곳이 없었다. 아무것도 할 일이 없었다. 남들은 학교로 회사로 아침부터 분주한데, 나는 집에서 멍하니 앉아 있는 시간이 전부였다. 새벽부터 일어나 회사에 나가 매일 저녁 늦게야 집에 들어오던 게 내 일상이었는데⋯⋯. 갑자기 넘쳐나는 시간들로 주체할 수가 없었다. 눈물이 흘렀다. 내가 뭘 그렇게 잘못했다고 나이도 어린 사람을 그렇게 한순간에 잘라버릴 수 있는지⋯⋯. 이제야 뭔가 알 것만 같았는데, 이제야 뭔가 배울 것만 같았는데⋯⋯. 또 어떤 날은 '그래, 그동안 정말 너무 힘들게 일해서 좀 쉬고 싶었는데 오히려 잘됐어'라고 스스로를 위로하기도 여러 번.

　　리먼 브라더스(Lehman Brothers)의 파산으로 전 세계 금융계는 얼어붙었다. 비단 금융계뿐만이 아니었다. 거의 모든 업계가 채용을 닫고 비즈니스를 축소했다. 여기저기서 은행이 파산하는 뉴스가 들리고 모기지(Mortgage) 사태는 걷잡을 수 없이 커져 미국에서는 개인이 파산하는 일도 비일비재했다. 그러던 와중에 구원 투수 같은 고객사의 트레이딩 팀장님이 전화를 주셨다.

"서 과장님, 혹시 지금 자리 알아보고 있는 데 있나요?"

"아뇨, 실은 아무 곳도 뽑질 않아서…….요즘 좀 힘드네요."

"제 고객사에서 세일즈 포지션을 채용하는데 관심 있으면 한번 지원해볼래요? 담당자하고 커피나 한잔하면서 먼저 이야기해보면 어떨까요?"

"아, 그렇게만 할 수 있으면 저는 너무 좋죠. 신경 써주셔서 감사합니다, 팀장님!"

그래도 열심히 일한 게 헛되지는 않았나 보다. 회사에서 나왔어도 나를 챙겨주는 고객이 있으니까. 담당자를 만나 이야기도 하고 일이 잘 진행되는가 싶었다. 그런데 일주일이 지나고 이주일이 지나도 연락이 없었다. 초조해진 나는 그 팀장님께 전화를 걸었다.

"아, 어떡하죠…….다시 확인해보니 그 포지션뿐만 아니라 실은 현재 그 회사의 채용이 다 중지됐다고 하네요. 본사 차원에서 내려온 지시라 어쩔 수가 없나 봐요."

3년이라는 시간 동안 나름 알아주는 글로벌 투자 은행에서 쌓아온 경력은 어느새 휴지 조각이 되었고 내가 할 수 있는 일이라곤 아무것도 없었다.

내 인생에는 회사가 전부?

그런데 정작 가장 힘들었던 것은 퇴사했다는 사실만이 아니었다. 그 당시 나의 모든 것은 회사라 해도 과언이 아니었다. '서은진=골드만삭스'였으니까. 나를 바라보는 사람들의 시선 중 대부분은 회사 이름이 가져다주는 후광이었다.

"뭐라고 골드만삭스? 너 정말 좋은 회사에 다닌다. 진짜 대단한데?"

이런 칭찬을 들으면 나도 모르게 으쓱해지곤 했다. 남들도 인정하는 멋진 회사에서 일하는 직원이라는 사실 하나만으로도 나는 그 누구도 부럽지 않았다. 무의식 속에 내 정체성, 내 자아는 어느새 회사라는 존재로 가득 차 있었다.

그랬던 내가 어느 순간 타의에 의해 회사에서 정리 해고를 당하자 엄청난 혼란 속에 빠진 것이다. '서은진'이라는 사람한테는 '골드만삭스'가 전부였는데, 내 인생에는 회사가 전부였는데, 그 공식이 보기 좋게 깨지고 나니 "과연 그럼 '나'라는 사람은 누구인가?"라는 근본적인 질문이 나를 괴롭히기 시작했다.

서은진이라는 사람은 뭘 좋아하지?

취미나 특기는 무엇이지?

114

잘하는 업무는 어떤 거지?

앞으로 어떤 일을 하고 싶지?

장기적인 커리어 목표는 어떻게 되지?

나는 어떤 사람이지?

나는 어떤 삶을 살고 싶지?

'골드만삭스'라는, 나의 존재를 각인시켜주던 그 껍데기 안에 나는 없었다. 그냥 그 회사만 있었을 뿐. 맹목적으로 나는 그저 묵묵히 열심히 일만 했고 회사가 모든 걸 알아서 책임져줄 줄 알았다. 그렇게 열심히 일하다 보면 언젠가는 성공해서 행복한 삶을 살 수 있을 줄 알았다. 그런데 그 껍데기를 벗고 나니 그동안의 맹목적인 믿음이 엄청난 시련과 좌절이라는 결과로 나타났다. 나는 정체성에 혼란을 느끼기 시작했다.

드디어 깨달은 '서은진 ≠ 골드만삭스'

나는 나를 찾고 싶었다. 내 이름에 회사나 학교나 가족이나 나의 배경을 설명하는 그 어떤 수식 하나 없이 그냥 '서 은 진'이라는 사람, 온전한 나를 되찾고 싶었다. 우연한 기회에 내 사정을 알고 있었던 지인의 요청으로 나는 두 달 동안 3명의 아이들을 데리고 캐나다 에

드먼턴으로 떠났다. 머리도 식히고 해외 경험도 하고 거절할 이유가 없었다.

그곳에서 오전에 아이들을 학교에 보내고 나서 나는 무조건 밖으로 나갔다. 워낙 걷기를 좋아해서 아침저녁으로 혼자 1시간 정도 산책을 했다. 그럴 때마다 정원을 가꾸던 할아버지, 애완견을 데리고 산책하던 아줌마, 운동을 하던 할머니들이 나에게 말을 걸었다.

"Hi, How are you?"

그러면 나도 어느새 기분이 참 좋아지고 환하게 웃는 얼굴로 "Hi!" 하고 답변해주곤 했다. 한국에서는 낯선 사람에게 말을 걸 일이 전혀 없었을 뿐더러 눈도 마주치지 않았는데 여기에 오니 사람들이 너무나 친절했다. 그러던 어느 날, 지도 하나 달랑 든 채 버스를 타고 다운타운까지 가는 길이었다. 캐나다에서 처음으로 혼자 가는 길이라 너무나 헷갈렸다. 버스에 앉아서 한창 지도를 보고 있는데 뒤에 서 있던 한 아저씨가 나를 보며 말했다.

"혹시 길을 찾기가 어렵나요? 좀 도와줄까요?"

"제가 실은 재스퍼 애비뉴에 가는 길이거든요. 혹시 어떻게 가는지 아시나요?"

"오, 거기 가는 길은 아주 쉬워요. 다음 정류장에서 같이 내려요. 가는 길을 알려줄게요."

그렇게 아저씨는 버스에서 내리면서까지 친절하게 길을 알려주시고는 다시 갈 길을 가셨다.

○

그동안 내가 속한 세계는 아침부터 저녁까지 하루 종일 책상에 앉아 컴퓨터 모니터만 바라보며 일하는 게 다였는데……. 그러다 실수 하나라도 하면 온 세상이 곧 무너질 것처럼 엄청난 스트레스와 눈물로 하루를 보냈는데…….욕심만큼 능력이 따라오지 못하는 것 같아 스스로를 참 많이 자책했는데……. 남들보다 더 열심히 해야만 한다는 맹목적인 야망과 비교 의식으로 상처를 입을 대로 다 입은 나였다.

그런데 이곳에 와보니 나를 모르는 사람들까지도 나에게 친절하게 대해준다. 먼저 말을 걸어주고, 나를 보며 웃어주고, 내가 묻기도 전에 필요한 건 없는지 물어본다. 나를 알지도 못하는 사람들에게서 나는 뭐라 말로 설명할 수 없는 따뜻한 위로를 받았다. 그들은 아무렇지 않게 그냥 지나가면서 일상적으로 "Hi!"라고 인사 한번 한 거였지만, 그동안 극복하기 힘든 수많은 일들로 고통받은 나에게는 그것이 가장 큰 선물이었다.

한인 교회 청년부 친구들과 근교 공원으로 삼겹살 파티를 하러 나갔을 때의 일이다. 그때 알게 된 친구들을 보면서 나는 느꼈다. 세상의 모든 직업에는 귀천이 없다는 것을. 나와 같은 나이에 그들은 샌드위치 레스토랑 사장, 용접공, 음식점 배달 운전기사, 전도사 등 너무나도 다양한 일을 하고 있었다. 한국에서 내 친구들은 거의 다 회사원이거나 선생님이었는데……. 그렇게 비슷비슷한 사람들만 알고 지내다 다양한 일에 종사하는 사람들을 만나니 사람을 보는 틀에 박힌 관점이 조금씩 깨지기 시작했다.

나처럼 '서은진=골드만삭스', '서은진=회사'가 아니라 그들은 그냥 그들 자신이었다. 그 누구도 자기 자신과 자기 직업을 동일시하지 않았다. 자기 직업에 엄청난 자부심을 느끼지도 않았고, 그렇다고 자기 직업을 부끄럽게 생각하지도 않았다. 공동체 안에서 열심히 생활하고, 직장에서는 열심히 일하며, 가족 및 친구들과 함께 자기 삶을 즐기며 살아가는 그들을 보고 나는 느꼈다.

직업이 중요한 게 아니라 그 사람 자체가 중요하다는 것을.

사람이 어떤 가치관을 가지고 어떤 삶을 살아가느냐가 훨씬 중요하다는 것을.

골드만삭스에서 일하며 어느 순간부터 나는 무의식중에 사람을 나만의 기준으로 판단하고 있었던 것이다. 내가 그동안 얼마나 좁은 곳에서 꽉 막힌 생각을 하면서 살았는지, 다양한 사람들을 만나 그 사람들의 삶에 들어가서 보니 나 자신이 너무 부끄러웠고 한편으로는 불쌍했다. 내가 나를 진실 되게 보지 못하는데 하물며 남을 있는 그대로 진실 되게 볼 수 있었을까.

그렇게 지친 내 몸과 마음은 조금씩 힐링되고 있었다. 마음이 진정됐고 어느 정도는 스스로 일어설 수 있는 용기도 생겼다. 한국에 들어가서 다시 시작해보자. 지금까지는 내가 무엇을 좋아하는지 몰랐으니 이번에는 의지대로 하나씩 찾아보자. 그리고 나는 나를 찾으러 한국으로 향했다.

캐나다 로키 산맥 여행, 더없이 아름다운 자연에 몸과 마음을 힐링했던 시간들

119

나를 찾아 떠나는
여행

▶▶▶   내가 대학교 때 하지 않은 것 중에 유일하게 후회하는 두
가지가 있다. 바로 회계 공부와 해외 교환 학생. 특히 회계는 기초 지
식이 너무 없어 금융계에서 일하는 현실 자체가 굉장히 힘들 정도였
다. 주식 리포트를 읽는데 당연히 이해가 잘될 리 없었다. 지금이 공
부할 기회였다. 어차피 딱히 할 일도 없고 속해 있는 곳도 없었다. 나
는 다 잊고 공부하기로 결심했다.

종로에 있는 세무사 학원에 등록해서 오전 9시부터 오후 6시까지
수업을 들었다. 대변과 차변, 처음부터 시작했다. 재무제표는 어떻게
만들고, 현금흐름표는 어떻게 읽으며, 손익보고서는 어떻게 분석하
는지 아주 기초부터 배웠다. 꼭 세무사 자격증을 따서 뭘 해보겠다는
생각은 아니었다. 정말 공부하고 싶었던 분야라 그런지 머리에 쏙쏙
들어왔다. 그런데 공부하면 할수록 회계사나 세무사가 내 적성은 아

니라는 생각이 점점 확실해졌다. 그저 언젠가 어떻게든 쓰겠지 하는 막연한 목표를 가지고 공부에 매진했다.

그러던 어느 날, 그날도 어김없이 열심히 수업을 듣고 있는데 전화가 한 통 걸려왔다.

"여보세요."

"은진씨, 나 L 상무예요. 그동안 잘 지냈어요?"

골드만삭스에서 같이 일했던 직속 상사였다.

"네, 그럼요. 상무님도 잘 지내시죠?"

"네, 잘 지내요. 실은 얼마 전에 새로운 회사로 이직을 했거든요. 그곳 채권 팀에서 사람을 뽑는데 은진씨가 제격일 것 같아서요. 혹시 관심 있어요?"

"어? 정말요? 네, 당연하죠! 상무님 챙겨주셔서 감사합니다!"

그렇게 나는 내부 추천으로 갑작스럽게 인터뷰를 하게 되었고, 단두 번의 인터뷰만으로 입사가 확정되었다. 내가 쌓아온 금융계 경력과 지식을 모두 쓸 수 있는 포지션으로. 그렇게 나는 두 번째 비상을 준비하고 있었다.

여의도, 다시 둥지를 틀다

내가 새롭게 일하게 된 곳은 국민은행의 자회사인 KB투자증권,

직함은 비즈니스 매니저였다. 비즈니스 매니저는 기관 투자자를 대상으로 채권 거래를 하는 채권 세일즈 팀과 증권사 고유의 투자 계정을 가지고 운용을 해 수익을 내는 투자 운용 팀 두 곳에 속했다. 나의 업무는 두 팀의 비즈니스가 원활하게 수익을 낼 수 있도록 관련된 모든 일을 지원하는 것이었다.

KB투자증권에서 일하면서 나는 느꼈다. 회사의 조직 문화가 정말 중요하다는 걸. 골드만삭스는 소수의 인원이 많은 일을 하는 시스템이었다. 직원 각자가 혼자 너무 많은 업무를 하다 보니 같이 일을 하면서 개인적으로 뭔가 물어보고 싶거나 말을 걸고 싶어도 업무에 방해가 될까 봐 그러지 못할 때가 많았다. 그리고 내부에서 신입 사원을 잘 키워 좋은 인재로 길러내 승진을 시키는 구조라기보다는 사막에 던져놓고 어떻게든 혼자 살아남는 자만이 위로 올라가는 체계였다. 특히 내가 일했던 골드만삭스 서울 지점의 경우 대부분의 신입 사원은 2년 계약직으로 입사했고, 2년 후에는 재계약 없이 계약을 종료하는 경우도 허다했다. 또 금융계의 특성상 회사의 전략적인 이유로 갑작스러운 구조조정도 흔하게 이루어졌다. 그러다 보니 거의 모든 직원이 업계가 조금이라도 안 좋으면 언제 잘려 나갈지 모르는 불안감과 두려움에 항상 가득 차 있었다.

그런 곳에서 독하게 살아남는 법을 배우다가 국내 증권사로 오니 정말 이곳은 천국이 따로 없었다. 구조조정의 불안감에서 어느 정도는 자유로웠고 무엇보다도 개인이 경쟁해서 살아남는 분위기라기보다는 함께 가는 팀워크의 분위기가 강했다. 주식만 취급하다 채권으로 넘어오니 상품도 생소하고 모든 것이 낯설어 동료들에게 물어보면 언제든지 친절하게 답변해주고 가르쳐주었다. 또 내가 조금만 열심히 하면 일을 잘한다고 항상 칭찬해주고 격려가 끊이지 않았다. '인간 대 인간의 소통이란 이런 것이구나'를 느꼈다. 특히 내가 맡은 업무가 돈이 걸린 트레이딩이 아닌 전략 및 관리 쪽이다 보니 일 자체도 훨씬 적성에 맞았다. 일분일초가 급한 게 아니라 충분히 생각한 후 내 스케줄에 맞춰서 일을 조정할 수 있었다.

골드만삭스에서는 트레이딩을 하고 나면 온몸이 파김치가 되기 일쑤였다. 특히 거래하다 실수라도 하는 날이면 스트레스가 너무 심했다. 그래서 항상 회식 자리가 어렵고 몸도 너무 피곤한 나머지 집에 가서 쉬고만 싶었다. 그런데 KB투자증권에서 회식도 이렇게 즐겁고 재미있을 수 있다는 것을 배웠다. 동료들이 편하게 대해주니 술을 전혀 못하는 나도 술자리가 참 즐겁고 좋았다.

고객을 직접 대면하는 프런트 데스크 경력만 있던 나는 금융 거래 후 프로세스를 하는 미들 오피스와 백 오피스 업무도 배웠다. 그러고 나니 전체적으로 증권 회사가 어떻게 돌아가는지 더 잘 이해할 수 있었다. 업무에 적응이 되자 자꾸 새로운 업무를 만들어보고 싶은 욕심이 생겼다. 그래서 해외 채권 투자자들에게 연락해 새로운 세일즈 기회를 찾으러 다녔다.

사내 동아리에 가입해 겨울에는 스키를 타러 다녔고 퇴근 후에는 베이킹과 꽃꽂이를 배웠다. 여의도에서 일하며 같은 나이대의 동종 업계 친구들도 많이 생겼다. 회사 복지도 훌륭하고 업무도 마음에 들고 사람들도 좋고 무엇 하나 부족한 게 없었다. 좋은 대기업에서 일하는 잘나가는 대리. 타이틀도 좋았다. 남들이 다 부러워하던 직장이었고, 보수 또한 괜찮은 편이어서 스스로도 너무나 만족하며 다니던 곳이었다. 회사에는 나의 커리어에 대해 항상 아낌없이 조언해주는 선배들도 많았고, 일도 재미있어서 미래는 보장되었다고 해도 과언이 아니었다. 이곳에서 열심히 일하면 꾸준히 승진해서 높은 자리까지 갈 수 있겠지. 그러다 결혼해서 예쁜 아이 낳고 남들이 하는 것처럼 그렇게 잘 살 수 있겠지. 하지만 문득 가장 근본적인 질문이 가슴을 흔들었다. 이게 진정 네가 원하는 삶이니?

가슴속이 뭔가 공허했다. 주어진 모든 환경이 완벽해서 행복하기만 하면 되는데 이상하게 행복하지가 않았다. 오히려 캐나다에서 지냈던 그때, 직업도 없이 낯선 곳에 도착해서 조금씩 원하는 것을 찾아가려고 노력하던 때가 떠오르는 건 왜일까.

나의 '토양'은 어디인가

나는 내 안의 글로벌한 삶에 대한 꿈, 그 불꽃이 아직도 시들지 않았음을 알고 있었다. 지금 주어진 환경에 적응하고 만족하며 애써 그것을 무시하려고 하면 할수록 더 불행해졌다. 이제 안정적으로 좋은 회사에서 꾸준히 경력만 쌓으면 되는데 무엇이 또 문제인가. 나는 나 자신에게 물어보기 시작했다. 나는 진정 어떤 삶을 원하는가? 나는 지금 행복한가?

SBL(Self Branding Lab, selfbrandinglab.com) 자료에 따르면 내가 원하고 나에게 맞는 '토양'이 어디인지 알아야 행복할 수 있다. 나의 재능이 유용하게 쓰이고 나를 나답게 받아주는 사람들이 있고 내가 만나고 싶고 만나야 할 직업적 환경의 요소가 어우러진 곳. 그렇게 토양이 맞아야 내가 가지고 있는 씨앗이 제대로 싹을 틔울 수 있다고 했다. 내가 중요하게 생각한 토양은 3가지였다.

- 글로벌한 환경
- 일과 삶의 균형
- 직업의 안정성

모든 것을 통틀어서 생각한 결과 나의 토양은 해외에 있다는 결론을 내렸다. 정말 만족하면서 행복하게 회사 생활을 하던 중, 왠지 지금이 아니면 영영 나의 토양을 만나지 못할 것만 같은 느낌이 들었다. 지금이 아니면 영영 꿈을 이루지 못할 것만 같은 불안감이 밀려왔다.

그렇게 나는 결심했다. 다리가 후들후들 떨리고 성공 보장도 전혀 없는 엄청나게 큰 리스크를 안고 나는 그토록 원하던 홍콩에 가기로 마음먹었다. 회사에 사표를 내던 날, 이사님께서 나를 가만히 보시더니 사표를 돌려주셨다.

"이 사표는 받을 수 없습니다. 진심으로 다시 생각해보세요."

게다가 주변의 반대가 상상 이상이었다. 온 가족이 대놓고 말리기 시작했다. 특히 엄마의 제지가 가장 심했다.

"너 홍콩에 아는 사람도 하나 없이 가서 뭘 어떻게 하려고 그래? 너 정말 제정신이야? 왜 잘나가는 회사를 그만두고 갑자기 홍콩에 간다고 난리야! 누구는 그런 회사에 들어가고 싶어도 못 들어가서 난리인데, 넌 도대체 뭐가 문제야!"

또 무슨 고생을 사서 하려고 이런 미친 짓을 벌이려고 하는지. 아는 사람이라곤 하나도 없는 홍콩에 가서 뭘 어쩌겠다고. 사표 내고 갔다가 단 한 곳도 취업이 안 되면 그다음은 어쩌려는지. 나는 정말 대책이 없었고 무모했고 용감했다. 사표 쓰고 무작정 해외에 간다고 했을 때 유일하게 나의 결정을 지지해준 사람이 있었다. 대학 시절부터 나를 잘 아는 친한 후배가 이런 말을 꺼냈다.

"꼭 해외로 나가세요. 선배는 여기서 클 사람이 아니에요."

유일하게 내세울 수 있는 내 의지와 내 꿈을 따라 내 운명을 내 두 손으로 꼭 쥐고 싶었다. 안정적인 대기업에서 마음 편하게 일하다 결혼해서 아이 낳고 그렇게 한국에서 살아가는 내 모습을 생각해보니 '과연 행복할까?'라는 의문이 들었다. 비록 무모할지언정, 비록 실패할지언정 최소한 나는 직접 치열하게 노력했다고 자부하고 싶었다. 나중에 할머니가 되어 삶을 돌아봤을 때 '그때 왜 그렇게 하지 못했을까?'라고 후회하고 싶지 않았다.

홍콩. 내가 골드만삭스 신입 사원 교육으로 방문했던 곳. 그때 나는 태어나서 처음으로 비스니스 석을 타고 생애 처음으로 홍콩에 도착했다. 그리고 다음 날 아침 본사 사무실에 들어선 나는 하루 종일 입을 다물 수가 없었다. 본사는 금융 회사가 모여 있는 센트럴의 좋은 건물 중 한 곳에 위치해 있었다. 그 커다란 건물의 한 층이 모두 트레이딩 부서였던 것! 사무실 안에 전 세계의 고객을 담당하는 세일즈와 트레이더가 끝도 없이 앉아 있었다. 아침 리서치 미팅도 스케일이 달랐다. 회의실 한쪽에는 여러 개의 모니터가 있었는데, 중국, 대만, 싱가포르 등에서 실시간으로 참여해 글로벌 화상 미팅이 진행되었다.

점심시간이 되어 동기들과 함께 센트럴로 나왔다. 센트럴 거리를 걸으며 나를 스쳐 지나가는 다양한 인종, 문화, 언어를 가진 사람들을 보고 있자니 가슴이 벅차올랐다.

'아, 이런 세상이 있구나. 내가 꿈꾸던 글로벌한 삶을 이곳에서 실현할 수 있겠구나!'

○

　꿈같았던 교육 일정을 모두 마치고 한국으로 돌아오는 비행기 안, 나는 조용히 생각했다. 그리고 다짐했다. 홍콩에 조만간 다시 올 거라고. 이곳에서 반짝반짝 빛나는 글로벌 커리어 우먼으로 살 거라고. 또 다른 꿈이 생긴 순간이었다. 그리고 그 꿈을 현실로 이룰 순간이 다가오고 있었다. 실패를 무릅쓰고서라도 한번 제대로 해보고 싶었다. 크게 심호흡을 내쉬었다. 그렇게 모든 사람의 반대를 등에 업고, 나는 다시 홍콩행 비행기에 몸을 실었다.

더 늦기 전에
홍콩으로!

▶▶▶　　나는 도대체 무슨 생각을 하고 있었던 걸까? 가방 하나 달랑 들고 홍콩에 도착하니 몸이 으슬으슬 떨리는 추운 겨울이 나를 반겨주고(?) 있었다. 사표까지 냈으니 다시 청년 실업자의 신분으로 돌아온 것이다. 그것도 나름 있어 보이는(!) 자발적 해외 취업 실업자. 누구의 도움도 받지 않고 그렇게 홀연히 혼자 왔다. 가족이나 친척 하나 없는 새로운 땅에, 그동안 모은 월급 300만 원을 들고서⋯⋯.

　　용감하게 오긴 왔는데 막상 현지에 와보니 갑자기 두려움이 엄습했다. 전과는 너무나도 다른 느낌이었다. 여행이나 출장으로 왔을 때는 더없이 좋을 수가 없었는데, 막상 직업을 찾으러 오니 이곳은 더 이상 나에게 호락호락하지만은 않은 곳이었다. '사표까지 내고 왔는데 결국 실패하고 다시 돌아가야 하면 어떡하지? 그 회사에 다시 돌아갈 수도 없는 마당인데⋯⋯. 사표는 쓰지 말 걸 그랬나? 그럼 남들이 날 어떻게 볼까? 이런 날 보고 도대체 뭐라고 생각할까?' 정말 별의별 생각이 다 들었다.

지인의 도움으로 홍콩 섬에서 가장 번화가인 센트럴에 월세 70만 원짜리 방을 구했다. 두 달 치 월세와 보증금을 내고 나니 수중에 남은 돈이 거의 없었다. 이 돈을 다 쓰기 전까지 어떻게든 취업을 해야겠다는 간절한 생각이 들었다. 방은 원룸으로 비싼 월세에 비해 턱없이 좁다는 생각이 들 정도였다. 그래도 어쨌든 지낼 곳은 마련한 셈이니 마음이 놓였다.

홍콩에서 가장 세련되고 이국적인 분위기가 풍기는 센트럴의 소호 거리. 작은 골목 하나하나에 귀엽고 아기자기한 카페와 레스토랑이 줄지어 있었다. 그 골목 어귀 한 곳에 자리를 잡고 앉았다. 지나가는 수많은 외국인들과 관광객들을 보고 있자니 이렇게 자유롭고 다양성이 넘치는 곳이 또 있나 싶었다. 그들의 들뜬 표정과는 달리 내 마음은 한구석에 자리 잡은 두려움과 걱정으로 끊임없이 요동쳤다. 27년 넘게 한국에서만 살아온 내가 새로운 나라, 새로운 환경, 새로운 사람들 속에서 과연 살아남을 수 있을까? 홍콩에 대한 나의 동경과 꿈이 그저 환상에 지나버리지는 않을까? 그곳에 앉아 나는 꿈에 대해 수없이 생각하고 또 생각했다.

나의 꿈은 홍콩에서 글로벌 회사에 입사해 전 세계 고객을 대상으로 일하는 것이었다. 왜 홍콩이었을까? 홍콩에 처음 왔을 때부터 나는 순식간에 마음을 빼앗겨버렸다. 정장을 멋있게 차려입고 바쁘게 걸어가는 사람들, 아시아 금융의 중심지, 동양과 서양이 묘하게 섞여 있는 이곳에서 터를 잡고 글로벌 무대에서 일하고 싶은 꿈이 생겼다. 하지만 나는 한국 대학을 졸업하고 4년 정도의 한국 금융계 경력이 전부인 평범한 한국인이었다. 해외 유학은커녕 해외 연수를 가본 적도 없었다. 해외에서 인정해주는 자격증 또한 있을 리 만무했다.

이런 내가 과연 할 수 있을까?
전 세계 유수한 인재가 모여드는 이곳에서 과연 글로벌 회사에 입사나할 수 있을까?
설사 입사를 한들 과연 살아남을 수나 있을까?

그런데 이상하다. 왠지 모르게 설명할 수 없는 기운이 온몸을 감쌌다. 왠지 모르게 할 수 있을 것만 같았다. 여기까지 온 것도 분명히 이유가 있을 거다.

"그래, 난 분명히 할 수 있을 거야!"

나는 홍콩의 해외 청년 실업자

홍콩에서 나의 하루는 인터넷으로 시작해서 인터넷으로 끝났다.

하루 종일 인터넷에 접속해 이력서를 보내고, 이메일을 쓰고, 전화하고, 또 구직 공고를 찾고, 이력서를 보내고……. 새로운 곳에 어느 정도 적응만 했을 뿐, 날마다 시간은 넘쳐나는데 연락이 오는 곳은 없었다. 그리고 가지고 있는 돈은 계속 줄어들었다.

그래도 매일매일 내가 할 수 있는 한 최선을 다했다. 캐나다에서 느꼈던 직업에는 귀천이 없다는 것, 스티브 잡스(Steve Jobs) 글에서 배웠던 자신이 사랑하는 일을 해야 한다는 것을 가슴속에 새기면서……. 수많은 생각과 고민 속에 '과연 내가 무엇을 잘할 수 있을까?', '어떤 일을 재미있게 할 수 있을까?'를 수천 번 떠올리면서 희망을 품고 최선을 다했다. 충분히 각오했었다. 직업을 찾는 일이 쉽지 않겠다는 것. 직업은 인생에서 가장 중요한 부분을 차지하기 때문에 직업을 찾는 데는 당연히 오랜 시간이 걸리며 많은 노력을 쏟아부어야 하는 것이 맞다. 그래서 그 과정이 그만큼 정신적으로도 육체적으로도 힘들다. 그럼에도 불구하고 합격 수기를 쓸 날을 기대하며, 나에게 주어진 놀라운 계획을 믿으며 하루하루를 버텼다.

확실히 많이 지원한 보람이 있었다. 한 달이 지나자 한두 곳에서 면접을 보자는 전화가 오기 시작했다. 그때 한국에서 유용하게 써먹었던 면접 방법을 또 이용했다. 최대한 면접을 많이 보는 것, 그래서 가장 가고 싶은 회사의 면접을 가장 나중에 보는 것!

첫 번째로 연락이 온 곳은 침사추이에 있는 헤드헌팅 회사였다. 한국어를 할 수 있는 헤드헌터를 채용한단다. 사무실에 도착해 안내를 받고 회의실로 들어갔다. 눈이 찢어진 키 큰 남자분이 회의실로 들어왔다. 그리고 영어로 면접이 시작되었다.

"안녕하세요. 본인 소개 좀 부탁드릴게요."

"안녕하세요. 이렇게 시간 내주셔서 감사합니다. 저는 한국 금융계에서 4년간 경력을 쌓았습니다. 더 넓은 글로벌 마켓에서 커리어를 만들어보고자 이렇게 홍콩에 오게 되었습니다."

자연스럽게 면접이 진행되는가 싶었다. 그런데 중국인 면접관의 영어 악센트가 너무 심해 이게 중국어인지 영어인지 알아들을 수가 없었다.

"죄송한데, 다시 한 번 말씀해주시겠습니까?"

두세 번 이렇게 묻자 면접관은 중간에 인터뷰를 끊더니 다음과 같이 한마디를 했다.

"오늘 면접은 여기까지 하겠습니다. 결과를 바로 말씀드릴게요. 서은진씨는 탈락입니다. 그 정도의 영어 실력을 가지고는 홍콩에서 직업을 찾기 힘들 겁니다. 영어 공부부터 제대로 하는 게 좋을 것 같군요."

꽝! 망치로 머리를 한 대 제대로 얻어맞은 것 같았다. 한국에서는 그래도 영어 잘한다고 칭찬 꽤나 들었는데 이곳에서는 영어 때문에 취업도 못할 거라는 소리까지 듣다니…… 정말 기가 팍 죽었다. 그러다 잠시 생각해보니 부아가 치밀어 올랐다. 그러는 자기 영어는 얼마나 대단한가. 자기 발음이 이상해서 내가 잘 못 알아들은 건 생각

안 하고 왜 상대방 탓만 하는 건지. 더구나 면접도 어떻게 보면 형식적인 하나의 미팅인데 어쩌면 상대방 얼굴에 바로 대놓고 그런 막말을 할 수 있나. 저런 사람하고는 억만금을 준다고 해도 같이 일하고 싶지 않았다. 나중에 세월이 흘러 그 회사에 대해 건너 듣게 되었는데, 그곳은 일이 너무 많고 내부적으로 체계가 없어 대부분의 사람들이 입사 후 1~2년 안에 그만두고 나오기로 유명한 회사였다.

그다음에는 한국인 교사를 뽑는다는 한국 학습지 회사의 홍콩 지점을 찾아갔다. 면접이 어느 정도 진행되고 있을 무렵, 면접관이 나를 쳐다보며 조용히 말을 이었다.

"서은진씨, 이력서를 보니까 금융계 경력도 많고 한국에서 일을 잘하다 오신 것 같네요. 제가 보기에는 저희 회사에 오셔도 적응을 못하고 금방 나가실 것 같아요. 보아하니 충분히 홍콩 금융 회사에 취업할 수 있으실 것 같은데 그쪽으로 계속 지원해보세요. 그러다가 혹시 모두 안 되고 그래도 여전히 학습지 교사가 하고 싶으면 그때 다시 찾아오실래요?"

이렇게 면접을 보러 갔다 면접자가 나를 타이르고 돌려보낸 적도 있었다. 그런데 그 면접이 끝나자마자 정말로 금융 회사에서 전화가 오기 시작했다.

꿈에도 그리던 합격 전화

그중 한 곳은 한국에서 일할 때부터 내가 그토록 가고 싶었던 글로벌 금융 미디어 회사인 블룸버그. 그곳의 면접이 잡혔다! 이런 엄청난 사건이! 인사팀과 대충 형식적인 전화 인터뷰를 한 다음, 회사로 찾아갔다. 회사는 센트럴에서 가장 좋은 건물 중 하나에 자리 잡고 있었는데, 안으로 들어가니 창밖으로 홍콩 섬 전망이 그림처럼 펼쳐졌다. 게다가 모던하고 심플한 사무실 인테리어에 난 한눈에 반해버렸다.

비즈니스 우먼의 향기가 풀풀 나는 키 큰 여성분이 매력적인 빨간 원피스를 입고 나를 향해 걸어왔다.

"서은진씨죠? 만나서 반가워요. 여기까지 와줘서 고마워요. 그럼 회의실로 같이 갈까요?"

회사만 좋은 줄 알았더니 일하는 사람들까지 멋있구나! 나는 지원한 포지션을 위해 혼자서 열심히 면접 준비를 했다. 영어 예상 질문지를 뽑아 답변을 적은 다음에 실전 면접 연습을 수도 없이 했다. 게다가 기존의 경험을 통해 쌓인 스킬로 이번에는 정말 자신 있고 당당하게 면접을 볼 수 있었다.

"저는 한국의 골드만삭스와 KB투자증권에서 경력을 쌓았습니다. 그 과정에서 직접 거래소에서 금융 상품 거래도 하고, 새로운 고객을 발굴해 세일즈도 했습니다. 금융에 대한 전반적인 지식과 업계에서 일한 경력은 저의 큰 자산이자 장점입니다. 그리고 저는 영어와 한국어에 능통합니다. 또 긍정적이며 어떤 일에도 최선을 다합니다. 블룸버그의 한국 및 홍콩 고객 담당 서비스 매니저 역할을 수행하는 데 이러한 경험과 지식이 유용하게 쓰일 것이라고 생각합니다. 감사합니다."

왠지 예감이 좋았다. 마지막 면접을 보러 다시 사무실로 오란다. 이번에는 싱가포르 지사에 있는 아시아 대표와의 화상 면접이었다. 무난하게 인터뷰가 진행되었고, 그가 마지막으로 질문했다.

"채권 가격 계산할 수 있나요?"

갑자기 온몸이 경직됐다. 채권은 내가 제일 어려워하는 상품인데……. 나는 솔직하게 대답했다.

"아니요, 모릅니다. 하지만 전에 채권 팀에서 일한 경험이 있어 전반적인 채권 시장의 생리와 기초적인 상품은 이해하고 있습니다."

"네, 알겠습니다. 수고하셨습니다."

그렇게 총 4번에 걸친 모든 인터뷰가 끝났다. 이제부터는 결과를 하늘에 맡기고 기도하는 것뿐……. 그러던 어느 날이었다. 여느 평범한 날과 다르지 않게 식당에서 밥을 먹은 후 길을 걷고 있었다. 갑자기 휴대 전화가 울리기 시작했다. 따르릉~

"여보세요?"

"안녕하세요. 혹시 서은진씨 되시나요?"

"네, 맞는데요."

○

"아, 블룸버그 인사팀 헤이즐이에요. 축하합니다, 은진씨. 저희 회사에 합격했습니다."

꺅!!! 합격이라니!!! 결국 내가 해낸 거야? 정말 이게 꿈인지 생시인지 믿기지가 않았다. 하나님 감사합니다! 감사합니다!! 감사합니다!!! 나는 곧바로 집으로 달려가 한국에 전화부터 걸었다.

"엄마 아빠, 저 홍콩에서 취업했어요. 제가 그렇게 가고 싶어 했던 회사예요!"

"아이고…….우리 딸 장하다…….."

전화 너머로 들려오는 부모님의 기쁜 목소리에 눈가에 눈물이 고였다. 홍콩에 가방 하나 달랑 들고 혼자 간다고 했을 때 한사코 말리시던 부모님. 당신이 말려서 되는 게 아니라는 걸 알기에 보내기는 하지만 얼마나 가슴 졸이고 걱정하셨을지……. 멀리 있어도 다 보이는 부모님의 기뻐하시는 모습에 나는 그 자리에서 엉엉 울어버리고 말았다.

드디어 내가 홍콩에서 입사하게 된 회사는 골드만삭스 시절부터 그토록 가고 싶어 했던 곳이었다. 전 세계 금융 회사 어디에서나 볼 수 있는 단말기를 만드는 글로벌 금융 통신 회사. 혁신적이고 평등한 사내 문화에 복지 좋기로 소문난 그곳, 블룸버그.

나는 지금 홍콩에서 가장 번화하고 사람들이 모여드는 소호 골목에 앉아 있다. 좋은 직장에 모두 말리던 사표를 내고 가방 하나 달랑 들고 홀로 홍콩으로 와서 꿈에 대해 고민하고 또 고민했던 그곳. 그때 나는 밀려오는 두려움과 걱정을 뒤로한 채 왠지 모를 희망과 자신감으로 취업에 도전했고, 결국 3개월 만에 홍콩 블룸버그의 입사 합격 통지서를 받았다. 그 작디작은 골목에 앉아 생각했던 꿈은 그저 환상이 아니라 현실로 이루어졌고, 오늘도 나는 그 골목에 앉아 또 다른 꿈을 꾼다. 언젠가 그 꿈이 환상이 아닌 또 현실로 이루어질 거라고 믿으며……

나의 꿈이 시작된 홍콩 센트럴 거리

일에 대한
가치관 바꾸기

▶▶▶　　　정식으로 취업 비자를 받은 후 첫 출근 날, 회사로 향하는 그 길 위에서 얼마나 가슴이 떨렸는지 모른다. 역시 아시아 본사답게 사무실은 기대했던 것보다 훨씬 멋졌다. 안내를 받아 두근거리는 마음을 다잡고 새롭게 일할 책상 앞에 앉으니 정말 세상을 다 가진 것 같은 기분이었다. 글로벌 대기업의 아시아 본사에서 일하다니! 정말 생각만으로도 행복해서 웃음이 절로 나왔다. 두 달 전 내 모습이 스쳐 지나갔다. 면접 보자는 전화 한 통 오지 않는 현실이 답답해 침사추이에 있는 스타의 거리로 나갔다. 홍콩 섬에 펼쳐진, 형형색색 조명으로 반짝이는 수많은 고층 빌딩을 보며 나는 생각했다.

'저 많고 많은 빌딩 중 내가 일할 수 있는 회사가 분명 있을 거야!'

아름다운 야경을 보며 꾸었던 꿈은 내게 현실이 되어 나타났다. 전 세계 인재가 다 모이는 이곳에서 나만의 경력과 나만의 장점을 가지고 당당하게 취업에 성공한 것이다! 이제 내 삶이 얼마나 스펙터클하고 재미있을까 생각하니 가슴이 뛰었다.

나는 트레이딩 솔루션 부서 안에서도 은행이나 증권사 등의 금융 기관에 금융 상품을 거래하는 기능을 제공하는 팀에 속했다. 아시아 전역에서 우리 시스템을 쓰는 고객들의 문의나 문제를 해결하는 게 주된 업무였다.

입사 첫날부터 교육이 시작되었다. 일주일 후 실무에 투입되어야 해서 즉시 교육을 해야 한단다. 하루 종일 빡빡하게 진행되는 교육에 약간 지칠 법도 했지만 정작 나에게 충격을 준 건 쉬지 않고 이어지는 교육이 아니었다. 그것은 바로 지금까지 한국에서 나고 자라 일한 나 같은 한국 토종으로서는 받아들이기 힘든 문화 충격이었다.

교육은 우리나라처럼 일대다 강의 형식이 아니라 일대일로 진행되었다. 따라서 하나의 내용을 충분히 이해해야 다음 내용으로 넘어갈 수 있었으며 언제든지 질문을 할 수 있었다. 즉, 달달 외우는 주입식 교육이 아니라 충분히 대화하고 이야기하는 토론식 교육이었다. 일방적인 한국 교육에 익숙한 나에게는 신선한 방법이었다.

아일랜드 출신인 팀원과 일대일로 진행한 교육이 끝나고 드디어 점심시간. 나는 당연히 그 친구와 점심을 먹는 줄 알고 있었다. 신입 사원은 팀에서 알아서 챙기고 점심은 팀 사람들과 먹는 게 한국에서는 너무나 당연한 일이 아닌가.

"존, 오늘 교육 정말 고마워. 이제 점심시간인데 우리 밥 먹으러 어디로 갈까?"

"어? 나 오늘 점심 선약이 있어서. 다음에 같이 먹자!"

그는 손을 흔들며 유유히 사라졌다. 그는 정말 가버렸다. 충격(?)에 휩싸여 자리로 돌아오니 모든 사람들이 각자 점심을 먹으러 나가고 없는 게 아닌가! 그렇게 한국 토종의 눈에는 너무나도 생소한 문화 충격이 시작되었다.

서서히 시작된 문화 충격

인사 조직 관리에서 기업 문화를 설명할 때 흔히 빙하에 빗대곤 한다. 여기서 기업 문화는 조직 구성원들의 행동을 형성하고, 의사결정 등 조직 구성원들 간의 관계에 영향을 주는 조직을 둘러싼 분위기나 환경의 영향을 받는다. 즉, 사무실 안에서 직접 눈에 보이는 형태로 존재하는 것과 직원들의 행동이나 사고 등 무형적인 것들로 이루어진다. 바다 위에 떠다니는 빙하를 떠올려보자. 우리는 대부분 수면 위에 떠 있는 얼음덩어리만 본다. 하지만 결국 빙하를 이루는 더 큰 것은 바다 밑에 있어 보이지 않는 거대한 얼음덩어리다. 사무실 내에서 직접 보이는 기업 문화는 수면 위에 떠 있는 빙하요, 보이지는 않지만 기업 문화를 이루고 있는 개개인의 행동이나 사고 등은 수면 아래 존재하는 얼음덩어리인 셈이다.

블룸버그에서 내가 가장 놀란 것은 매우 수평적인 조직 체계였다. 아무리 높은 매니저일지라도 그 사람의 명함에는 직위가 적혀있지 않다. 또한 개인 사무실이 없고 모든 매니저들이 일반 직원들과 똑같은 책상에서 똑같은 컴퓨터와 전화기를 사용한다. 일반 직원 위로 3번만 건너뛰면 글로벌 매니저일 정도로 조직 체계가 굉장히 수평하다. 그리고 그만큼 조직이 아주 유연해 새로운 변화에 대한 적응도 빠르고 직원의 부서 간 이동도 자주 있는 편이다. 따라서 일반 직원들 사이에는 서열 문화가 없고 어떤 전문 분야에서 일하느냐로 구분이 될 뿐이다. 즉, 직원 개개인은 자기 업무에서만큼은 누구보다도 잘 알고 있는 전문가인 것이다.

한번은 뉴욕 본사에서 트레이딩 솔루션 전체를 담당하는 부서의 글로벌 대표가 홍콩을 방문했다. 까마득히 높은 분이라 이름 정도만 알고 있었다. 옆자리에 앉은 그가 나를 보며 반갑게 인사했다.

"은진씨, 반가워요."

"안녕하세요, 대표님. 반갑습니다! 여기 오실 때 비행이 지루하시진 않았나요?"

"편히 자고 와서 괜찮았어요. 요즘 은진씨가 담당하는 고객사의 비즈니스는 어떤가요?"

"요즘 홍콩에서 위안화로 발행되는 중국 채권으로 새로운 비즈니스를 만들었어요. 저희 솔루션을 이용하고 있어서 그에 따른 피드백도 아주 좋은 편입니다."

한국에서는 이렇게 높은 사람이 방문하면 귀빈실이나 따로 사무실을 마련해 얼굴조차 보기 힘들었을 텐데 말이다. 권위적이지 않고 평등한 기업 문화를 가진 이곳에서 이런 모습은 너무나도 흔한 광경이었다.

블룸버그는 혁신을 강조하는 기업 문화답게 직원 간의 커뮤니케이션을 중요시 여겼다. 그리고 이는 다양한 부서의 직원들이 서로 소통하고 협동해서 함께 일하는 것에서부터 시작된다고 생각했다. 그래서 사람이 모일 수 있는 탕비실처럼 탁 트인 공간이 많고 여러 층을 사용하는 사무실에는 엘리베이터가 없다. 계단을 이용하면서 한 번이라도 더 직원들끼리 부딪히고 이야기하라는 회사의 의도이다. 또 투명성을 강조해 모든 회의실이 유리로 되어 있고, 모든 직원들은 스케줄 관리 페이지를 통해 서로의 일정을 볼 수 있다. 따라서 미팅이나 컨퍼런스 콜을 잡아야 하는 상황이 되면 상대방의 일정을 미리 확인해서 비어 있는 시간으로 요청할 수 있다.

나를 위해서 깊이 생각하며 일한다는 것

사실 겉으로 보이는 것은 시간이 어느 정도 지나면 쉽게 적응할 수 있다. 하지만 수면 아래 보이지 않는 거대한 빙하에 적응하는 데는 굉장히 오랜 시간이 걸렸다. 무엇보다도 한국 문화에 아주 깊이 젖어 있는 사고방식부터 먼저 바꾸지 않으면 안 되었다.

우선 내가 맡은 일에 대한 정확한 업무 분장이 없었다. 한국에서 일할 때는 나에게 주어진 업무 리스트가 정확하게 매뉴얼로 나와 있었다. 사원이 할 일, 대리가 할 일, 과장이 할 일 등이 자를 대고 선을 그은 것처럼 정확하게 나눠져 있었다. 그런데 이곳에서는 내가 해야 할 일을 아주 큰 덩어리로 설명해준다. 그리고 정확하게 내가 어떤 일을 해야 하는지는 그 누구도 알려주지 않았다. 고객사에서 어떤 기회를 잡아 어떤 업무를 할 것인지는 철저히 나의 역량에 달려 있었다. 나에게 이렇게 하라 저렇게 하라 자세하게 지도해준 사람이 단 한 명도 없었다. 모든 것이 나의 몫이었다. 즉, 스스로 적극적으로 주도해서 일을 해야 한다는 뜻이다. 한국에서 나는 주어진 업무를 하면 됐었다. 그것을 빠르고 정확하게 처리하면 일을 잘한다는 칭찬을 들었다. 혁신과 창의적인 문화가 깊숙이 뿌리박힌 이곳은 일하는 방식이 전혀 달랐다. 주어진 일을 수동적으로 하는 것이 아니라 능동적으로 새로운 일을 찾아내고 새로운 아이디어를 내고 끊임없이 공부해야 했다. 내 분야에 대해서는, 내 고객에 대해서는 내가 전문가이고 내 비즈니스였다. 언젠가 글로벌 헤드가 전 직원을 대상으로 한 말이 아직도 기억에 남는다.

"You don't work for me, you work for your client and your business."

(매니저를 위해서 일하지 마시고, 자신의 고객과 자신의 비즈니스를 위해 일하세요.)

특히 세일즈 및 고객 관리 부서에서 어떤 고객을 담당하는 직원은 그 직원의 매니저나 글로벌 대표보다 그 고객의 비즈니스 모델, 조직 체계, 수익 현황, 미래 계획 등을 그 누구보다 더 잘 알고 있다. 따라서 그 고객에 대한 시스템의 변화 등이 필요할 때는 그 직원의 지시에 따른다. 이처럼 한 직원의 책임과 재량이 상당히 큰 편이다. 지금까지 나한테 이렇게 큰 책임이 지워졌던 적은 단 한 번도 없었다. 나는 그저 주어진 일만 잘하면 됐었단 말이다.

글로벌 매니저와 면담이 있던 날, 그는 나를 보며 한마디 했다.

"Don't work fast. Be thoughtful."

(빨리 일하려고 노력하지 마세요. 깊이 생각하고 전략적으로 일하세요.)

극심한 충격이었다. 트레이더로 일하던 습관이 여전히 배어 있어서 그런지 나는 어떤 일이든 무조건 빨리하려고 했다. 일을 빨리빨리 해치운다는 표현이 더 맞을 것 같다. 그런데 이곳에서는 일을 빨리하지 말라고 한다. 그보다는 더 생각하라고. 처음에는 'Thoughtful'이

○

라는 단어의 뜻이 정확히 무엇을 의미하는지 알 수가 없었다. 생각을 많이 하라는 건지, 그러면 도대체 무슨 생각을 하라는 건지……. 내가 행동을 너무 빨리해서 그런 건가? 그게 좋은 게 아닌가? 그동안 내가 속했던 곳들과 너무나 다른 가치와 행동을 요구하는 이곳에서 나는 방향을 잃고 있었다. 너무나 혼란스럽고 무엇이 맞는지 알 수가 없었다.

그렇게 혼란스러운 마음을 한가득 안고 글로벌 기업에서 살아남기 위한 한국 토종의 서바이벌 게임이 시작되었다.

05

살아남기 위한
서바이벌 게임

▶▶▶   개인이 어떤 조직에 속하게 되었을 때 가장 중요한 것은 조직 문화를 정확히 이해해 그것을 내 것으로 만드는 것이다. 본인이 일도 잘하고, 성과도 좋고, 인정도 받는다고 치자. 그럼에도 불구하고 단한 가지라도 걸림돌이 있다면 그 사람은 회사에서 인재로 살아남을 수 없다. 개인의 능력과 전문성이 가능하면 최대한 조직 문화와 조화를 이뤄야 한다는 것이다.

'나'와 '회사'의 괴리 좁혀나가기

입사 후 처음으로 팀 미팅에 들어갔다. 아시아의 모든 팀원이 참석하는 격주마다 진행하는 미팅으로 그동안의 세일즈 성공담도 이야기하고, 금융계 트렌드도 공유하며, 고객 미팅에서 배운 점이나 본인이 새롭게 알게 된 내용들을 나누는 시간이었다. 그런데 이 미팅에서 나는 너무나도 큰 문화 충격을 한 번 더 받게 되었다. 미팅에서 거의 모든 팀원들이 아주 자유롭게 질문하고, 대답하며, 너무나 스스럼없이 토론하는 게 아닌가!

한국에서 일할 때 나에게 미팅이란 전무님이나 상무님, 부장님들이 거의 말씀하시는 식이었다. 나이 어린 사원이나 대리들은 거의 듣고만 있는 분위기였다. 특히 금융계에서는. 그런데 이곳에서는 왠지 모르게 대학에 다시 온 것 같은 느낌이 들었다. 모든 팀원이 평등하고, 모두에게는 자유로운 발언권이 있으며, 사이사이에는 적극적으로 참여하고 열심히 경청하는 사람들뿐이었다. 질문하고 토론하는 분위기가 익숙하지 않은 나에게 이것은 너무나도 큰 변화였다. 나의 생각이나 의견을 조리 있게 말하는 것은 생각보다 어려운 일이었다. 아무리 열심히 일하고 성과가 좋아도 이런 문화에 적응하지 못한다면 근본적으로 나 자신이 이곳에서 일하는 게 더 이상 행복하지 않을 것 같았다. 습관을 바꾸기 위해서 나는 매니저와 아주 많은 시간을 함께 보내야 했다.

"은진씨, 현재 진행하는 한국 세일즈는 어때요?"

"쉽지는 않습니다."

"구체적으로 어떤 점이 쉽지 않나요?"

"음……. 한국 고객이 필요로 하는 기능을 저희가 완벽하게 제공

149

하지 못하거든요."

"어떤 걸 제공하지 못하나요?"

"예를 들어 외환 거래의 경우 한국에서는 국내 거래 시스템을 이용하는데 그것이 저희 시스템과 호환이 되지 않아 거래가 끝난 후 내용을 두 번 입력해야 하는 불편한 점이 있습니다."

"그럼 그것을 해결할 방법은 없나요?"

"음……. 잘 안 될 것 같긴 한데……. 한 번 더 구체적으로 알아보겠습니다."

질문이 끝도 없었다. 그런데 어쩌면 질문 하나하나가 "네" 또는 "아니오"로 끝나는 단답형이 아니라 내 의견을 논리적으로 사고해서 정리한 후에 답해야 하는 논술형이었다. 게다가 매니저도 질문에 대한 답을 알면서 나를 테스트해보려고 하는 게 아니라 그녀도 정말 모르기 때문에 의견을 구하는 거였다. 그 고객사는 내 책임이고 그 누구보다도 내가 잘 알고 있어야 하므로 매니저도 나를 통해서 구체적인 정보를 얻으려고 하는 거였다.

"은진씨, 고객한테 리포트 다 보냈어요?"

"네! 자료 정리해서 다 보냈습니다."

이것이 지금까지 나와 매니저 사이에 있었던 대화의 대부분인 상황에서 갑자기 내 의견을 조리 있게 생각해서 발표해야만 하는 정반대의 현실과 마주하게 된 것이다. 일회적인 종업원 마인드에서 벗어나기 위해 나는 가장 먼저 사고방식을 바꾸기로 결심했다. 나는 이 회사에 고용된 종업원이 아니라 내 비즈니스를 경영하는 사장이라고.

나는 적극적으로 팀원들에게 다가가 물어보기 시작했다. 가만히 있어도 숟가락으로 밥을 떠서 먹여주는 한국 기업이 아니었다. 완벽한 인수인계를 위해 아는 것을 모두 자료로 만들어놓는, 후임을 위해 모든 것을 다 준비해놓는 한국 기업이 아니었다. 그 누구도 먼저 알려주지 않고, 먼저 손 내밀지 않으며, 개인이 직접 요리해서 밥상을 차리고 혼자 떠먹어야 하는 이곳에서 내가 할 수 있는 일이라곤 적극적으로 먼저 다가가는 것뿐이었다.

"이 고객은 어떤 비즈니스를 하나요?"

"세일즈와 트레이더는 채권 거래를 어떻게 하나요?"

"우리 시스템은 다른 경쟁사와 비교해 장점이 뭔가요?"

내 비즈니스를 운영해야 하는데 내가 모르면 안 되기 때문이다. 매달 꼬박꼬박 나오는 월급을 받으며 편안하게 일하는 평범한 종업원이 아니라, 내 고객을 가장 잘 알고, 내 고객이 원하는 가치를 제공하고, 내 고객이 만족할 만한 서비스를 제공하는 사장이 되기 위해서는 내가 먼저 공부하고 내가 먼저 그에 관한 지식을 쌓아놓아야 했다. 그렇게 나는 자기 경영과 조직 문화 사이의 괴리를 조금씩 좁혀나가기 시작했다.

스펙보다 중요한 것, 리더십과 팀워크

입사 초기, 글로벌 뱅킹의 IT팀에서 일하는 고객과의 전화 미팅에서 있었던 일이다. 꽤 오랫동안 원하는 것을 우리가 해결해주지 못해서 고객이 화가 많이 난 상태였다. 그리고 그 문제를 해결할 수 있는 사람은 시스템 기능을 바꾸고 업그레이드를 하는 비즈니스 매니저뿐이었다. 결국 캐나다로 휴가를 간 고객, 싱가포르에 있는 고객, 홍콩에 있는 우리 팀 매니저, 뉴욕에 있는 비즈니스 매니저와 서울에 출장 온 나 이렇게 총 5명이 미팅에 참석했다. 중요한 사람들이 모두 참석한 만큼 짧은 시간 안에 원만하게 결론을 이끌어내고 고객의 화도 풀어야 하는 상황이었다. 그런데 그 고객이 내 담당이라 내가 진행을 해야 한다는 게 문제라면 문제였다. 지금까지 내가 회사에서 주도해본 것이라고는 동기들의 연말 파티가 전부였으니까. 고객이 참석한 미팅은 모두 상사가 주도했기 때문에 나는 조용히 듣고 있다가 필요한 것들만 추가로 정리해서 보내주면 됐었는데 이건 아예 판이 달랐다. 모든 인원이 전화 라인에 연결되었는지 확인한 후, 나는 그야말로 덜덜 떨면서 콜을 진행하기 시작했다.

"모두 바쁜 시간에 이렇게 귀한 시간을 내주셔서 감사합니다. 오늘은 M사의 고객님이 오랫동안 요청한 문제로, 그동안 해결이 되지 않아서……."

내가 어설프게 상황을 설명하면서 버벅대고 있을 즈음, 매니저가 거두절미하며 한마디 덧붙였다.

"스티브, 그래서 정확히 문제가 무엇인지 설명해주시겠어요?"

문제가 무엇인지 고객을 통해 정확히 파악하고, 문제 해결을 위해 내부 전문가들에게 정확한 해결책을 제공하는 것. 매니저는 고객과 비즈니스 매니저 사이를 조율하며 1시간이 넘게 대화를 중재해나갔다. 결국 문제가 원만히 해결됐음은 물론이다. 시간이 금인 금융계에서 누구나 알고 있는 말을 다시 전화에 대고 구구절절 설명할 필요는 없다. 본론부터 들어가서 해결책을 제시하는 게 가장 효율적이다. 쓸데없는 시간 낭비 없이 본론부터 진행할 수 있도록 분위기와 환경을 조성해주는 게 리더의 몫이 아닐까. 꼭 어떤 부서나 팀의 대표가 되어 그 조직을 이끄는 데만 리더십이 필요한 게 아니다. 고객을 서비스하는 데도 리더십이 필요하고 동료들과 함께 일하는 데도 리더십이 필요하다.

그 후 미팅을 진행하는 나의 태도는 완전히 바뀌었다. 한국에 있는 고객, 일본과 홍콩에 있는 동료가 참석한 미팅을 주도해야 하는 시간, 내가 리더가 되어 미팅을 이끌기 시작했다.

"오늘 참석해주셔서 감사합니다. 이번 미팅에서는 앞으로 진행할 프로젝트에 대해 논의하고 그 외의 고객 문의 사항에 대한 답변을 드리도록 하겠습니다."

나는 논의해야 할 주제를 명확하게 짚고 난 후 자연스럽게 미팅을 이어나갔다. 프로젝트 진행에 있어 핵심적인 사항을 이야기하고, 고객의 질문에 꼼꼼히 답변해주었다. 특히 중간에서 통역하랴, 배경지식까지 보태서 설명하랴 쉽지 않았지만 요점만 간략하게 정리하면서 이야기하려고 노력했다.

> "이렇게 커뮤니케이션하는 방법이 너무 마음에 드네요. 앞으로 필요한게 있거나 추가 질문이 있으면 언제든지 연락주세요."

전화를 끊기 전에 고객이 너무 만족해하며 칭찬을 했다. 이전 미팅 때문에 많이 배우긴 했나 보다. 미팅 시작 전에 큰 주제를 점검한후, 구체적으로 토론할 내용들을 하나씩 정리해서 준비해놓으니 더논리적으로 차근차근 미팅을 주도할 수 있었다. 그런데 정작 정말 중요한 것은 주인 의식을 가지고 고객과 동료 사이에서 얼마나 효과적으로 리더십을 발휘하느냐이다.

내가 같은 팀원으로서 동료를 어떻게 지원하는지도 중요한 역량이다. 글로벌 기업은 개인보다는 팀으로 일하는 경우가 더 많기 때문이다. 회사에서도 혼자 잘난 개인보다는 다소 적응하는 데 시간이 걸리더라도 팀워크가 강한 사람을 선호한다. 골드만삭스에서의 경험을 떠올려 보면 그곳에서도 개인의 역량보다는 팀워크가 강한 사람이 훨씬 오래 살아남았다. 회사에 엄청난 수익을 가져다주는 아무리잘난 세일즈라도 결국 팀워크가 강하지 못하면 금방 다른 회사로 이직하는 경우가 많았다. 주식 거래 하나를 해도 세일즈, 트레이더, 리서치 애널리스트 등이 모두 한 팀으로 같이 일하니까 말이다.

리더십과 팀워크는 회사에서 가장 중요시하는 개인의 평가 항목이지만, 사실 이는 이력서나 자기소개서에 충분히 나타내기가 힘들다. 직접 같이 일하면서, 여러 사람과 부대끼면서, 깨지고 부딪치면서 조금씩 깨우치고 배우는 것이기 때문이다. 회사는 사람을 채용할때 결코 이력서와 자기소개서만 보지 않는다. 그보다 더 중요한 것은 이 사람이 과연 어떤 '사람'인가이다. 스펙만 쌓는 데 관심 있는 사람은 회사에 들어가서도 자기 스펙만 쌓느라 바쁘다. 어느 정도 경력이 쌓이면 자격증도 따고, MBA나 석사를 하고, 그리고 다른 곳으로 이직을 하고, 연봉을 얼마 받고…….

사실 내 모습도 그랬다. 골드만삭스에 다닐 때 하루라도 스터디나 자격증 공부를 하지 않으면 불안해서 견딜 수가 없었다. 여기에서 뭘 더 해서 어떤 걸 해야지. 항상 뭔가 해야 한다는 강박 관념에 사로잡혀 있었다. 그래서 일이 끝난 후에도 마음 놓고 편하게 쉴 수가 없었다. 말 그대로 '스펙 불감증'이었다.

그러다가 홍콩에 와서 생긴 것도 다르고, 모국어도 다르고, 문화 배경도 다르고, 고정 관념이나 사고방식도 다른 사람들과 한 팀으로 일하면서 나의 출신 학교나 전공이 전혀 중요하지 않다는 걸 깨달았다. 다양한 사람들과 한 팀으로 일하면서 가장 중요한 것은 진심으로 다른 사람을 존중하고, 열린 마음으로 나와 다른 의견을 수용하며, 모두 함께 좋은 팀워크로 일하는 것이다. 내가 어떻게 생각하든 그들은 항상 열린 마음으로 받아주었고, 한국에서는 내가 좀 튀게 행동한다고 느낀 것들이 이곳에서는 적극적이라고 해서 긍정적으로 비쳐졌다.

가만히 회사를 둘러보니 매니저가 되고, 시니어가 되고, 높은 자리에 올라가는 사람은 자격증이 많은 사람도 아니고, 외국어를 유창하게 잘하는 사람도 아니며, MBA나 석사나 박사 학위가 있는 것도 아니었다. 그들은 회사에서 리더십 있고, 팀워크가 좋고, 항상 사장 마인드로 모든 일을 진취적으로 적극적으로 하는 사람들이었다. 골드만삭스에서도 트레이딩 부서의 전무님은 학부 졸업이었고, 블룸버그에서 내가 속한 팀의 글로벌 매니저도 학부 졸업이었다. 소위 말하는 고스펙을 가진 사람이 아닌 리더십이나 팀워크가 훨씬 탁월한 사람들이었다.

리더십과 팀워크를 기르기 위해 기회가 올 때마다 나는 적극적으로 자진해 업무를 맡았다. 굳이 내가 하지 않아도 될 일이었고, 혼자 진행하는 업무만 열심히 해도 충분히 좋은 성과를 낼 수 있는 상황이었다.

"이번에 홍콩의 모든 금융 기관을 대상으로 열릴 세미나의 총 기획과 진행을 맡아줄 사람이 필요한데, 혹시 자원할 사람 있나요?"

모두 바빠서 새로운 업무를 추가로 해야 하는 상황을 부담스러워할 때, 나는 자신 있게 말했다.

"제가 해볼게요!"

○

그렇게 나는 리더십과 팀워크를 길러나갔다. 그리고 아시아 팀을
대상으로 뉴욕 본사에 있는 비즈니스 매니저와 함께 진행하는 프로
젝트가 생겼을 때 아시아 대표는 망설이지 않고 나를 지목했다.

"이 프로젝트는 서은진씨가 적임자예요."

블룸버그의 연말 행사, 그해의 테마는 '정글 드림'

3년간 함께 일해 친구가 된 고객, 클리포드&윌슨과 함께

회사에서 받은 상을 들고!

퇴근 후 동료들과 홍콩 야경을 바라보며

나에게 날개를 달아준
3개의 '눈'

▶▶▶   조직 생활을 잘하기 위해서는 여러 가지 역량이 필요하다. 다양성을 인정하는 회사에서 나는 이에 필요한 역량과 능력을 개발해나갔다. 무엇보다도 다양성이 주는 혜택은 엄청났다. 전 세계에서 온 고객, 전 세계에서 온 다양한 배경을 가진 동료들, 그리고 전 세계를 담당하는 업무는 그야말로 나에게 날개를 달아주었다. 동료들은 나를 있는 그대로 받아주었고, 나는 다른 사람들의 눈치를 볼 필요 없이 있는 그대로로 충분했다. 매일 점심을 같이 먹을 사람을 찾을 필요도 없었고 회사 내에서 내 편을 만들 필요도 없었다. 그저 나는 맡은 일을 최선을 다해 열심히 하면 됐다. 다양한 의견이 공존하고 그 의견을 존중하는 이곳에서 나는 새로운 아이디어를 받아들이고 새로운 문화를 배웠다. 내가 그토록 원하던 나의 토양에서 그야말로 나는 물 만난 물고기였다. 회사에서 일하면서 이토록 행복하다고

느낀 적은 처음이었다. 너무나도 생소한 그것은 삶에 너무나도 큰 생기를 불어넣어주었다.

전체를 보는 눈

어느 정도 업무에 적응이 되자 조금 더 욕심이 생기기 시작했다. 이 고객에겐 어떤 솔루션이 맞을까, 저 고객에겐 어떤 걸 제공하면 좋을까. 출퇴근길에서도, 집에서도 계속 새로운 아이디어가 떠올랐다. 그리고 스스로 찾아서 공부했다. 내가 하는 일에 대해 더 많이 배우고 알아가다 보니 이해하는 범위가 점점 넓어졌다. 특정한 분야를 넘어 고객과 업계의 전반적인 모습을 종합적으로 이해하게 된 것이다. 실제로 내가 일을 할 때 전문적인 지식이 없으면 그 일이 좋아지기는커녕 오히려 강한 의문이 들었다. 과연 이 일이 나에게 맞는가?

'학습 곡선'이라는 것이 있다. 사람이 배우는 단계를 곡선을 이용해 표현한 것인데, 처음에는 배우는 속도가 거의 바닥에 닿을 듯 느리다. 그만큼 오랜 시간이 걸린다는 뜻이다. 그런데 시간이 갈수록 이 곡선은 가파르게 변한다. 어느 정도 배워서 지식이 쌓이면 그다음부터는 이해 속도가 훨씬 빨라지고 이해 범위 또한 그만큼 넓어지기 때문이다. 일하는 데 있어 전체 그림이 그려지면 어떤 일이 벌어질까? 단순히 직원으로서 나에게 주어진 일만 하는 게 아니라 전체를 볼 수 있으니 내가 어떤 분야에 더 집중해야 할지 조금씩 윤곽이 잡혔다.

1~2년이 지나자 나에게도 학습 곡선의 효과가 나타나기 시작했다. 한번은 채권 세일즈로 일하는 지인이 우리 집에 저녁을 먹으러 왔다.

"존, 지금 채권 세일즈 하시잖아요. 정확히 어떤 일을 어떻게 하시는지 궁금해요."

"아, 채권은 장외 상품이라서 투자자들과 거의 채팅이나 전화로 거래를 해요. 그리고 트레이더가 채권을 보유하고 있을 때는 그와 가격과 수량을 협상해서 거래하면 되지만 그렇지 않을 때는 브로커들을 통해 필요한 물량을 찾아서 거래하죠. 그래서 채권 세일즈는 얼마나 많은 고객을 알고 있느냐 그리고 얼마나 좋은 관계를 유지하느냐가 참 중요하죠."

그의 이야기를 듣자마자 나는 마음속으로 외쳤다.

'유레카!'

그동안 쌓인 모든 의문이 한꺼번에 해결되면서 갑자기 전체적인 채권 시장의 그림이 그려지기 시작했다. 지금까지는 이론으로만 이해하던 내용들을 이제 내 안에서 완전히 이해하고 고객에게 설명할 수 있는 단계까지 이른 것이다. 그렇게 전체 그림이 그려지고 이해가 되니 일이 더 재밌어지고 어떻게 하면 효율적으로 일할 수 있을지 끊임없이 아이디어가 떠올랐다. 드디어 한 분야만 보는 걸 넘어 금융 기관에 속한 모든 부서를 아우르는 전체적인 구조를 이해하기 시작한 것이다.

강점을 파악하는 눈

전체를 보는 시각은 개인적인 경력 개발에도 도움을 주었다. 신입 시절에는 주어진 일을 빠르고 정확하게 처리하면 충분했다. 그리고 열심히 최선을 다해 일할 때마다 업무 영역이 더 커졌으며 더 많은 책임이 주어졌다. 그런데 어느 단계가 지나니 그냥 단순히 일을 잘한다는 것만으로는 뭔가 부족했다. 한 조직에서 일 잘하는 사람으로 끝나는 게 아니라 과연 나는 이 조직에서 어떤 존재가 되고 싶고, 나의 궁극적인 목표는 무엇인지 스스로에 대한 근원적인 고민이 생겼다. 전체 조직에서 '나'라는 사람이 어떻게 보이는지 개인 브랜드에 관한 근본적인 물음이었다.

"은진씨, 앞으로 어떤 일을 하고 싶어요?"

매니저가 업무 목표와 업무의 궁극적인 지향점에 대해 물을 때마다 나는 주저했다.

"글쎄요……. 지금 하고 있는 일을 더 잘하고 싶습니다."

『구본형의 필살기』라는 책을 읽으며 나는 조용히 내 모습을 돌아보았다. 과연 내 필살기는 무엇인가. 이 조직에서 나는 어떻게 유명

해지고 싶은가. 이 조직이 없어도 나를 고용하게 만드는 나만의 무기
는 무엇인가. 책에서 설명한 대로 내가 맡은 업무를 적어보았다. 그
리고 그것을 넘어서 내 비즈니스에서 중요한 업무는 무엇인지, 내 적
성 및 재능과 연결해 집중적으로 계발할 부분은 무엇인지, 궁극적으
로 나만의 필살기는 무엇인지 곰곰이 생각했다.

	구체적인 업무	시장의 수요 및 일의 중요도	나의 재능 및 적성
1	신규 고객 및 새로운 비즈니스 기회 발굴	V	V
2	고객사의 시니어(CTO, COO, CIO)와 관계 유지	V	V
3	고객에게 비즈니스 방향 제시 및 공유	V	
4	고객사의 개별 사용자들 교육		
5	이벤트나 세미나 기획 및 진행		
6	다른 부서와 협력 및 내부 미팅 조직		
7	프레젠테이션 및 스피치	V	V
8	시스템 문제 발생 시 고객과 소통 및 해결		
9	금융계 테크놀로지 트렌드 및 뉴스 섭렵		
10	출장 및 비용 관리		
11	주니어 팀원들 멘토링 및 가이드		V
12	유럽, 미주 지역 동료와 정기적인 내부 미팅		
13	우리 솔루션의 아시아 지역 전략 수립	V	
14	시스템 임플리먼테이션	V	
15	내부 교육 참석		
16	신입 직원 인터뷰		

17	고객 문의 및 답변(이메일, 컨퍼런스 콜, 미팅)		
18	제안서 작성	v	
19	창의적이고 새로운 아이디어 수립 및 공유	v	v
20	매니저와 매주 미팅		

블룸버그에서는 매년 비즈니스 전략을 세우고 온 직원들과 그것을 공유한다. 그뿐만 아니라 각 세일즈 매니저는 수시로 자기가 맡은 고객에 대한 전략을 세운다. 채권 업계의 새로운 트렌드에 따른 전략은 무엇인지, 그 전략을 어떻게 실행할 것인지, 그리고 그에 따라 어떤 비즈니스 기회를 만들 것인지.

나는 이러한 비즈니스 전략이 회사뿐만 아니라 개인한테도 필요하다고 생각한다. 근시안적인 시각에서 별 생각 없이 주어진 일만 하는 게 아니라 나의 업무는 무엇이고, 나의 적성과 재능은 어디에 있으며, 이를 바탕으로 어떤 분야에 노력과 집중을 해야 할지 아는 것은 매우 중요하다. 이를 통해 장기적인 비전을 가지고 경력에 대한 목표를 세울 수 있기 때문이다.

업무를 적은 다음에 시장의 수요 및 일의 중요도와 적성을 맞춰보니 나아갈 방향이 명확해졌다. 차별적인 서비스를 제공할 수 있는 분야, 남들과 비교했을 때 나만이 제공할 수 있는 독보적인 분야, 그랬더니 딱 3가지가 나왔다.

1. 신규 고객 및 새로운 비즈니스 기회 발굴

2. 고객사의 시니어(CTO, COO, CIO)와 관계 유지

3. 프레젠테이션 및 스피치

나는 좀 더 중요하고 어려운 업무를 하기 위해 최대한 초점을 맞췄다. 그저 빠르고 정확하게 처리하면 되는 단편적인 업무가 아니라 더 많이 생각하고 전략을 세워서 해야 하며 커다란 책임을 요구하는 일, 그리고 1번과 2번, 두 개의 영역에 모든 업무의 포커스를 맞추기 시작했다.

3번 프레젠테이션 및 스피치는 개인적으로 노력하면 충분히 계발 할 수 있는 분야였다. 대학생들을 위한 무료 취업 강연으로 시작, 나는 내가 가진 장점과 자원을 이용해 재능을 나눌 수 있는 기회를 만들어나갔다. 그리고 이는 자연스럽게 업무로 선순환이 이루어졌다. 100명이 넘는 청중 앞에서 강연을 하다 보니 회사에서 10명 정도를 앞에 두고 발표하는 것은 일도 아니었다.

기회를 보는 눈

블룸버그에서 일하던 어느 날, 한 팀원이 갑작스럽게 사표를 냈다. 슬퍼할 새도 잠시, 엄청난 일이 일어나기 시작했다. 이미 일이 너

무 많은 나에게 그만둔 친구의 일까지 온 것이다! 그는 세일즈 매니저로 담당하고 있던 신규 고객이 적지 않았다. 사실 나는 그 전까지 신규 고객 세일즈를 해본 적이 없었고, 관련 제안서를 작성해본 적도 없었다. '이 일을 내가 어떻게 해!'라는 두려운 마음 한쪽으로 '지금이 기회를 잡아!'라는 작은 목소리가 새어 나오기 시작했다. 이것이야말로 내가 추구하고 능력을 쌓아야 할 분야가 아닌가! 나는 홍콩에 있으면서 자산 규모 상위 5위 안에 드는 중국계 은행과 중국계 증권사 두 곳을 타깃으로 세일즈를 시도했다. 그때부터 그동안 잠재적으로 쌓아온 나의 모든 재능과 능력이 빛을 발하기 시작했다.

"팀장님, 저희가 보기에는 현재 트레이딩 및 세일즈 부서에 수기 업무가 너무 많아 시간이 너무 많이 소요되는 비효율적인 면이 있습니다. 또 전자 거래로 새로운 수익원을 찾고 있는 것으로 알고 있습니다. 저희는 이 두 가지에 집중한 솔루션을 제안합니다."

이 세일즈 거래의 결정자인 고객사 트레이딩 부서의 팀장님을 만난 자리에서 나는 준비한 대로 자신 있게 미팅을 주도했다. 그동안 고객사의 모든 팀원들을 만나 현재 비효율적인 점을 찾아내고, 동료와 협력해 고객이 필요로 하는 분야를 적극적으로 알아낸 노력의 결과였다.

한번은 뉴욕에서 온 비즈니스 매니저와 함께 고객사를 찾아가 우리 솔루션에 대해 적극적으로 마케팅하기도 했다. 미팅을 마친 후 나의 매니저를 보며 고객사의 담당자는 나에 대해 딱 한마디를 했다.

○

"She is a killer!"
(그녀는 최고의 세일즈 매니저야!)

그는 굉장히 적극적으로, 고객에 대한 지식을 기반으로 상품을 소개하는 내 모습에 감탄했다고 덧붙였다.

우연히 찾아온 기회를 나는 적극적으로 잡았다. 그리고 집중했다. 모든 세일즈는 절반이 세일즈맨의 역량과 실력에 달린 만큼 나는 이 기회를 이용하기 시작했다. 그리고 마침내 출산 휴가를 가기 전까지 두 거래를 성공적으로 성사시킬 수 있었다. 매년 총 4억 원이 넘게 들어오는 큰 거래였다. 그리고 그해 나는 아시아 대표로 우수 직원 상을 수상했다.

나의 업무를 넘어 업계와 시장 전체를 볼 수 있는 눈과 업무에 필요한 나의 강점과 적성을 파악하는 눈, 그리고 마지막으로 예고 없이 찾아오는 기회를 포착하는 눈. 바로 이러한 눈을 가진 사람은 그 어떤 조직에서도 빛이 날 것이다.

갈수록 정이 드는 싱가포르로 떠난 출장에서

해외 취업
어떻게 하나요?
-홍콩 사례

취업은 어려운 과제다. 나뿐만 아니라 전 세계에서 제일 좋은 아이비리그 대학을 졸업해도 어려운 게 바로 취업이다. 그런데 해외 취업이라니……. 이것은 이력서를 넣고 면접만 보면 끝나는 단거리 경주가 아니다. 짧게는 6개월에서 길게는 1~3년 정도 장기적인 비전과 확고한 목표를 가지고 접근해야 하는 것이다. 그래야지만 현지에 가서 일을 하게 되었을 때도 거기에서 오는 단점을 극복할 수 있다. 즉, 자신이 왜 해외 취업을 해야 하는지에 대해 스스로 명확한 목표와 이유가 있어야 한다. 단지 해외에 살면서 일해보고 싶다는 막연한 생각만 가지고는 절대 이루기 힘든 것이 바로 해외 취업이다.

한번 진지하게 생각해보자. 왜 나는 해외 취업을 하고 싶은가? 한국에서 취업하는 것도 힘든데, 왜 나는 굳이 꼭 해외에서 취업해 일하고 싶은가? 스스로 납득이 될 만한 답을 얻었다면 이제는 소위 '올인'할 차례다. 한두 달 정도 하고선 안 된다고 포기하지 말고 최소 1~2년은 꾸준히 노력하면서 장기전으로 간다는 마음으로 임해야 한다. 여기에서는 내가 가장 잘 아는 홍콩 취업 위주로 설명하고자 한다. 그러나 일반적인 내용이 많기 때문에 전반적으로 해외 취업을 준비하는 데도 도움이 될 것이다.

나는 개인적으로 해외 취업을 원한다면 한국에서 어느 정도 경력을 쌓기를 추천한다. 그 이유로는 크게 두 가지가 있다.

첫째, 취업 비자를 받기가 어렵다. 한 후배가 대학을 졸업하자마자 블룸버그에 입사했다는 놀라운 소식을 듣고 축하해준 적이 있었다. 하지만 몇 달이 지나도 회사에서 후배가 보이지 않아 나중에 이야기를 들어보니 홍콩 이민국에서 경력이 없다는 이유로 비자를 거절했다는 것이었다. 최근 홍콩이나 싱가포르는 자국민의 실업률을 낮추기 위해 회사에서 외국인 채용에 대한 납득할 만한 이유를 대지 못하면 비자를 거절하는 경우가 종종 있다. 같은 조건이라면 자국민의 일자리를 보호하려는 차원이다.

둘째, 연봉의 시작점이 낮다. 우리나라와 마찬가지로 홍콩도 신입 연봉이 그리 높은 수준은 아니다. 물론 업계마다 연봉의 높고 낮음의 기준점은 다르다. 현지 구직자라면 낮은 연봉으로 시작해 경력을 쌓으면서 올리면 되지만 해외에서 온 구직자는 상황이 다르다. 홍콩의 월세가 가히 살인적이기 때문이다. 특히 홍콩 섬은 방 한 칸 아파트의 월세가 최소 100~200만 원 사이로 연봉이 낮을 경우 월급을 받아 월세를 내고 나면 남는 게 없는 상황에 직면할 수도 있다. 최근에는 연봉이 너무 낮다는 이유로 홍콩 이민국에서 취업 비자를 거절한 경우도 보았다.

그럼에도 불구하고 불굴의 도전 정신으로 대학을 졸업하자마자 홍콩이나 싱가포르 등 해외에서 취업한 사례도 종종 볼 수 있다. 자신이 어떤 업계에서 어떤 일을 하고 싶은지 목표와 꿈이 명확하다면 신입이라고 해서 불가능하지는 않다. 인턴십이나 파트타임 등으로 경력을 쌓고 관련 지식까지 겸비한다면 충분히 자신을 어필할 수 있을 것이다.

1. 홍콩 해외 취업 전략 – 신입

CASE 01
관광 비자 입국

- 전략
  - 원하는 업계에 대한 뚜렷한 목표와 비전을 세운다.
  - 관련 업계 인턴 및 단기 업무 경험을 쌓는다.
  - 현지에서 가능한 인적 네트워크를 총동원해 취업을 준비한다.
  - 비싼 현지 생활비를 감안해 한국에서 최대한 준비하고 떠난다.

- 실제 예시
  - 국내 대학을 졸업한 후배 K는 대학 시절부터 원하는 커리어 목표가 아주 뚜렷했다. 바로 홍콩 금융계에 입성하는 것. 금융계 취업 동

아리까지 만들어가며 적극적으로 활동한 그는 재학 중 국내 외국계 은행 및 글로벌 컨설팅 회사 인턴십에 성공했다. 그리고 졸업을 한 달 앞둔 시점, 투자 은행 취업에 뜻을 두고 혼자서 과감하게 홍콩으로 향했다.

홍콩에 도착하자마자 그는 학교 및 인턴십을 통해 맺은 인맥을 총동원해 이력서와 자기소개서를 보내기 시작했다. 가끔은 회사에 무작정 찾아가 이력서를 내고 오기도 했다. 그는 홍콩에 있는 웬만한 금융 회사는 다 가봤을 만큼 열심히 돌아다녔다. 그러던 중 컨설팅 회사에서 인턴으로 일하던 시절 단 한 번 만났던 고객의 추천으로 지금의 회사에 면접을 보고 합격해 오랫동안 원했던 홍콩 금융계로 입성했다. 여기서 놀라운 사실은 그 회사에서 채용 공고를 내지 않고 적당히 괜찮은 사람을 뽑으려고 했을 때 추천을 통해 때마침 후배의 이력서를 받았고, 그 후 면접을 거쳐 채용을 결정했다는 것이다.

CASE 02
워킹홀리데이 비자 입국

- 전략

  – 글로벌 기업 및 규모 있는 중견 기업은 워킹 비자 발급을 도와주므로 워킹홀리데이 비자가 굳이 필요없다.

  – 원하는 업계에 대한 뚜렷한 목표와 비전을 가지고 한국에서 충분

히 준비한 다음에 떠나면 시간 및 돈 낭비를 막을 수 있다.

• 실제 예시

  – 워킹홀리데이 비자가 체결된 지 얼마 되지 않아 현재는 성공 사례
  가 많지 않으나 적극적으로 인턴십이나 정규 취업 기회를 노리면 충
  분히 승산이 있다. 합법적으로 비자 문제가 해결되었기 때문에 회사
  입장에서는 이에 따른 부담이 많이 줄어들기 때문이다.

CASE 03
학부 및 석사 유학

• 전략

  – 인건비가 싸고 중국어가 가능한 중국 대학생들과 경쟁할 만한 나
  만의 차별성을 확보한다.

  – 인턴십으로 경험을 쌓거나 업계 관련 자격증을 취득한다.

  – 현지인 수준의 중국어를 구사하면 취업에 유리하다.

• 실제 예시

  – 한국에서 대학을 졸업하고 홍콩과학기술대 학부로 유학을 온 후
  배 M은 재학 중 학교 공부 외에 중국어 공부에 모든 걸 쏟아부었다.
  지리적 이점을 활용해 중국으로 어학연수도 다녀오고, 인턴십을 통

해 경험도 쌓았다. 한국어, 영어, 중국어 3개 국어 능통에 인턴십까지 한 그녀는 홍콩의 한 글로벌 금융 회사에 정규직으로 입사했다.

CASE 04
해외 인턴십

- 전략
  - 해외 인턴십에 적극적으로 지원한다.
  - 현지에서 곧바로 일할 수 있을 만큼 어학 실력을 쌓는다.
  - 현지에서 인턴으로 일하면서 적극적으로 취업을 준비한다.

- 실제 예시
  - 한국에서 대학을 다니던 후배 L은 졸업을 한 학기 남겨두고 한국무역협회 청년인턴 프로그램을 통해 싱가포르에서 6개월 동안 인턴으로 근무했다. 그러면서 동시에 열심히 현지 취업을 준비했고 글로벌 금융 회사에 정규직으로 입사할 수 있었다. 그 후 나머지 학점은 인터넷으로 수강해 졸업과 동시에 해외 취업에 성공할 수 있었다.

- 해외 인턴십 관련 홈페이지
  - 한국산업인력공단 월드잡플러스 worldjob.or.kr
  - 한국무역협회 잡투게더 jobtogether.net

2. 홍콩 해외 취업 전략 – 경력

CASE 01
———
관광 비자 입국

- 전략

　– 홍콩은 체재비가 비싸기 때문에 한국에서 미리 인터넷으로 지원

하거나 헤드헌터와의 연락 등을 통해 면접 일정을 잡아놓고 온다.

　– 현지의 아는 인맥을 총동원해 취업 지원을 요청한다.

　– 한인 신문, 동문 모임, 한인 모임 등을 최대한 이용한다.

- 실제 예시

　– 나의 경우 한국에서 인터넷으로 구직 활동을 할 때보다 홍콩에 와

서 직접 구직 활동을 할 때 인터뷰 기회가 더 많았다. 홍콩에서 새로

사귄 업계 지인의 추천을 통해 면접을 볼 기회도 얻었고, 한인 신문

등을 보고 지원해서 인터뷰를 하기도 했다. 한번은 대학 동문 모임에

서 알게 된 선배님이 자신이 운영하는 회사에 자리가 있다며 관심이

있으면 연락하라고 친절하게 말씀해주시기도 했다.

CASE 02

석사 및 MBA 유학

- 전략

    - 경력과 연관된 실용 학문을 선택해 공부하면 취업에 유리하다.

    - 학업 중 현지 인턴십 등으로 지속적인 경력을 계발해야 한다.

    - 교내 동문 네트워크 및 취업 센터 등의 도움을 받는다.

- 실제 예시

    - 한국의 한 금융 회사에서 일하던 선배 L은 해외 취업을 목표로 홍콩대 MBA에 입학했다. 졸업 후 그는 한국에서의 경력을 살려 큰 무리 없이 싱가포르의 금융IT회사 입사에 성공했다.

CASE 03

헤드헌터 및 인터넷 구직 홈페이지

- 전략

    - 글로벌 기업은 헤드헌터를 적극 활용하므로 업계에서 유명한 헤드헌터와 좋은 관계를 유지한다.

– 헤드헌터에게 본인이 원하는 업종, 포지션 등을 정확하게 전달한다.

– 관련 업계에서 유명한 구직 사이트에 수시로 접속해 지원한다.

– 링크드인(Linked in) 등은 경력과 관련된 직업을 추천해주기도 하므로 이를 적극적으로 활용한다.

• 실제 예시

– 선배 K는 현재 글로벌 화장품 회사에서 한국을 담당하는 최연소 지사장 중 한 명이다. 한국어, 일본어, 중국어, 영어까지 4개 국어에 능통한 그녀는 중국 베이징에서 대학을 졸업하고 중국에 있는 일본 컨설팅 회사에 입사했다. 그곳에서 2년 동안 M&A 업무를 한 그녀는 일하다 알게 된 일본 화장품 회사에서 입사 제의를 받게 되었고, 당시 너무 힘들고 지친 상태여서 과감하게 일본행을 결정했다. 그렇게 일본에서 일하다 홍콩에 있는 헤드헌터로부터 연락을 받고 인터뷰에 합격해 홍콩에 오게 되었다. 지금은 홍콩만의 매력에 푹 빠져 하루하루 만족스러운 생활을 하고 있다.

• 홍콩 취업 관련 홈페이지

– 홍콩 구직 관련

jobsdb.com/hk

monster.com.hk

– 금융계 구직 관련

efinancialcareers.hk (홍콩)

efinancialcareers.sg (싱가포르)

- 홍콩 전문 헤드헌터 회사 searchasia.com.hk

- 링크드인 linkedin.com

CASE 04
인맥 네트워크

- 전략

 - 회사의 내부 추천 제도를 이용한다.

 - 회사 규모가 작을수록 업계나 내부 인맥으로 일할 사람을 구하는
 경우가 많으므로 개인 마케팅을 수시로 한다.

- 실제 예시

 - 한국에서 대학을 졸업하고 한 외국계 자산 운용사에 들어간 C는
 개인 생활도 없이 열심히 일했다. 그러던 중 홍콩에 있던 매니저가
 현재 회사에 스카우트 되어 회사를 옮기게 되었고, 그 과정에서 매니
 저는 그녀에게 함께 이직할 것을 제안했다. 당시 3년차에 접어들었
 던 그녀는 새로운 도전과 경험이 필요하다고 느껴 홍콩으로 이직을
 결심했다. 현재 글로벌 자산 운용사 홍콩 법인에서 근무 중이다.

CASE 05
회사 내부 해외 발령

- 전략

 - 사내에서 개인 브랜드 마케팅에 힘쓴다.

 - 해외에 있는 관련 부서와 업무를 하면서 개인 브랜드가 해외로 알려지도록 노력한다.

 - 왜 자신이 가야 하는지에 대한 이유가 명확해야 하며, 이에 따른 역량과 능력을 키운다.

- 실제 예시

 - 한국에서 일본계 회사에 재직 중인 지인이 홍콩으로 내부 발령을 받았다. 인사팀에서 일하는 그녀는 팀의 특성상 임금, 노무, 노동법 등 현지 상황을 많이 감안해야 하는 부서라 해외로의 이동이 쉽지 않음에도 불구하고 1년 정도 노력 끝에 성공했다.

 그녀는 홍콩에서 일하고 싶다고 내부 사람들한테 기회가 있을 때마다 말했다. 홍콩 출장을 갈 때마다 인사팀 사람들에게 질문을 많이 하면서 관심을 보였고, 이곳에 꼭 오고 싶다고 강조했다. 심지어 사장님과의 회식 자리에서도 자신이 꼭 홍콩에 가야 한다고 이야기했을 정도였다. 동시에 그녀는 홍콩 여행을 자주 다니면서 지리를 익혔고 홍콩에 대한 지식도 쌓았으며 영어 공부도 꾸준히 했다. 그러다 보니 언젠가부터 홍콩 발령 이야기만 나오면 오히려 주변 사람들이 그녀가 가야 한다고 말할 정도가 되었다.

경력이 해외로 가는 가장 쉽고 가장 간편하고 가장 효율적이고 가장 좋은 방법, 바로 회사에서 나를 파견시키도록 하는 것이다. 내가 하는 일이 연장되므로 따로 새로운 업무를 배울 필요도 없고, 현지 사람들과 이미 알고 있다면 무엇보다도 적응하기가 훨씬 수월하다.

취업 관련 문서 작성법

1. 커버 레터(Cover letter)

기본적으로 면접관이 커버 레터와 영문 이력서를 살펴보는 시간은 15~30초 정도이다. 심지어는 인터뷰에 들어와서 처음으로 거들떠보는 면접관도 수두룩하다. 그렇기 때문에 커버 레터와 이력서는 깔끔하면서도 한눈에 들어오게 작성하는 것이 정석이다. 사실 커버 레터 없이 이력서만 내도 충분한 경우가 많다. 이력서만 훑어봐도 후보자의 경력이나 장점이 대략적으로 보이기 때문이다. 그럼에도 불구하고 간혹 커버 레터를 요구하는 곳이 있기 때문에 하나 정도 준비해놓으면 좋다. 커버 레터의 기본적인 형식은 다음과 같다.

본인 이름

주소

전화번호 및 이메일 주소

오늘 날짜

받는 사람

회사 이름

회사 주소

도입 문단

– 지원하는 포지션에 대해 간략하게 쓴다. 어떤 포지션이며 어떻게 알게 되었고 왜 지원하게 되었는지 쓴다.

본론 문단

– 강점에 대해 나열한다. 경력 사항을 소개하며 전문 분야를 확실하게 밝힌다. 분야 관련 자격증이나 학위가 있다면 나열해도 좋다. 회사에 대해 이해한 점을 쓰고 자신의 강점이 어떻게 공헌을 할 수 있는지 열거한다.

마지막 문단

– 입사 후 포부를 간략하게 적는다. 연락 가능한 방법 등도 표기한다.

본인 이름

다음은 커버 레터의 예시이다.

Ron Murphy

999 Address St.   Mobile: (999) 555–1234

Chicago, IL 60000   email@email.com

August 8, 2016

Contact Name

Company Name

Company Address

Dear Mr./Mrs. _____,

I would like to apply for the Technical Support Specialist which was advertised recently in the Jobsdb website. I understand that you are looking for a highly capable Technical Support Specialist with years of experiences and knowledges. In review of the attached resume you will find that I am highly capable performing this role and associated functions.

Over the last four years I have been extensively constructing Personal Computers primarily in for Windows 95, 98, NT and 2000. I possess solid knowledge of internal PC components and multiple peripheral devices. My expertise is further enhanced with recent certifications as A+ Technician and Microsoft Certified Systems

Engineer in Windows NT 4.0.

My work experience over the last twelve years has involved assembling and troubleshooting complex technical devices including WaveGuide products, phase shifters and couplers. I have demonstrated my ability to quickly learn new technical skills, resolve problems and improve processes, which have attributed to successfully reducing critical production times. This trend I intend to continue long into the future.

I am a technically skilled professional with the experience, patience and understanding it takes to efficiently build, repair, troubleshoot and support Windows PC systems and networks. I am confident that you will be pleased with the skills and experience portrayed in the accompanying resume. I will be reachable to my mobile at +1 (999) 555–1234 at any time.

Thank you in advance for your time and consideration.

Sincerely Yours,

Ron Murphy

2. 영문 이력서(Resume)

영문 이력서는 회사마다 특정한 형식이 없다. 지원자마다 형식이 다른데 기본적으로 아래와 같은 형식을 따르면 무난하다.

Name
Home Address
Phone number, email address

WORK EXPERIENCE

Company Name   City, Country
Title / Department   *Start date/year ~ Finish date/year*
- Responsibilities
- Responsibilities
- Responsibilities
- Responsibilities

Company Name   City, Country
Title / Department   *Start date/year ~ Finish date/year*
- Responsibilities
- Responsibilities
- Responsibilities
- Responsibilities

EDUCATION

- **University Name**   City, Country
- B.A., Graduate year, Major (GPA: ??/4.5)
  Coursework included something related to business or economy
- Scholarship (semesters, year)

Extracurricular Activities

Club Name   City, Country
Title   *Start date/year ~ Finish date/year*
- Responsibilities
- Responsibilities

Club Name   City, Country
Title   *Start date/year ~ Finish date/year*
- Responsibilities
- Responsibilities

CERTIFICATE

- Certificate name, Sponsored organization   *Month, Year*
- Certificate name, Sponsored organization   *Month, Year*
- Certificate name, Sponsored organization   *Month, Year*

ADDITIONAL

- Native fluency in English, Native in Korean
- Proficient in MS Office
- Hobbies

영문 이력서를 작성할 때 꼭 지켜야 할 기본적인 사항은 다음과 같다.

★ 딱 1장에 모든 것을 담는다

경력이 많아서 1장으로 도저히 안 된다면 최대 2장으로 줄인다. 3장 이상 넘어가는 이력서는 끝까지 다 읽지도 않는 경우가 대부분이다.

★ PDF 파일로 준비한다

물론 워드 파일도 가능하지만 버전마다 호환이 안 되는 경우가 있어 문서가 깨질 수 있다. PDF로 저장해놓으면 이력서가 수정되거나 형식이 바뀔 염려가 없다.

★ 추천인의 이름은 적지 않는다

면접을 보는 회사에서 특별하게 요청하지 않는 한 추천인을 알려줄 필요가 없다. 이력서 하단에 'References available upon request'라고 적거나 아예 빼도 상관없다.

★ 연봉을 적지 않는다

★ 본인의 약점을 적지 않는다

★ 경력 기술은 최대한 자세히 한다

상을 받았을 경우 상의 이름과 수상 날짜를 정확히 기술한다. 그리고 세일즈 타깃을 달성한 내용은 숫자를 적는다.

Awarded 'Top Fortune 1000 Salesperson' in 2015

Ranked in the 'Top 10%' of all Employees in 2015

Met and exceeded 100% of sales quota each and every year on quota

★ 이력서에 어울리는 영어 동사를 사용한다

경력에 관해 부연 설명할 때 사용할 수 있는 동사는 다음과 같다.

accelerated	eliminated	performed	structured
accomplished	ended	pioneered	succeeded
achieved	established	processed	summarized
authored	evaluated	programmed	supervised
awarded	expanded	promoted	terminated
collaborated	extended	proposed	traced
completed	featured	purchased	traded
conducted	finished	reduced	trained
consolidated	generated	revised	transferred
coordinated	grew	scheduled	translated
created	implemented	serviced	turned
customized	improved	set up	uncovered
decided	increased	sold	utilized
delivered	introduced	solved	vacated
demonstrated	launched	started	widened
designed	maintained	streamlined	won
developed	negotiated	strengthened	worked
directed	ordered	stretched	wrote

3. 이메일 작성법

영문 이력서나 커버 레터를 첨부 파일로 보낼 때 커버 레터를 그대로
복사해서 이메일로 보내는 경우가 있다. 하지만 이메일은 간략하게
요점만 말하는 게 핵심이므로 아래와 같이 짧게 써도 무방하다.

RE: Sales supervisor position application

Dear Mr. Choice,

I would like to apply for the post of Sales Supervisor which was advertised recently in your company's career website.

I have read the job description with great interest and enclose my completed application form.

I look forward to hearing from you.

Yours sincerely,

Gill Dickson

1. 일반 인터뷰

인터뷰를 준비할 때 가장 중요한 질문은 딱 두 가지이다.

- 왜 이 회사에 지원했는가?
- 왜 나를 뽑아야 하는가?

질문에 제대로 답하기 위해서는 길고 긴 자기 성찰의 시간이 필요하다. 왜 내가 적임자인지, 왜 내가 이 회사에 필요한 인재인지 증명하기 위해서는 그만큼 나를 잘 알아야 하기 때문이다. 무작정 월급이 많아서 혹은 회사가 대기업이나 공기업이라서 지원한다면 면접을 보며 가슴에서 우러나오는 진심을 말하기 힘들 것이다.

예상 질문 목록을 가능한 많이 뽑아보고 그에 대한 답변을 미리 작성한 다음 연습해보는 것이 좋다. 혼자 하는 것보다는 다른 사람들에게 피드백을 받아보는 것이 큰 도움이 된다. 사람들이 잘한다거나 부족하다고 느끼는 부분은 다 비슷하기 때문이다. 나도 동생과 함께 예상 질문에 대한 답변을 연습하고 피드백을 받아 고치는 작업을 수없이 했다.

언젠가 우리 팀의 세일즈를 뽑는 면접 때였다. 베이징에서 홍콩으로 지원한 그에게 나는 면접관으로서 가장 궁금한 질문을 했다.

189

"지금 베이징에서 같은 일을 하고 있는데 왜 저희 팀에 지원하셨나요?"

"사실 제가 이 팀에 처음 관심을 갖게 된 건 2년 전이었습니다. 베이징보다는 아시아 전체를 담당해보고 싶었고, 세일즈 단위가 더 큰 상품을 다루고 싶었기 때문입니다. 2년 전에는 일을 시작한 지 얼마 되지 않아 지원을 하지 못했고, 그동안 지원할 수 있을 때까지 기다렸습니다. 그리고 이렇게 지원했습니다."

면접은 거의 끝난 게임이나 다름없었다. 얼마나 우리 팀에 오고 싶어 하는지 그의 진심은 충분히 전달되었고, 부서를 옮기고자 하는 이유도 모두를 설득시키기에 충분했다. 당연히 그는 합격했고 현재 홍콩에서 즐겁게 일하고 있다.

그런가 하면 그때 함께 면접을 봤던 사람 중에는 이런 사람도 있었다. 마지막으로 회사에 대해 궁금한 게 있냐는 나의 물음에 그는 이렇게 되물었다.

"혹시 근무 시간은 어떻게 되나요? 일은 많이 힘든가요?"

그리고 나는 그를 다시 보지 못했다.

인터뷰를 할 때 자신을 잘 아는 것도 중요하지만 회사를 아는 것도 중요하다. 회사에 대해 어느 정도 지식이 있으면 그만큼 관심이 있는 것으로 비쳐져 좋은 인상을 남길 수 있기 때문이다. 회사와 관련된 정보를 찾을 수 있는 방법은 다음과 같다.

★ 회사 홈페이지

개략적인 회사 정보와 각 비즈니스 사업부에 대해 알 수 있고 채용 페이지
도 있으니 꼭 확인하는 게 필수다.

★ 관련 서적

구글에 지원할 경우, 구글과 관련된 책을 찾아보면 많은 정보를 얻을 수 있다.
블룸버그의 경우도 마이클 블룸버그(Michael Bloomberg)의 『Bloomberg
by Bloomberg』에 창업 당시의 이야기 등이 잘 그려져 있다.

★ 유튜브(Youtube)

유튜브에는 각 회사마다 마케팅 페이지가 있다. 이곳에는 회사의 공식적인
영상뿐만 아니라 그 외의 회사 관련 정보도 많이 있으니 꼭 확인한다. 채용
부터 사무실 모습, 직원 인터뷰, 비즈니스 마케팅까지 정말 다양한 내용을
볼 수 있다.

★ 회사 직원

회사에 직접적으로 아는 사람이 없어도 링크드인 등을 통해 그곳에서 일하
는 사람과 연락해 정보를 얻을 수 있다. 정중하게 부탁하면 진심을 알아주
고 도와줄 사람이 분명히 있을 것이다.

2. 전화 인터뷰

해외 취업의 경우 전화 인터뷰가 기본인 곳이 많다. 회사 측에서는
많은 지원자를 직접 만나 인터뷰를 할 수 없기 때문에 주로 인사팀에
서 사전 면접 차원으로 전화 인터뷰를 간략하게 진행하기도 한다. 전

화 인터뷰 시 주의 사항은 다음과 같다.

❶ 이력서를 출력해 잘 보이는 곳에 놓는다. 주로 전화 인터뷰는 이력서를 보고 질문을 하기 때문에 그에 맞춰 미리 인지하고 답변을 하기 위해서다.

❷ 예상 질문과 답변을 간략하게 적어 옆에 놓는다. 전화 인터뷰의 장점은 예상 답안을 보고 말해도 된다는 것이다. 진심을 담아 잘 작성한 답변을 보며 술술 읽으면 된다.

❸ 종이와 필기구를 준비한다. 인터뷰 시 메모를 할 상황이 생길 수 있기 때문이다. 예를 들어 다음 인터뷰 날짜와 장소 등은 정확하게 적어놓아야 잊어버리지 않는다.

❹ 방해를 받지 않는 조용한 곳에서 본다. 혹시 상황이 좋지 않다면 정중하게 가능한 다른 날짜를 제안하는 것도 괜찮다. 인터뷰를 망치는 것보다 그 편이 훨씬 낫다.

❺ 물을 준비한다. 말을 하다가 목이 마를 경우도 생기기 때문이다.

❻ 면접관의 말을 중간에 끊지 않는다. 전화상에서 그럴 경우 공격적이고 배려심이 없는 것으로 비쳐질 수 있다.

❼ 답변은 핵심과 요점만 간단하게 말한다.

❽ 전화 인터뷰의 가장 큰 목표는 얼굴을 보면서 면접을 볼 날짜를 정하는 것이다. 따라서 인터뷰가 끝나면 면접관에게 다음 면접 일정에 대해 묻는다.

전화 인터뷰에서는 면접 시 큰 비중을 차지하는 비언어적 요소, 즉 태도, 매너, 표정 등을 전혀 감안할 수가 없다. 따라서 질문에 대한 답변을 얼마나 성실하게 하는지, 얼마나 포지션과 연관 있게 말하는 지 등을 고려할 수밖에 없다. 즉, 연습만이 성공의 열쇠인 셈이다.

3. 인터뷰 예상 질문

사실 면접에서 나오는 질문은 크게 다르지 않다. 그만큼 질문이 정형화되어 있다는 뜻이다. 따라서 일반적인 질문 몇 개에 대한 답변 준비만 잘해놓아도 실전에서 논리적으로 조리 있게 대답할 수 있다. 일반적인 질문은 다음과 같다.

About Your Background(면접자의 배경과 관련된 질문)

- Name of company, job title and job description, dates of employment.

- What were your responsibilities?

- What major challenges and problems did you face? How did you handle them?

- Why are you leaving your job?

- What are your salary expectations?

- What were your starting and final levels of compensation?

About the New Job and the Company

(새로 맡게 될 일 및 지원한 회사에 대한 질문)

- What interests you about this job?

- Why do you want this job?

- What applicable attributes/experience do you have?

- Are you overqualified for this job?

- What can you do for this company?

- What do you know about this company?

- Why do you want to work here?

- What challenges are you looking for in a position?

- What can you contribute to this company?

- Are you willing to travel?

- Is there anything I haven't told you about the job or company that you would like to know?

Questions About You(면접자 본인에 대한 질문)

- What are you looking for in your next job? What is important to you?

- What is your greatest weakness?

- What is your greatest strength?

- Describe a typical work week.

- How would you describe the pace at which you work?

- How do you handle stress and pressure?

- What motivates you?

- Tell me about yourself.

- Questions about your career goals.

- What type of work environment do you prefer?

- How do you evaluate success?

Part 3

홍콩에서
비상하다

사람의 능력이 어느 능력의 한계, 임계점과 피로점을 넘어서면

내면세계에서 질적, 화학적인 변화가 일어나

자신 안에 숨겨진 놀라운 에너지가 발생한다.

이것이 바로 어떤 알 수 없는 초월적인 능력인 것이다.

— 박형미, 『벼랑 끝에 나를 세워라』

MBA,
로망과 현실 사이

▶▶▶   홍콩에서 일한 지 1년이 안 된 어느 날, 한국에서 내 멘토가 홍콩으로 출장을 왔다. 같이 저녁을 먹는 자리.

"홍콩에서 어때? 많이 놀러 다녀?"

"아뇨, 이제 막 회사에 적응해서 우선은 일만 하고 있어요."

"홍콩이 놀러 다니기 참 좋아. 비행기 값도 싸고 위치도 좋고……. 그런데 그렇다고 놀러 다니지만 말고 지금부터 일하면서 공부해. 아시아에서 제일 좋은 대학교가 홍콩에 있는데 왜 이 기회를 아깝게 놓쳐. 너 금융계에서 일하는데 경제 경영 공부가 부족해서 좀 뒤처졌잖아. 지금 공부하면 돼."

순간 머리를 한 대 꽝 얻어맞은 것 같은 충격을 받았다. 오랜 꿈이었던 해외 취업에 성공하고 도전은 이제 끝난 줄 알았는데……. 돌이켜 보니 지금은 물론 홍콩에서 일하고 있지만 비즈니스와 학교 공부는 또 다른 영역이었다. 회사의 사무실과 학교의 강의실이 너무도 다른 것처럼.

"아, 제가 왜 그 생각을 못했을까요?"

그동안 잊고 있었던 해외 유학의 꿈이 다시 가슴속 깊은 곳에서 살아 올라오는 것을 느꼈다. 가슴이 뜨거워졌다. 회사를 다니면서 공부할 수 있다니!

놀러 다니지 말고 공부해야지!

나는 고민에 휩싸였다. 한 달 동안 MBA를 가야 하나 말아야 하나 수십 번을 고민했다. 3월 전형 마감까지 딱 4개월 남았는데 그 사이에 준비하는 게 가능할까. 남들은 몇 년씩 공부해서 좋은 점수를 받아놓는다는데, 게다가 등록금도 만만치 않은데 투자 대비 실효성은 있을지 생각하고 또 생각했다. 주변 지인들에게 물어보고, 멘토들에게 조언을 구하고, 또 부모님께도 이야기하고, 남편에게도 고민을 털어놓았다.

"당신 아니면 붙을 사람 단 한 명도 없어. 그러니까 걱정 말고 지원해!"

남편의 한마디는 망설임과 두려움으로 가득 찬 내 마음에 확신을 주기에 충분했다. 어쩌면 나보다 나를 더 믿는 사람이 한 명쯤은 있다는 것, 그 사람이 남편이라는 사실에 너무 감사했다. 결국 나는 결론을 내렸다. 도전하기로. 지금이 아니면 내년은 더 힘들테니까. 혹시라도 떨어지면 내년에 다시 지원해도 되는 거니까. 인생에서 하게 되는 대부분의 후회는 안 해서 생기지, 직접 해봤는데 후회하는 경우는 드무니깐 말이다.

바로 그다음 날부터 인터넷을 뒤지기 시작했다. 홍콩에 있는 파트타임 MBA를 찾아보니 가장 유명한 곳으로는 홍콩대와 홍콩과학기술대(아래 '홍콩과기대')가 있었다. 전형을 보니 GMAT과 토플 점수 및 에세이와 추천서가 필요했다. 나는 곧바로 도서관으로 달려가 GMAT과 토플 책을 빌려서 공부를 시작했다. 퇴근하고 책상에 앉아 공부하는 그 시절로 다시 돌아온 것이다. 사실 중학교 때부터 제일 좋아하고 잘하는 과목이 수학이어서 그런지 GMAT 수학은 오히려 너무 쉬웠다. 그런데 영어가 정말 만만치 않았다. 공부를 계속해야 하나 후회가 밀려오기 시작했다. 그래도 어쩌나 공부하는 수밖에…….

그 사이 홍콩대 MBA에서 주최하는 설명회에 참석했다. 인도계 총장님이 학교에 대해 전반적인 설명을 하셨다.

"사람들이 가장 많이 하는 질문 중 하나가 바로 '지금 저에게 MBA가 필요할까요?'입니다. 그때마다 저는 이렇게 대답합니다. '그건 나에게 지금 무엇이 필요하냐에 달려 있습니다.' 저는 그 누구에게도 지금 당장 반드시 MBA를 해야 한다고 강조하지 않습니다. 개인마다 처한 상황과 필요한 조건이 모두 다르기 때문입니다. 경력이 2~3년 정도인 사람은 MBA를 마친 후에 다른 업종으로 진로를 바꿀 수 있습니다. 하지만 경력이 10년 넘는 사람은 MBA를 통해서 매니저에게 필요한 다양한 공부를 하고, 그 직위로 진급하기도 합니다. 어떤 사람은 경영이나 경제, 재무 관련 석사 학위가 필요할 수도 있고요. 지금 MBA가 필요한지, 이를 통해서 무엇을 얻고 어떤 일을 할지는 모두 자신에게 달려 있습니다."

한 가지 인상적이었던 점은 파트타임 재학생 중 호주에서 온 학생의 직업이 요리사였던 것! 전 세계 다양한 업계에서 온 학생들의 밝은 표정, 적극적인 자세, 자신 있는 모습, 논리적인 언변에 내 마음은 자연스럽게 끌리기 시작했다. 늦잠을 자다 놓쳐버린 홍콩과기대 설명회를 필연으로 나는 홍콩대에 진학하기로 마음먹었다.

본격적으로 MBA를 준비하다

골드만삭스에서 아무것도 모르던 나를 키워주시고, 트레이더 기회를 주신 두 전무님의 추천서를 첨부해 서류 지원을 무사히 마쳤다. 대망의 인터뷰 날, 나는 다시 한 번 인터뷰에 대비해 스스로를 돌아봤다. 그리고 가장 중요한 질문을 점검하고 또 점검했다.

왜 MBA를 하려고 하는가?

❶ Career motive

경영 이론 지식을 늘리고, 매니저 레벨로 올라가기 위한 준비를 하기 위해서

❷ Personal motive

금융 외에 다양한 분야의 사람들을 만나고 교류하며 다른 분야의 지식 또한 넓히기 위해서

※ 무엇보다도 beyond my comfort zone, 주어진 환경에 만족하지 않고 더 큰 도전을 하기 위해서

학교에 도착하니 도우미가 와서 기다리고 있던 6명의 지원자에게 이야기했다.

"오늘 인터뷰는 주어진 케이스 스터디 자료를 보고 관련 이슈를 함께 토론하는 것입니다."

헉, 내가 여태껏 준비한 일대일 인터뷰는 없고 단체 토론이 인터뷰의 끝이었다. 도대체 인터뷰 준비는 왜 한 건지……. 다행히도 대학 시절 영어 토론 대회에 나가느라 한 학기 동안 준비한 경험이 있어 나는 차분히 의견을 적어 내려갔다. 이때 정말 대학 시절에는 다양한 경험을 많이 해보는 게 중요하다는 사실을 다시 한 번 느꼈다. 대학 시절의 경험을 여기서 써먹게 될지 누가 알았으랴!

○

우리에게 주어진 이슈는 '맥도날드가 중국 시장에서 성공한 이유, 앞으로의 위기와 기회 등을 설명해라'였다. 나눠 준 자료에는 중국의 패스트푸드 트렌드 및 관련 내용이 다양하게 제시되어 있었다. 주어진 준비 시간 30분 동안 다른 지원자들은 연신 시계를 쳐다보며 답안을 적고 난리가 났다. 그렇게 준비를 마친 뒤 면접장으로 이동해 2명의 면접관 앞에서 토론을 시작했다.

"중국은 외식 문화가 잘 발달되어 있습니다. 이를 공략해 저렴한 가격, 편리한 위치 등은 중국인의 입맛을 사로잡는 데 큰 기여를 했습니다."

한 명씩 돌아가면서 자기 의견을 밝혔다. 딱히 튀는 사람 없이, 소외된 사람 없이 무난하게 잘 진행됐다. 그러다가 문득 돌아보니 나만 유일하게 한국인이 아닌가. 나는 이 기회를 노리기로 했다.

"사실 한국에서는 맥도날드의 위상이 줄어들고 있습니다. 패스트 푸드는 건강에 나쁘고 영양가가 없는 음식이라는 생각이 지배적이기 때문입니다. 따라서 맥도날드는 커피를 좋아하고 카페를 선호하는 한국인의 소비 성향을 반영해 맥카페를 만들고, 여기에 커피와 치즈 케이크 등 새로운 메뉴를 개발해 새로운 마켓으로 침투하고 있습니다. 그럼에도 불구하고 소득과 삶의 질 상승으로 인해 점점 바뀌고 있는 소비자의 기호는 하나의 위협 요소가 될 수 있습니다. 아, 그리고 저도 개인적으로 치즈 케이크 완전 사랑해요!"

지원자들이 다 웃었다. 어쩌면 딱딱할 수 있는 분위기를 부드럽게 만들어주는 유머였다. 토론은 그렇게 끝났다.

— 게임 오버 —

　마지막으로 토론에 참석한 총장님이 홍콩대 MBA에서 공부하는 방법에 대해 설명하셨다.

　"아까 은진씨가 한국 사례를 든 것은 참 좋았어요. 홍콩대 MBA에서는 이렇게 다양한 마켓, 다양한 업계, 다양한 사례에 대해 전 세계에서 온 친구들과 토론하며 살아 있는 지식을 배워나갈 것입니다. 참고로 맥도날드는 인도 전략도 특이해요. 인도에서 맥도날드는 패밀리 레스토랑처럼 인지됩니다. 너무 신기하죠? 사실 인도에는 외식을 할 수 있는 글로벌 체인점이나 식당이 많지 않거든요. 그래서 인도에 있는 맥도날드에 가면 온 가족이 모여 앉아 햄버거를 먹는 모습을 자주 볼 수 있어요. 또 채식주의자가 많아서 햄버거에 고기 대신 감자를 넣는 경우도 많죠. 하하!"

　총장님께 칭찬을 들으니 왠지 예감이 좋았다. 게다가 내가 경험하지 못한 마켓에 대한 이야기를 그곳 사람에게서 직접 들으니 너무 생생하게 와 닿는 게 아닌가! 학교에 가서 직접 이렇게 공부하면 얼마나 재미있을까, 생각만 해도 벌써부터 설렜다.

드디어 홍콩대 MBA 합격!

MBA를 생각하면 떠오르는 게 하나 있다. 대학 시절 읽었던 책에서 어렴풋이 기억나는 장면, 남들보다 늦은 나이에 해외 유학을 가서 결혼하고 임신까지 한 몸으로 학교를 다니며 공부하는 주인공의 모습이었다. 저자가 누군지 정확히 어떤 상황이었는지 기억은 나지 않지만 단지 임신한 몸으로 공부한다는 그 자체가 너무 예뻐 보였다. 그때부터 나에겐 왠지 모를 인생의 로망이 하나 생겼는데, 그것은 바로 임신해서 대학원 공부를 하는 것이었다. 혼자 공부하면 외롭지만 왠지 배속아기랑 같이 공부하면 절대 외롭지 않을 것 같았다.

그렇게 4개월의 대장정을 마치고 결과 발표만을 남겨둔 상태. 애타게 기다리던 이메일이 도착했다. 발신자는 바로 홍콩대 MBA 입학처.

두.근.두.근.

떨려서 바로 열어볼 수가 없었다. 심호흡을 하고 이메일을 열었다.

서은진님 귀하
홍콩대학교 MBA 합격을 진심으로 축하합니다.

꺅~~~!!! 꺅~~~~!!!! 아싸~~~~~!!!!!

짧은 기간이었지만 퇴근 후 공부했던 시간들, 불안한 마음을 다잡고자 무작정 공부에 매진했던 나날들, 추천서를 받기 위해 한국 골드만삭스에 방문해 옛 동료들과 전무님을 만났던 기억들이 파노라마처럼 스쳐 지나갔다. 인생에서 정말 중요한 건 어떤 꿈, 어떤 목표를 얼마나 간절히 원하고 그것을 위해 얼마나 최선을 다해 노력했느냐 같다. 내가 최선을 다해 하나의 목표를 향해 달렸을 때 그 결과는 자연스럽게 따라오니 말이다.

MBA를 할까? 중국어를 공부할까? 영어 공부를 더 할까? 유학을 갈까? 생각만 하다 고민만 하다 보통은 끝나기 마련이다. 고민할 시간에, 그 시간에 무엇이든 시작하길. 무엇이든 공부하길. 무엇이든 해보길. 내가 정해놓은 한계와 울타리에서 벗어나 새로운 것을 배우고, 새로운 사람을 만나고, 좀 더 넓은 곳으로 나가는 순간 또 다른 기회가, 더 멋진 세상이 펼쳐질 테니 말이다.

그리고 내가 그토록 바라던 로망은 이내 현실이 되어 나타났다. 그것도 두 번씩이나! 나는 첫아이, 둘째 아이 모두 임신한 상태에서 풀타임으로 일하고 거기에 MBA 공부까지 하는 초인적인 스케줄을 소화해냈다. 남들은 2년이면 끝내는 MBA를 5년 만에 겨우 끝냈을 정도로 나에게는 정말 그야말로 무한 도전이었다. 아, 너무나 무모한 로망이여!

　　　　　　　　　　　　　　○

　5년 후, 나는 멘토와 서울의 한 카페에서 다시 마주 앉았다.

　"드디어 MBA를 5년 만에 마쳤어요! 축하해주세요!"

　"그래? 잘했구나. 근데 이제 끝났다고 놀러 다니지 말고 박사 공부해."

　"네? 네? 네? 박사요…?"

　또 일하며 공부할 생각에 눈앞이 순간 깜깜해졌다. 하……. 박사
라니…….

전통이 살아 숨 쉬는 홍콩대 교정에서

MBA 수업을 마치고 교수님 및 친구들과 함께

홍콩대 캠퍼스 전경

MBA에서
배운 것들

▶▶▶　　토요일, 오늘도 어김없이 학교로 향했다. 강의명은
Managerial Economics, 기업의 중간 관리자들을 위한 관리 회계. 사실
주말에 아이를 집에 두고 공부하러 가는 일이 쉽지만은 않았다. 특히
날씨까지 너무 좋은 날이면 학교 가는 길이 괜히 우울해지기도 했다.
그런데 수업을 들으면 들을수록 배울 게 많아서 그런지 우울한 마음은
싹 사라졌고, 어느 순간 학교 가는 길이 너무나 즐거운 길로 변했다.

살아 있는 수업 시간

　　중국에서 태어나 미국에서 학위를 받고 미국과 홍콩 전역에서 가
르친 경력이 있는 웬 저우(Wen Zhou) 교수님이 강의를 시작했다.

"오늘은 제품의 가격 결정에 가장 기본적인 요소인 수요에 대해 알아보도록 하겠습니다. 흔히 생각하는 대로 가격과 수요의 방향은 반대로 움직입니다. 즉, 가격이 비싸지면 사람들은 제품을 적게 사지요. 따라서 수요가 줄어들게 됩니다. 이를 우리는 Law of demand, 수요의 법칙이라고 부릅니다. 그런데 이 법칙이 통하지 않는 제품이 있습니다. 과연 무엇일까요?"

곧바로 학생들의 열렬한 참여가 이어졌고, 그중 인도에서 온 한 친구가 말을 꺼냈다.

"저는 인도에서 왔고 저희 가족은 패밀리 비즈니스를 운영하고 있습니다. 저희는 주로 럭셔리 브랜드 제품을 다루는데, 인도에서는 수요의 법칙이 통하지 않아요. 매출을 늘리기 위해 가격을 낮추면 오히려 수요가 줄어들거든요. 그래서 저희는 오히려 가격을 올리기로 결정했고, 그랬더니 구매가 급등했습니다."

"좋은 예 고마워요. 맞아요. 특히 럭셔리 브랜드는 수요의 법칙이 통하지 않습니다. 구매자가 제품의 품질과 가격을 비례해서 취급하기 때문이죠. 즉, 가격이 높아야 품질이 좋을 거라고 생각하기 때문에 오히려 가격이 높을 때 수요가 증가합니다. 업계에서는 이런 사실을 이용해서 가격을 의도적으로 올리고 이에 따른 이익을 증대시킵니다. 이런 예는 다이아몬드 업계에서도 찾아볼 수 있습니다. 드비어스(De Beers)사는 약혼 시 다이아몬드 반지로 꼭 청혼을 해야 한다는 마케팅을 대대적으로 실시했습니다. 여심을 사로잡은 그 마케팅은 소비자의 인식을 바꾸는 데 성공했고 이는 업계의 판도를 바꿔놓았습니다. 회사는 다이아몬드 가격을 의도적으로 올렸고, 그러자 수요가 급증하기 시작했습니다. 개인적으로 저는 남자라 이해가 잘 안 되는 현상이에요. 다이아몬드는 한 번 사면 그 가치가 처음보다 떨어지고 다시 팔 수 있는 것도 아니잖아요?"

교실 가운데에 앉아 가만히 듣고 있던 학생이 말을 이었다.

"저는 다이아몬드 업계에서 일하고 있습니다. 그런데 오히려 요즘은 중고 다이아몬드도 품질이 좋을 경우에는 오래 가지고 있을수록 그 가치가 올라가고 있어요. 특히 유명 가문의 소장품이나 특정 브랜드의 고가 다이아몬드는 경매에 내놓으면 더 높은 가격에 팔리기도 합니다. 혹은 그것을 가공해 새로운 제품으로 만들어서 되팔기도 하고요."

한국에서 태어나고 30년 가까이 자란 나에게 이처럼 자유로운 수업 방식은 꽤 충격적이었다. 회계 수업이 일방적이지 않고 쌍방향일 수도 있다는 걸 처음 알았다. 내가 지금까지 들었던 회계 수업은 100명의 학생이 가득 찬 강의실에서 마이크를 들고 강의하는 선생님이 전부였는데……. 학생들은 오로지 칠판과 책만 바라보며 시험에 나오는 내용 위주로 필기하는 모습에 너무나 익숙해진 나였다. 모르는 게 있으면 수업을 마치고 개인적으로 질문하거나 친구들한테 물어보는 게 다였는데……. 질문이 수업 진행을 방해해 다른 사람들에게 폐를 끼친다고 생각했기 때문이었다. 그런데 이곳은 한 챕터가 끝날 때마다 교수님이 학생들의 수업 참여를 적극 권유했고, 내 눈에는 그 모습이 참 인상적이었다. 아예 대놓고 모르는 게 있는지 물어볼 정도였으니까.

"여러분, 수업 시간에 리더십은 정말 중요합니다. 중요한 내용에 대한 여러분의 코멘트나 질문이 수업을 더 다이내믹하고 흥미롭게 만들어주거든요. 이러한 참여가 당연히 다른 학생들에게도 많은 도움이 되고요. 이 같은 리더십을 적극적으로 발휘하길 바랍니다."

교수님도 교수님이었지만 학생들의 수업 참여도도 기대 이상이었다. 여전히 한국식 강의에 깊이 물들어 있던 나는 수업 시간에 교수님의 설명을 듣고 메모하는 게 전부였다. 하지만 이곳 학생들은 모르는 게 있으면 바로바로 그 자리에서 물어봤다. 게다가 교수님 의견에 반박하는 의견도 아무렇지 않게 내놓았고, 서로 다른 의견을 지적하고 토론하는 문화가 물 흐르듯 자연스럽게 형성되어 있었다. 언젠가 총장님이 말씀하셨던 것처럼 MBA 토론 수업의 진수를 보는 것만 같았다.

기업법을 가르치는 데이비드 비숍(David Bishop) 교수님도 마찬가지였다. 중국 정치에 관한 토론이 한창 이어지고 있을 무렵이었다.

"여러분, 회사에서 혹은 인터넷에서 말할 수 없는 것들에 대해 우리 수업에서만큼은 자유롭게 이야기했으면 좋겠어요. 아니, 사실 그래야 하고요. 강의실은 당연히 다양한 의견을 표출하고 수용할 수 있는 열린 공간이어야 한다고 생각해요."

MBA에서 배울 수 있는 것, 교수님이 강의하고 학생들은 듣고 필기하는 일방적인 수업이 아닌 교수님이 학생들과 같이 논의하고 토론하는 쌍방향의 수업이라는 것이다. 그렇기 때문에 교수님뿐만 아니라 나와 같은 자리에 앉아 있는 동기들 역시 내 스승이었다. 필기만 열심히 하던 나도 언젠가부터 수업에 적극적으로 참여하기 시작했다. 그리고 강의실에서 리더십을 발휘하기 위해 어떤 질문을 할까 수업 중에 골똘히 고민했다.

내 생애 최고의 MBA 수업

KFC 광고에 나오는 푸근한 몸매의 할아버지 같은 분이 강의실로 여유 있게 들어오셨다. 하지만 실제로는 수업 시간을 30분이나 훌쩍 넘긴 상황. 알고 보니 수업 시작 시간이 오후 7시인 줄 알고 느긋하게 왔다며 너무나 미안해하면서 첫 수업은 그렇게 시작되었다.

내가 들었던 강의 중 가장 긴 과목명인 'Understanding Banking and the Credit Cycle: How Bank Credit Drives Everything in Investment Management', 즉 '은행 및 크레딧(재무/신용)의 이해: 은행의 재무 상황이 투자 결정에 어떤 영향을 미치는가' 시간. 현재 재직 중인 분야가 금융인지라 일하는 데 도움이 될까 싶어 별생각 없이 들어간 수업이었다. 그런데 놀랍게도 내가 들었던 MBA 수업 중에서 가장 충격적(?)이었으며 굉장히 많은 생각거리까지 안겨주었다.

폴 슐츠(Paul Schulte) 교수님은 크레딧 스위스, 메릴린치 등 투자 은행에서 25년을 일하고 현재는 리서치 및 컨설팅 회사의 대표로 일하고 있다. 교수님의 인맥 및 고객도 만만치 않았는데, 아시아 상업 은행, 정부 기관뿐만 아니라 글로벌 패션 회사 등 산업의 전 영역을 담당하고 있었다. 이런 경력을 가진 분의 수업은 과연 어떨까? 청중을 사로잡는 카리스마에 유머까지 있어서 내가 휴대 전화를 단 한 번도 쳐다보지 않은 유일한 수업이었다. 또 혼자만 떠드는 것이 아니라 학생 한 명 한 명의 참여를 유도하는 교수님의 능력에 강의실에 앉아만 있어도 배우는 게 너무나 많았다.

수업이 시작되었다. 기초적인 은행의 재무제표 읽는 법과 금융계를 이해하는 트렌드를 배웠다. 그리고 구체적인 사례들이 이어졌다.

"싱가포르 은행은 상대적으로 아주 안전해요. 리스크가 높은 대출은 절대 감행하지 않고 'LTD(Loan to Deposit, 예대율, 대출금을 예수금으로 나눈 비율로 일반적으로 예금에 비해 대출이 많은 정도를 파악하는 자료로 쓰임)'가 좋기 때문이지요. 반면 글로벌 은행이라 할 수 있는 도이체방크, 크레딧 스위스, 바클레이스 은행, BNP은행 등은 파생 상품을 엄청나게 보유하고 있어요. 리스크가 높으면 수익률이 좋기는 하지만 과거에 비춰 봤을 때 리먼 사태가 무분별한 파생 상품으로 인해 생겼기에 이 역시 긍정적이진 않지요.

골드만삭스를 한번 볼까요? 그들은 스스로 금융 회사가 아니라

'테크놀로지 회사'라고 부릅니다. 회사 내의 모든 시스템에 대해 막대한 투자를 하고 그것을 업계에 판매합니다. 그리고 자본의 많은 부분을 스타트업 기업이나 IT 기업에 투자하고 있지요. 앞으로 어떻게 핀테크(Fintech, Financial Technology) 기업으로 도약할지 주목해야 합니다.

러시아로 넘어가봅시다. 러시아 은행의 재무 구조는 탄탄하지만 경제적 제재와 위기가 금융에도 영향을 미칩니다. 이에 따라 해외 투자자들은 투자를 꺼릴 가능성이 높습니다.

호주 은행은 혁신이 이뤄지고 있습니다. 보통 은행의 가장 큰 부채는 바로 지점입니다. 임대료, 인건비, 그 외의 부수 관리비까지 더하면 지점에서 고정비로 나가는 비용이 아주 큽니다. 그래서 호주 은행은 지점을 없애고 콜센터를 늘리고 있습니다. 은행까지 올 필요 없이 모든 것을 전화나 인터넷으로 해결할 수 있도록 기반을 조성하는 것이지요.

일본은 아베노믹스로 경제 회생을 도모하고 있습니다. 그런데 장기적으로 얼마나 효과가 있을지는 불확실합니다. 이런 상황에서 지금 일본 은행에 투자할 가치가 과연 있을까요?"

막상 금융계에서 일하지만 내가 일하는 분야에만 한정되어 있던 시각이 한 꺼풀 벗겨지는 순간이었다. 한 곳의 금융 회사만 보는 게 아니라 업계를 보고 나라 전체를 보는 시각.

그런데 이것이 끝이 아니었다. 마지막 수업 시간, 우리 팀이 맡은 발표 주제는 놀랍게도 금융과는 전혀 관련이 없어 보이는 삼차원 프린팅(3D Printing)이었다. 이게 도대체 무엇인가. 나와는 너무나도 동떨어진 세계의 이야기가 펼쳐졌다.

"지금 전 세계 곳곳에서 입체적인 물건을 바로 그 자리에서 만들어낼 수 있는 혁신이 일어나고 있습니다. 즉, 제조업체에서 신제품을 만들 때 공장에서 며칠씩 걸려 사람 손으로 데모 물건을 만들었던 과거와 달리 이제는 컴퓨터에서 디자인하고 설계해 프린터에 연결하면 그 자리에서 물건이 만들어져 나오는 것이지요. 현재 일부 산업에서 쓰이고 있는 3D 프린터가 앞으로는 각 가정으로 들어오게 됩니다. 그럼 어떤 일이 일어날까요? 내가 컴퓨터로 옷을 디자인해 곧바로 프린트해서 입을 수 있습니다. 그것도 내 몸에 딱 맞는 사이즈로요. 그뿐만 아니라 신발, 귀걸이, 목걸이, 청소 용품, 주방 용품 등 모든 것이 가능하지요."

폴 교수님은 우리에게 또 다른 생각거리를 던져주었다.

"전통적인 은행들이 정부의 계속되는 규제로 준법 감시나 감사 쪽에 엄청난 돈을 쏟아붓는 동안 전 세계의 똑똑한 젊은이들은 값싸고 이용하기 쉬운 솔루션을 만들어냈습니다. 인터넷을 통해 여러 사람들로부터 자금을 모으는 크라우드 펀딩(Crowd Funding)을 한번 봅시다. 은행에서 대출을 받으려면 자격 조건이 복잡하고 시간도 오래 걸립니다. 하지만 요즘은 이러한 방법을 통해 필요한 돈을 너무나 간단하고 쉽게 모을 수 있습니다. 그런가 하면 인터넷 회계를 담당하고 세금을 계산해주는 솔루션도 있죠. 이를 이용하면 비싼 인건비의 회계사나 변호사를 고용할 필요가 없어집니다.

은행의 경쟁사는 더 이상 다른 은행이 아닌 시대입니다. 그렇다면 은행의 경쟁사는 어디일까요? 여러분은 인터넷에서 물건을 사면 어떻게 결제하나요? 은행에 직접 가서 입금하나요? 아마 요즘은 다들 모바일 결제로 쉽고 간단하게 할 겁니다. 아마존, 페이스북, 구글, 알리바바, 페이팔……. 혁신과 변화를 주도하는 IT 회사가 기존 은행의 영역까지 침투하고 있습니다."

이어서 교수님은 우리한테 물었다.

"여러분이 몸담고 있는 업계, 여러분이 일하고 있는 포지션은 앞으로 다가올 세상에 얼마나 쓸모가 있을까요? 그렇다면 그러한 변화에 대비해 여러분은 어떤 준비를 하고 있나요?"

그리고 준비해온 와인과 치즈를 다 같이 맛있게 나눠 먹으며 수업은 끝났다. 나에게 엄청난 생각거리를 던져주고서……. 지금까지 나는 회사에 무조건 충성하고 열심히 일하면 된다고 생각했다. 그런데 '내 업계, 내 회사는 과연 변화와 혁신을 주도하고 있는 곳인가', '나는 앞으로 어떤 준비를 해야 하는가'라는 근본적인 질문이 나를 지배하기 시작했다.

MBA를 하면서 얻은 가장 큰 수확은 앞으로 펼쳐질 미래에 대해 배우고 너무나 좁았던 사고의 시야를 점점 더 넓힌 일이다. 변화와 혁신은 기업뿐만 아니라 나 자신에게도 필요하다는 것.

기업을 경영자의 눈으로 보는 혜안과 지식이 생긴 것. 또 수많은 발표를 통해 부쩍 늘어난 스피치 실력. 다양한 친구들과 함께 팀으로 공부하며 키운 리더십. 또 전 세계에는 열정과 꿈을 가지고 열심히 자기 삶을 개척하는 젊은이가 참 많다는 사실도 깨달았다.

가끔은 임신한 몸으로 회사에서 일한 후에 학교로 향하는 길이 천근만근 너무 힘들었지만, 그러면서 사람의 한계는 스스로가 쳐놓은 울타리였음을 느꼈다. 막상 임신한 몸으로 공부해보니 적응이 되었고, 또 적응이 되니 오히려 끊임없이 공부하고 싶은 욕심이 생겼다.

모든 사람에게 MBA가 필요한 것은 아니다. 가장 중요한 것은 스스로 미래에 대해 좀 더 구체적으로 또 전략적으로 계획하고 사고하고 행동하는 것이다. 전 세계에서 제일 좋은 MBA를 나와도 취업이 되지 않아 몇 년 동안 구직 중인 사람도 있는 반면에, 명문대 졸업생도 아니고 MBA는 근처에도 못 가봤어도 한 기업의 경영자로, 매니저로, 시니어로 자신의 능력을 최대한 발휘하고 개척하는 멋진 사람들이 많다는 사실을 기억하길.

좋아하는 일을
찾는 방법

▶▶▶　한번은 홍콩 센트럴의 길을 가다가 예전 회사에서 같이 일하던 동료를 마주쳤다. 한 2년 정도 일하다가 내가 담당하는 고객사에 스카우트 되어 그곳에 가서도 2년여를 함께 일했으니 미운 정고운 정이 다 들어 반가운 마음이 오죽했으랴. 최근에 그는 미국계 글로벌 헤지 펀드사 IT 부서의 아시아 헤드로 이직했다고 했다. 아일랜드 사람으로 배우처럼 굉장히 잘생겨서 회사에 팬클럽이 있을 정도였다.

"존, 너 회사 옮겨서 그런지 얼굴이 너무 좋아졌다! 새로운 곳은 다닐 만하니?"

"응, 잘 적응하고 있어. 근데 요즘 너무 바빠. 지난달에 미국과 인도 출장을 다녀왔는데 다음 주에 영국에 일본까지 또 출장 가거든. 격주마다 한 번은 해외에서 보내는 것 같아."

"아, 그래? 너무 힘들겠다!"

"생각보다 힘들진 않아. 오히려 더 재밌지. 하하."

예전부터 이 친구랑 같이 일하며 느낀 점은 일을 정말 꼼꼼히 잘한다는 것이었다. 그런데 그냥 일만 잘하는 게 아니라 자세히 보면 일을 즐기면서 하는 거다. 솔루션 세일즈를 하며 상대방과 가격을 협상할 때도 어쩌면 손해 하나 안 보고 자기 쪽으로 유리하게 하던지 그 자체를 즐기는 것 같았다. 나중에 회사를 옮긴다며 초대한 저녁 식사 자리에서 그는 나에게 딱 한마디를 했다.

"은진, 그동안 널 너무 괴롭힌 것 같아서 미안해. 근데 이게 다 어떻게 보면 게임 같은 것 아니겠어?"

헉, 갑자기 뒷골이……. 실은 내가 이 친구와 같이 일하면서 스트레스 받은 걸 생각하면 한 10년은 더 늙은 듯했다. 동료였던 시절에는 몰랐는데 막상 고객이 되어 같이 일하니 꼼꼼한 성격이 아주 부담스럽게 느껴지는 것이었다. 작은 문제 하나도 세세하게 보고하고 따지고 태클 걸고……. 오죽했으면 내가 그 친구한테 붙인 별명이 '태클존'이었을까.

한번 돌아보면 금융계에서 자기 일을 게임처럼 즐기는 사람이 과연 얼마나 있을까? 아무리 잘나가는 트레이더라도 매일매일 손익에 스트레스를 받고, 세일즈들은 영업 압박에 시달려 날마다 회사를 때려치우고 싶어도 먹여 살려야 할 가족 때문에 차마 그만두지 못하고 버티는 사람들이 수두룩한 곳이 금융계이다. 한 친구는 메릴린치에서 잘나가는 세일즈로 일하다 돈만 좇는 금융계에 환멸을 느껴 돌연 사표를 내고 신규 창업 회사로 이직해 갔다. 그런데 그런 사람들 중에서도 분명 자기 일을 즐기는 사람이 있다. 마치 일이 게임인 것처럼. 그리고 자기 비즈니스인 것처럼.

회사에서 하는 일이 자신이 정말 좋아하는 일이고, 그 일을 하면서 돈까지 번다면? 옛 동료 존처럼 자기에게 맞는 분야에서 일하고 돈도 벌며 성공까지 한다면 정말 엄청난 행운이 아닐 수 없다. 그런데 현실은 어떨까? 모든 사람이 과연 자기 일을 즐겁게 할까? 그렇다면 도대체 자기가 진짜 좋아하는 일을 찾으려면 어떻게 해야 할까?

40대에 MBA 총장이 된 사친 이야기

홍콩대에서 얻은 가장 큰 소득은 MBA 총장인 사친 팁니스 (Sachin Tipnis)를 알게 된 것이다. 입학하고 나서 어느 날 갑자기 사친에게 연락이 왔다. 언제 점심 한번 같이 먹자고. 그는 MBA 재학생들과 함께 점심을 먹으며 학교에 대한 피드백을 직접 듣고 좋은 아이디어는 프로그램에 반영하는 게 습관이 되어 있었다. 그렇게 친해진 사친과 다시 만났다. 그는 보통 대학의 총장치고는 너무 어려 보였다. 알고 보니 40대 초반으로 결혼도 안 한 싱글이란다. 그렇게 젊은 나이에 어떻게 이 자리까지 올랐는지 너무 궁금했다.

"사친, 개인적인 이야기 좀 해줄 수 있어요? 어떻게 총장 자리까지 오르게 된 거예요?"

그는 인도에서 태어나고 자란 순수 인도 토종이었다. 인도에서 대학까지 졸업하고 글로벌 회사에서 마케팅 및 브랜딩 컨설팅을 담당했다. 그러다 커리어를 한 단계 더 업그레이드하고 싶어 MBA행을 결정했다. 인도는 충분히 경험했으니 다른 나라에서 공부를 하고 싶었고, 미국이나 유럽은 자신에게 큰 메리트가 없는 것 같아 아시아 비즈니스의 중심지인 홍콩으로 눈을 돌리게 되었다.

"사실은 제가 홍콩대 MBA 1기 졸업생이에요. 어떻게 보면 은진의 학교 선배이기도 하지요. 하하. 제가 MBA를 준비할 무렵에는 홍콩과기대 MBA밖에 없었어요. 그러던 어느 날 홍콩 출장을 와서 길을 가다가 광고를 하나 보게 됐어요. 그게 바로 홍콩대 MBA 광고였지요. 그리고 곧바로 홍콩대 MBA 설명회에 참석했어요."

그는 운명처럼 홍콩대에 매력을 느꼈고 1기로 입학했다. 당시 주변 사람들은 그를 이해하지 못했다. 이미 랭킹도 높고 역사가 오래된 홍콩과기대가 더 낫지 않느냐고. 왜 신생 학교에 가서 불안하게 시작하느냐고. 사친은 종합 대학으로서 홍콩대의 우수성을 믿었다. 오히려 홍콩과기대는 금융 쪽에 너무 치우쳐 마케팅 전공인 자신에게 적합하지 않은 학교였다고. 그리고 학교 랭킹과는 상관없이 자신이 홍콩대에서 더 많이 크고 성장할 수 있다고 생각했다. 그렇게 홍콩대에 입학하고 수업을 듣던 중 갑자기 이런 생각이 들었단다.

"직접 수업을 들어보니 프로그램이 정말 우수하고 학생들도 뛰어났어요. 그런데 그런 사실이 잘 알려져 있는 것 같지 않았죠."

그는 너무 안타까운 나머지 하루는 책상에 앉아서 프레젠테이션을 만들었다.

'홍콩대 MBA가 글로벌 학교로 도약하기 위한 마케팅 및 브랜딩 방법'

그는 자신의 마케팅 경력과 지식을 충분히 살려 최선을 다해 자료를 만든 다음, 그것을 당시 총장에게 보냈다. 시간 날 때 한번 읽어봤으면 좋겠다는 메시지와 함께. 그리고 어떤 일이 일어났을까?

당시 총장은 사친이 만든 자료를 보고 큰 감명을 받았다. 자료의 깊이나 질도 우수했지만 너무나 순수한 학생의 의도와 열정에 더 감탄했으리라. 당시 총장은 사친에게 미팅을 요청했고, 그렇게 사친은 총장과 만났다.

"사친, 보내준 자료 잘 봤습니다. 혹시 졸업 후에 다른 회사에서 일할 계획이 있나요?"

"아뇨, 아직 특별한 계획은 없습니다."

"혹시 우리 MBA에서 일해볼 생각은 없나요? MBA 프로그램에서 우선 인턴으로 일해보는 건 어때요?"

사친은 학교를 사랑하는 마음에 스스럼없이 인턴 제안을 수락했다. 그리고 최선을 다해 몇 개월 동안 일했다. 사실 말만 인턴이었지

어느 정규직 직원보다 더 열심히 일한 그를 당시 총장이 못 알아볼 리가 없었다.

"사친, 그동안 인턴으로 수고해줘서 고마워요. 사친이 열심히 일한 덕분에 우리 학교의 명성이 잘 퍼져 나가고 있어요. 앞으로도 계속 이렇게 수고해줬으면 좋겠는데……."

"네? 지금 그게 무슨 말씀이신지요?"

"MBA 총장 자리는 어떤가요? 사친이 맡아주면 좋겠어요."

사친은 그렇게 총장으로 임명이 되었다. 그가 총장을 맡은 후 지금까지 홍콩대 MBA는 「이코노미스트(The Economist)」 선정 아시아 최고 MBA 랭킹 1위를 꾸준히 이어가고 있다.

사친한테 가장 인상 깊었던 점이 있다. MBA 신입생 환영회 때 그는 직접 나와서 학생들을 보며 환영사를 했다. 어쩌면 아주 진부하고 평범한 내용일 수도 있겠지만, 반짝거리는 그의 눈과 말투, 그리고 태도에서 얼마나 열정이 넘치던지 오히려 그 힘과 에너지가 나에게도 전해지는 듯했다. 자신의 일을 진정으로 사랑하지 않으면 당연히 그런 태도가 나오지 않으리라.

사친이 자신의 일을 얼마나 사랑하는지 증명해주는 일화가 하나 있다. 그는 모든 MBA 학생들의 인터뷰에 참석하고, 그들의 이름까지 하나하나 다 기억하기로 유명했다. MBA에 들어와서 2년쯤 지났을까. 그와 함께 점심을 먹는 자리에서 우연히 인터뷰 때 이야기가 나왔다.

"사친, 저와 인터뷰했던 거 기억나요? 그때 저 완전 긴장하고 떨었었거든요."

"당연하죠. 그때 맥도날드 케이스에 대해 이야기했었잖아요. 은진이 한국의 예시까지 들어가며 대답했었죠, 아마? 그때 내 건너편에 앉아 있었던 것 같아요."

나는 그 자리에서 하마터면 거품을 물고 쓰러질 뻔했다. 이미 몇 년이 지났는데 어떻게 그렇게 세세한 것까지 다 기억할까! 게다가 한국 학생들의 한국어 이름까지 정확히 외우고 그들이 졸업 후에 어떻게 커리어를 발전시켜나가는지도 다 알고 있었다. 그는 모든 학생들에게 프로그램에 대한 피드백을 받아 그들의 의견을 존중하고 수용했다. 그가 매일매일 생각하는 주된 관심사는 "어떻게 하면 학생들에게 좋은 프로그램을 제공할까?"였다. 인도에서 마케팅과 브랜딩을 했던 사람이 어떻게 홍콩대 MBA의 총장이 될 수 있었을까? 어떻게 보면 마케팅과 MBA는 아무런 연관조차 없어 보인다. 그의 작은 시작은 바로 학교를 향한 그의 순수한 관심과 사랑, 열정을 가지고 만든 프레젠테이션에 있었다.

사친은 말한다. 자신이 MBA의 총장이 될 줄은 꿈에도 몰랐다고. 그가 자료를 만들어 그걸 보낼 때 무언가를 바라고 했을까? 어떤 대가도 바라지 않고 순수한 마음과 의도로 한 일이 당시 총장에게 그대로 전달되어 감동을 준 것은 아닐까. 이렇게 학교를 사랑하고 학교에 대한 열정이 큰 사람이야말로 글로벌 프로그램을 이끌어가는 차세대 총장으로서의 자격이 충분한 걸 넘어 넘치지 않을까 싶다.

작은 시작이 운명을 바꾼다

사람들은 흔히 이렇게 이야기한다. 내가 좋아하는 일을 하고 싶어도 도대체 내가 뭘 좋아하는지 알 수가 없다고. 나는 이렇게 생각한다. 내가 정말 좋아하는 일을 찾고 싶다면 어떤 대가도 바라지 말고 순수한 마음으로 무엇이든 시작해보라고. 그냥 순수한 마음으로 아무런 물질적인 대가도 바라지 않고 그저 좋아서 할 수 있는 그것. 하고 있으면 시간 가는 줄도 모르고 빠져들어 밤새워 할 수 있는 그것. 생각만 해도 가슴이 뛰고 설레는 그것. 남들이 뭐라고 해도 순수한 마음과 열정, 그리고 기쁜 마음으로 할 수 있는 그것.

내가 본격적으로 블로그를 시작한 시점은 한국에서 잘 다니고 있던 대기업을 그만두고 아무것도 없이 홍콩에 왔을 때였다. 해외 청년 실업자의 신분으로 블로그에 취업 관련 이야기를 쓴 것이 그 시작이었다. 아무런 보장이 안 된 상태에서 취업하는 과정을 글로 쓴다는 것은 절대 쉽지 않은 결정이었다. 그것도 모두가 제약 없이 볼 수 있는 공개적인 인터넷에 말이다. 가장 큰 걱정은 이렇게 글만 쓰다가 끝내 취업이 되지 않아 한국에 빈손으로 돌아가면 어쩌나 하는 것이었다. 가슴속 깊이 두려움과 부끄러움이 나를 자꾸 망설이게 만들었다. 그러다가 작은 용기를 냈다. 첫 포스팅을 작성했다. 내가 타지에서 직접 피부로 느낀 어려움과 피땀 어린 경험이 같은 시대를 살고 있고 같은 고민을 하고 있는 다른 젊은이들에게 용기와 희망을 줄 수 있지 않을까 하는 믿음에서였다.

주변 사람들은 흔히 이렇게 말한다. 개인적인 소중한 경험과 오랜 기간 쌓아온 노하우를 어떻게 아무런 조건 없이 알려주느냐고. 블로그를 관리하는 데 시간이 많이 필요할 텐데 왜 그렇게 공을 들이냐고. 게다가 당장 돈이 되는 것도 아니고 경력에 도움이 되는 것도 아닌데. 나도 한번 스스로에게 물어보았다. 도대체 왜 블로그를 하냐고. 뚜렷한 답이 없었다. 그저 그냥 좋아서 한다는 답밖에. 나는 글 쓰는 것이 좋다. 특별한 이유 없이 좋다. 그리고 다른 사람들에게 나의 경험과 지식을 공유하는 것도 좋다. 그래서 내 글로 인해 다른 사람들이 도움을 받았다면 나는 그것만으로 이미 배가 부르다.

안녕하세요? 로즈님.

저는 2013년에 이 블로그를 알게 되었습니다. 처음에는 그런가 보다 했었어요. 저랑은 전혀 상관없는 삶이라고 생각했거든요. 그런데 2013년 겨울 인도네시아 광산에서 인턴십을 하면서 해외 취업에 대한 꿈이 엄청 피어올랐고, 그 이후로 이 블로그에 끊임없이 들어와서 모든 포스팅을 다 읽었던 것 같아요. 로즈님 덕분에 힘과 좋은 기운, 그리고 에너지를 많이 얻었습니다. 110개의 학교에 지원을 했고, 전화 인터뷰와 대면 인터뷰를 하면서 로즈님께서 옛날에 써주신 글들이 정말 도움이 많이 되었습니다. 결국 2016년 Fall부터 고등학교에서 engineering 교사로 계약을 했습니다. 미국 교사는 1년 단위로 계약을 합니다. 물론 저는 학생 비자에서 OPT나 CPT 비자로 바꿔 1년 동안 일을 할 예정이며 학교에서 내년 4월에 H1B 취업 비자 지원을 약속했습니다. 감사합니다!

— 미국 뉴저지에서 김우희

로즈님!

저는 항상 제 멘토로 로즈님을 말하고 다니는데 오늘은 조심스럽게 한마디 적어봅니다.:) 2010년 겨울, 1년간 준비한 두 번째 수능을 본 후 조용히 방에 틀어박혀서 삼수를 해야 하나 아니면 점수 맞춰서 대학에 가야 하나 고민하고 있었습니다. 스스로에 대한 실망도 있었지만 인생에 뭔가 빠진 느낌에 선뜻 뭐 하나 선택하기도 앞으로 나아가기도 힘든 순간이었습니다. 그때 로즈님 블로그를 발견하게 됐습니다. 긍정 파워가 넘치고 재미있는 블로그 글은 저를 사로잡았고 저를 완전 바꿔놨습니다. '사람이 이런 생각을 하면서 살 수 있구나!', '나도 할 수 있겠구나!' 이런 생각은 가슴을 뛰게 만들었고 행동하게 만들었습니다. 고민과 망설임의 시간이 끝나자 같은 하루를 살아도 앞으로 나아가는 느낌이 들었습니다. 세상을 보는 시각이 변해갔고 저는 원하는 대학과 전공, 원하는 남자 친구, 원하는 회사, 원하는 진로를 이뤘고 이뤄가고 있습니다. 사람은 생각하고 믿는 대로 이루어진다는 것을 알게 해준, 그리고 그 생각과 믿음을 제공해주신 로즈님께 무한히 감사드립니다. 저도 항상 로즈님의 특별하고 아름다운 삶, 그리고 주변의 모든 분들을 응원하겠습니다!

— DingDong

로즈님이 홍콩에 왔을 즈음 저도 싱가포르에 짐을 풀었습니다. 그녀의 긍정적이고 밝은 글들을 접하며 해외 생활에 많은 힘을 얻었고, 쉽지만은 않은 일상에서도 고집스럽게 상황을 그녀 편으로 만드는 노력에 덩달아 다시 일어서는 날도 있었지요. 제가 시드니로, 대만으로, 상해로 옮겨오는 동안 홍콩에서 아내가 되고 학생이 되고 강연가가 되고 엄마가 된 그녀의 더욱더 지혜로운 글을 보며, 온오프라인에서 서로를 응원한 지 수년이 다 되어갑니다. 작가가 된 그녀가 앞으로 얼마나 더 많은 사람들을 키워낼 수 있을지, 얼마나 더 많은 사람들에게 희망의 온기를 나누어줄지, 기쁘고 고마운 마음입니다.

— 릴리

하루하루 성장하고 있는 게 보이는 로즈님!

로즈님 강연을 듣기 위해 임신 8개월의 몸으로 서울로 기차 타고 상경한 적도 있답니다. 이 책이 나올 때쯤엔 저도 길지 않은 육아 휴직을 끝내고 로즈님처럼 바쁜 워킹맘으로 살고 있겠죠? 밤 수유하고 나서 로즈님 블로그를 보며 맘에 드는 부분은 캡처도 하고 공유도 했습니다. 이 책으로 인해 저 같은 많은 워킹맘들이 보고 힘내며 즐겁게 일했으면 좋겠습니다.

— 익산에서 11년차 교직원이자 초보 엄마 강미

로즈님을 처음 알게 된 게 필리핀에서 교환 학생 하던 대학교 4학년 때였는데 지금은 벌써 사회생활 5년차에 접어들었어요. 대학교 때는 '나도 얼른 로즈님 같은 커리어 우먼이 되어야지' 하는 꿈을 꾸었고, 사회생활을 시작하고부터 로즈님의 칼럼을 읽으면서 커리어에 대한 고민의 해답을 찾아가며 지냈습니다! 방황하던 시절에 로즈님의 블로그는 저에게 포기하지 않고 앞으로 나아갈 수 있도록 항상 긍정적인 방향을 생각할 수 있게 해준 소중한 공간입니다.:) 매일 성장하는 삶을 직접 보여주시는 로즈님 항상 응원합니다! 고맙습니다.

— 반짝반짝빛나는 이슬기

안녕하세요, 로즈님!

저는 올해 22살 민경진입니다. 19살 때 처음 로즈님의 강연을 들었어요! 우리나라 대기업에(CJ) 고졸 취업을 했지만 항상 꿈꿔오던 직업인 금융 쪽이 아니라 직무적인 고민이 많았어요. 그렇지만 대기업에 그리고 본사 니까 이런 마음에 못 그만뒀죠. 제가 로즈님께 "어떻게 해야 좋죠?"라고 했을 때 로즈님이 "우리나라에만 대기업이 있는 게 아니에요. 거기 하나 만 있는 것도 아니고요. 시야를 넓히면 전 세계에 수백 수천 개의 대기업 이 있어요. 지금부터 다시 해도 충분해요"라는 그 말씀에 바로 사표 던지 고 지금은 공부도 열심히 하는 대학생으로 또 개인적으로 주식과 펀드를 하면서 커리어를 만들고 있는 개미로 살고 있어요.^^ 인생이 완전 바뀌 었죠? 얼마나 행복한지 몰라요.ㅎㅎ 앞으로 가야 할 길이 참 많지만 항상 로즈님 블로그 보면서 긍정적인 생각!을 하면서 힘을 낸답니다~ 항상 감 사해요♡

— 민경진

로즈님한테 많은 것을 배웠어요~ 용기, 자신감, 베풂, 공존, 긍정, 역경 을 이겨내는 방법 등등 너무 많아요. 어느새 제 삶 속에 서서히 로즈님의 이런 것들이 젖어 들고 있어 너무 행복합니다. 그리고 감사하고요. 사기를 당해서 희망이 보이지 않을 때가 있었어요. 세상이 다 밉고, 원망스러울 때 로즈님을 만났고, 로즈님 강의를 듣고 많은 생각을 하고, 조금씩 긍정적으로 다시 세상을 바라보게 되었습니다. 그리고 저도 로즈님의 저런 슈퍼울트라파워에너지를 받아 누군가에게 나눠 주는 사람이 되겠어요~~^^ 항상 건강 조심하세요. 범준, 하준 모두 씩씩하게, 건강하게, 엄마처럼 지혜로운 성인이 되길 기원합니다.^^ 오늘도 행복한 날 만드세요~^^

— simba5144

내 글과 이야기를 통해 용기를 얻는 사람들이 생기기 시작했다. 블로그의 해외 취업 수기와 해외에서 일하는 모습을 보고 자극을 받고 덩달아 해외 취업에 성공하는 사람들이 생기기 시작했다. 그들에게서 나는 삶의 용기와 자신감을 얻었다. 나 스스로 더 긍정적이면서 지혜로운 사람으로 변해가고 있었다.

그렇게 아무런 대가 없이 그저 좋아서 시작한 블로그는 강연으로 이어졌고 잡지 인터뷰를 통해 관련 기사도 실렸다. 그리고 결국 이렇게 책까지 쓰게 되었다. 요즘 하루 중 가장 가슴 떨리고 설레는 시간은 바로 가족 모두가 잠든 밤, 고요한 시간에 혼자 컴퓨터 앞에 앉아 글을 쓸 때다.

어느 잡지에서 읽은 이야기다. 지방의 한 회사에서 일하는 평범한 회사원의 어릴 적 꿈은 화가였다. 그림에 소질이 있었던 그는 장래에 만화가가 되고 싶었다. 그런데 집안 사정상 대학에 진학하기도 힘든 형편에서 안정적인 밥벌이가 어려운 만화가는 그에게 사치스런 꿈이었다. 결국 그는 집안의 생계를 위해 만화가의 꿈을 접고 취직을 했다. 그로부터 몇 년이 지나 평범하게 회사 생활을 하고 있을 무렵, 그는 사내 잡지의 공고를 본다.

"잡지의 만화 코너를 장식해줄 재주와 끼 있는 직원을 모집합니다. 관심 있는 분의 많은 지원 바랍니다."

그의 가슴에 뭔가 형용할 수 없는 찌릿한 느낌이 왔다. 틈틈이 만화를 그려온 그의 실력은 물론 프로 수준은 아니었지만 일반인에 비해서는 수준급이었다. 그렇게 그는 당당하게 사내 만화가로 등단했고, 동시에 오랫동안 묻어놓은 꿈을 이루게 되었다. 회사를 그만둘 필요도 없었고, 만화가가 되기 위해 다른 것을 포기할 필요도 없었다. 자신의 방식대로 잘할 수 있는 또 다른 분야를 발견했고 현재의 삶과 균형과 조화를 이루는 것이 가능했다.

자신이 좋아하는 것을 찾기 위해 현재 직장을 그만둘 필요는 없다. 그저 순수한 마음으로 대가를 바라지 않고 작게 시작하면 되지 않을까? 지금 내 자리에서. 지금 내 상황에서. 나에게 주어진 시간 안에서. 큰 변화가 필요한 것도 아니고, 큰 결심이 필요한 것도 아니며, 무엇보다 큰돈이 드는 것도 아니다. 내가 즐겁고 순수한 마음과 기쁘고 행복한 마음으로 할 수 있는 것을 시작해보면 된다. 그리고 그것이 성공할 수도 있고, 망할 수도 있고, 돈이 될 수도 있고, 안 될 수도 있고, 남들이 알아줄 수도 있고, 알아주지 않을 수도 있다. 그럼에도 불구하고 전혀 상관이 없다. 어차피 내가 좋아서 하는 거니까. 그 작은 시작이 우리의 운명을 바꿔놓을 수도 있다. 사친이 그랬던 것처럼. 앞으로 어떻게 전개될지 모를 나의 삶, 그리고 여러분의 삶도 말이다.

나에게 항상 영감을 주는 홍콩대 MBA 총장 사친과 함께

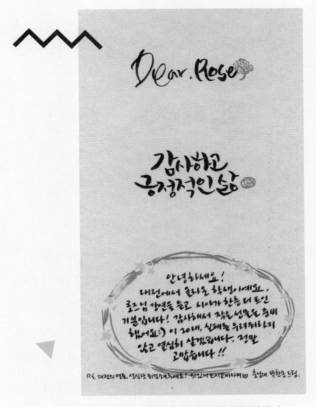

대전에 사는 찬송님이 직접 손으로 쓴 감동적인 편지

직업을 대하는
자세

▶▶▶   골드만삭스에서 트레이더로 일하던 시절을 돌아보면 그때의 일이 나에게 일 그 이상의 의미를 주었을까 싶다. 나에게 주어진 첫 정규직이었기에 어린 마음에 열정을 가지고 정말 열심히 일했다. 의욕도 넘쳐서 공부에도 매진하고 정말 능력 이상으로 노력했었다. 그러나 무엇보다도 창의적으로 생각해서 문제를 해결하고 사람과 상호 작용을 하는 데 강점을 지닌 나의 적성과 맞질 않으니 선순환으로 연결이 되지 않았다. 신입이라 실수를 할 수도 있었지만 그럴 때마다 굉장히 자책하거나 능력을 탓했고, 그러면서 어느 순간 일은 너무나도 버겁고 힘든 것이 되어버렸다.

일이 더 이상 일이 아닌 그 이상이 되는 순간, 사람들은 좋아하는 일을 해야 한다고 말한다. 적어도 좋아하는 일을 하면 시간 가는 줄 모르고 재미있게 할 수 있으니까. 하지만 30대, 40대가 되어서도 자신이 좋아하는 일, 그리고 잘하는 일이 무엇인지 모르는 사람이 수두룩한 시대에 내가 좋아하는 일만 한다고 해서 문제가 해결되지는 않는다.

'나'에서 '남'으로

회사를 경영할 때 경영자는 많은 부분에서 책임을 진다. 이때 무엇보다도 중요한 것은 회사의 '비전'을 세우는 일이다. 즉, 회사가 왜 존재하고 궁극적인 목표를 위해 무엇을 추구하며 앞으로 나아가야 하는지 회사를 지탱하는 근본적인 디딤돌이 바로 비전이다.

흔히 회사의 가장 큰 존재 이유를 이윤 창출이라고 한다. 그러나 이윤 창출은 회사의 비전이 될 수 없다. 가방을 만드는 회사라면 "소비자에게 가장 멋진 가방을 시즌마다 제공한다!", 컨설팅 기업이라면 "고객에게 가장 효율적이면서 많은 혜택을 줄 수 있는 서비스를 제공한다!", 레스토랑이라면 "다른 음식점보다 맛있고 신선한 음식을 제공한다!", 즉 다시 말해 사회를 발전시키거나 구성원들에게 혜택을 주는 등 궁극적인 소명이 있어야 한다는 것이다. 이는 나의 서비스나 상품으로써 남에게 이득을 주는 행위를 뜻한다.

TED 강연에 등장하는 사람들의 이야기를 들어보면 무엇 하나 소중하지 않은 일이 없다. 어떤 여성은 경제적으로 어려운 개발도상국 사람들에게 소액 대출을 해주고 그들이 자립할 수 있도록 솔루션을 만들어 제공했다. 그런가 하면 추락한 비행기에서 극적으로 살아난 남성에게 가장 중요한 일은 세상에서 제일 좋은 아빠가 되는 것이었다. 그리고 자폐아들을 연구해 선천적인 자폐가 아니었음을 밝힌 후 아이의 뇌 안에서 자폐를 일으킬 만한 원인을 발견해 제거하는 수술을 집도한 의사가 있었으며, 전 세계의 소수 언어가 사라지는 것이 안타까워 언어 지키기 운동에 나선 할머니도 있었다.

우리는 왜 일하는 걸까? 왜 직업을 갖고, 왜 그렇게 열심히 일하는 걸까? 단순히 먹고 살기 위해서? 어차피 달리 할 일이 없으니까 회사 다니면서 자기 계발도 하고 자신을 성장시키기 위해서? 내가 세상에 태어난 이유. 삶의 소명. 뭔가 세상에 도움이 될 만한 일을 하기 위해, 세상을 조금 더 행복하고 살기 좋은 곳으로 바꾸기 위해, 조금이라도 기여하기 위해 많은 사람들이 고민하고 또 용감한 행동을 하고 있다. 나는 이러한 소명, 즉 비전 설립이 개인의 직업에도 꼭 필요하다고 생각한다. 어떻게 보면 지금까지 내가 일했던 이유도 글로벌한 삶이라는 꿈을 이루기 위해서, 경제적으로 풍족해지기 위해서, 일하는 것을 좋아하고 재밌어하니까 정도가 전부였다.

그런데 막상 해외 취업을 하고 생활에 어느 정도 적응이 되니 어느 순간 걷잡을 수 없는 큰 슬럼프가 찾아왔다. 홍콩에 와서 글로벌한 삶을 살고, 글로벌 대기업에서 전 세계 고객들을 상대로 비즈니스를 하고, 매달 해외로 출장을 가고, 경제적으로 풍요롭고……. 하지만 뭔가 공허하고 허전했다. 나에게 일이란 별다른 의미가 없었고 그냥 해야 하니까 하는 것 그 이상도 이하도 아니었다. 뭘 해도 귀찮고 부담스럽고 하기 싫다는 소리가 입 밖으로 흘러나왔다. 더 이상 일하는 것이 즐겁지 않았다.

일을 하기는 해야 하는데 마음은 그렇지 않고, 그렇다고 회사를 그만두고 다른 걸 하자니 또 그건 아니었다. 그냥 회사를 다니기가 싫었다. 이 문제를 어떻게 해결해야 할지 도무지 감이 잡히지 않았고, 마음을 어떻게 추슬러야 할지 도저히 알 수가 없었다. 그럼에도 당장 뾰족한 수가 없었기에 우선은 내가 맡은 일을 꾸준히 했다.

하루는 여느 때처럼 고객과 통화를 하는 중이었다.

"제가 매일 하는 일 중 하나가 모든 채권 거래를 다운로드 받아서 확인하는 일인데요, 지금은 수동적으로 하나씩 다 확인을 해야 해서 시간이 너무 많이 걸리는데 혹시 좋은 방법이 있나요?"

"이렇게 한번 해보세요. 여기에 필요한 칼럼을 추가하면 매일 정해진 시간에 자동으로 리포트를 생성할 수 있어요. 그러면 거래를 하나씩 일일이 확인하지 않아도 모든 거래를 한눈에 볼 수 있어요."

"와, 진짜 좋은데요. 이렇게 하면 제가 매일 2시간씩 걸려서 했던 일을 5분 만에 할 수 있을 것 같아요. 정말 고맙습니다!"

내가 아는 내용을 그냥 알려준 것뿐인데 엄청나게 도움이 되었다니……. 고객과 전화를 끊고 갑자기 마음속으로 뭔가 느껴지는 게 있었다.

'나의 지식과 경험으로 고객에게 효율적이고 정확한 솔루션을 제

공해야겠다!'

예전에는 이렇게 생각했다.

'이 분야에서 전문성을 쌓아 최고가 되어야겠다!'

어떻게 보면 도달하고자 하는 바는 같다. 그런데 자세히 살펴보면 지향하는 바는 완전히 다르다. 전자의 비전은 '남'을 향한 것이고, 후자의 비전은 '나'를 위한 것이다. 무언가를 열심히 하지만 비전과 목적 자체가 돈이라면, 욕심을 위한 것이라면, 어느 순간이 지나고 나면 모든 의욕은 순식간에 사라져버리고 그 자리에서 방전이 되고 만다. 그와 함께 모든 열정과 기쁨 또한 희미해져버린다.

그런데 나의 지식과 경험을 바탕으로 남에게 기여할 수 있을 때, 고객이 나의 도움을 받아 효율적으로 업무를 처리할 때, 고객이 내 솔루션으로 이익을 얻을 때 그야말로 일하는 것 자체가 일로 느껴지지 않고 어느 순간부터 이런 일이 있다는 사실만으로도 감사하게 된다. 내가 무엇을 더 하면 도움이 될지 아이디어가 떠오르기도 하고 더 공부해야 할 분야가 보이기도 한다. 장기적인 커리어 비전을 세우는 셈이다. 그야말로 일이 일이 아닌 것이 되어버리는 것이다. 비록 작은 변화였지만 나에게는 엄청난 결과를 가져다주었다. 슬럼프 극복은 물론이거니와 어느 순간부터 스스로 더 공부하게 되었고, 고객 미팅이 더 이상 두렵지 않게 되었으며, 더 배우려고 하는 적극적인 자세가 생겼다. 내가 더 많이 알고 있어야 그것을 고객에게 정확하게 전달할 수 있기 때문이다.

돈을 위해서 일하는 게 아니라, 승진을 위해서 일하는 게 아니라, 남에게 인정받고 잘 보이기 위해서 일하는 게 아니라, 부모님 때문에 일하는 게 아니라, 그만두지 못해서 어쩔 수 없이 일하는 게 아니라는 것이다. 그야말로 순수하게 다른 사람들에게 도움을 주고 이로써 그들이 혜택을 얻어 삶이 더 풍요롭고 행복해질 때, 커리어의 비전과 목표가 '나'가 아니라 '남'이 될 때 그때야말로 일이 진정한 '내 일'이 되고 진짜 커리어가 쌓이는 게 아닐까. 결국 일에 대한 소명 의식이 있다면 계약직이나 정규직 등의 고용 형태는 그리 중요하지 않다. 어떤 조직에서 지식과 경력을 쌓아 '남'에게 서비스하면서 동시에 '나' 자신이 발전하고 배울 수 있다면.

내가 얼마의 연봉을 받는지 동료와 많고 적음을 비교하는 게 의미 없는 일일지도 모른다. 그 일에 사명감을 갖고 전문가로 성장하는지 장기적인 비전을 따진다면. 내가 다니는 회사가 대기업인지 중소기업인지 역시 별로 중요하지 않을 수 있다. 어디에 있든 일에 자부심과 소명을 가지고 나중에 그 일이 사명과 명예가 된다면. 그리고 누군가가 매니저가 되고 임원이 되는 승진이 중요하지 않을 수도 있다. 내가 그 일을 가장 잘하는 사람이 되고, 그 일에서 최고의 인물이 된다면. 그래서 그 누구와 비교해도 나만이 제공할 수 있는 특별한 차별성을 갖게 된다면. 그리고 모든 것은 일을 향한 마음가짐에서부터 시작된다.

서은진
주식회사

▶▶▶ 　20대 때 나에게 일어난 일 중 가장 힘들었던 일을 꼽으라고 한다면 당연히 골드만삭스에서 정리 해고를 당한 일이라고 말할 것이다. 반대로 가장 행운이었던 일을 꼽으라고 한다면 그 역시도 골드만삭스에서 정리 해고를 당한 일이라고 말할 것이다. 아무도 겪고 싶지 않은 일이겠지만 어떻게 보면 인생에 있어서 너무나도 큰 교훈과 가르침을 준 사건이었기 때문이다.

　사실 골드만삭스에서 일할 때 내 삶의 전부는 회사였다. 나 자신

은 회사나 다름없었고 하루의 대부분이 회사를 중심으로 돌아갔다. 사람들이 나를 바라볼 때마다 나는 일부러 더 회사를 부각시켰다. 그러나 정작 그 안에 '서은진'이라는 사람은 없었다. 그러다가 나를 만들어주던 회사라는 이름이 없어지고 나니 '나는 누구인가?'라는 근본적인 질문이 나를 감싸기 시작했다. 정체성에 혼란이 왔고, 그때부터 조금씩 변하기로 결심했다. 나를 이루는 많은 것들 중에 회사는 한 부분일 뿐이라는 사실을 의도적으로 각인시켰고, 그 외에 나를 구성하는 것들을 하나씩 찾아나갔다.

만약 해고를 당하지 않았다면 과연 나는 삶에 대해 궁극적인 질문을 할 수 있었을까? 용기가 없어 그만두지도 못하고 그저 그렇게 주어진 일만 묵묵히 하며 그저 그렇게 살고 있지 않았을까? 회사는 절대로 직원 개개인이 자기 자신에 대해 주체적으로 사고하고 삶을 경영하도록 내버려두지 않는다. 그저 시키는 일만 잘하면 되기 때문이다. 따라서 개인이 감당할 수 있는 최대의 일을 주고 바쁘게 일하도록 만든다. 결과적으로 자기 자신에 대해 생각할 시간이 없어지게 된다. 따라서 주체적인 사고 여부는 개인의 몫이다.

1인 기업가 정신

가장 먼저 스스로 정립해야 했던 건 바로 '1인 기업가' 정신이었다. 그러기 위해서는 나와 회사를 동일시하는 것부터 깨뜨려야 했다. 1인 기업가가 되기 위해 반드시 회사를 그만두고 나만의 회사를 차려야 할까? 나는 두 발로 서 있는 지금에서 시작하기로 결심했다. '서은진'이라는 나 자신은 '서은진 주식회사'의 최고 경영자이자 최대 주주이다. 그렇기 때문에 '나'라는 경영자가 먼저 깨어 있어야 하고, 스스로 나서서 회사를 경영해야 하며, 항상 공부하는 것은 물론, 그 외에 현금 흐름을 원활하게 하기 위해 투자도 게을리하지 말아야 한다. 또 비즈니스 외에 사회에 도움을 주는 공익적인 분야에도 적극적으로 참여해야 한다.

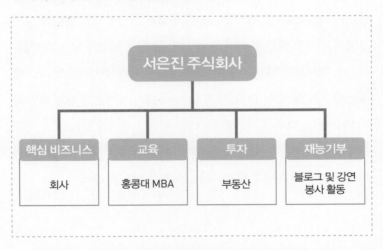

내가 하루 중 가장 많은 시간을 보내는 회사를 핵심 비즈니스로 일컫자. 여기서 가장 중요한 것은 내 사업을 일구는 경영자의 마인드로 일하는 자세다. 사실 회사에서 높이 평가하는 것은 개인의 성과보

다는 인성과 일하는 태도이기 때문이다. 내 것이라는 마음으로 일을 대하면 성과는 자연스럽게 따라올 수밖에 없다.

나는 글로벌 은행 대상 채권 거래 솔루션을 제공하는 사업을 운영하는 마인드로 회사에서 일하기 시작했다. 그러다 보니 지식의 한계를 느낄 때가 있었고, 이는 자연스럽게 MBA 수업으로 이어졌다. 특히 정보 및 기술 운영 관리(Information&Operations Management) 수업은 실제로 일을 하는 데 너무나 큰 도움이 되었다.

매번 연말에는 고객사의 최고 경영자, 비즈니스 매니저, 각 부서의 팀장 등과 만나 신년 사업 전략과 방향에 대해 이야기를 했다. 나는 늘 똑같이 통상적인 설명으로 끝나는 획일적인 미팅이 아니라 뭔가 의미 있는 결과를 이끌어내고 싶었다. 남들이 주지 못하는 정보와 가치를 제공하고 고객이 원하는 분야를 찾아내 그것을 토대로 관계를 발전시키고 싶었다. 정보 기술 수업에서 배운 빅 데이터, 기술의 변화, 혁신이 요구되는 금융계 등에 대해 다시 한 번 생각해보았다.

'내가 고객이라면 나한테서 어떤 내용을 듣고 싶을까?'

나는 고객의 입장에서 내가 전달할 수 있는 가장 의미 있고 가치 있는 데이터와 정보를 생각해보았다. 아무래도 글로벌 은행을 담당하고 있으니 금융계 트렌드나 뉴스를 궁금해할 것 같았다. 그리고 고객들이 겪고 있는 문제에 대한 해결책이나 대안도 좋은 내용이 될 것 같았다. 나는 수업에서 배운 큰 그림을 바탕으로 다음과 같이 키워드를 작성하고 그에 따른 우리 솔루션의 개발 방향을 추가해 넣었다.

	채권 시장 트렌드
1	기술의 혁신
2	아시아의 채권 수요 증가
3	빅 데이터
4	프라이빗 뱅킹의 아시아 투자 확대
5	금융 규제에 따른 준법 감시 및 감사 분야 확대
6	금융 기관의 기능과 역할 변화

결과는 대성공이었다. 모든 미팅에서 고객들의 반응이 좋았고 그에 따라 의미 있는 결과물을 낼 수 있었다. 또 나의 접근법과 프레젠테이션 방법에 대해 전체 아시아 부서를 대상으로 발표했으며, 그때 좋은 피드백을 받아 전체 글로벌 부서 앞에서도 발표하게 되었다.

어릴 때 하지 못한 해외 유학이 한이 되어 일할 때 도움이 좀 되지 않을까 별 기대 없이 시작한 MBA는 생각보다 업무에 엄청난 도움을 주었다. 나의 핵심 비즈니스와 MBA는 그저 그렇게 따로 노는 게 아니라 환상적인 시너지 효과를 발휘했다.

1인 기업가의 또 다른 영역

현재 내가 몸담고 있는 회사 외에도 나를 이루고 있는 것들은 너무나 많았다. 그만큼 나의 관심사는 다양하게 골고루 분포되어 있었다. 나는 그것들을 하나씩 모아 또 다른 나의 자회사로 바라보기 시작했다. 그중 하나는 그저 글 쓰는 게 좋아서, 경험을 나누고 공유하고 싶어서 별생각 없이 시작한 블로그였다. 그런 블로그가 내 삶의 커다란 자회사로 점점 큰 비중을 차지해가고 있었다. 또 단순히 내 집 마련을 위해 시작한 부동산 투자는 경제적으로 자립할 수 있는 큰 기틀을 마련해주었다. 이는 결국 홍콩과 영국 등 해외 부동산 투자로 자연스럽게 이어져 나의 자산을 더 현명하게 관리할 수 있도록 도와주었다.

회사, 학교, 부동산 투자, 블로그와 강연. 각각의 성격과 목적이 너무나도 확연히 다르다. 그런데 결과적으로 이것들이 내 안에서 한데 어우러져 궁극적으로 선순환을 하고 있었다. 어떻게 보면 정말 회사와 크게 다르지 않다. 모기업 안에 속하는 자회사들은 서로 부족한 부분을 메우고 시너지가 나는 분야는 합작해 더 큰 기회를 만들고 이익을 도모한다. 서은진 주식회사도 마찬가지다. 특정 분야를 위해 나머지 분야를 버릴 필요가 없었다. '나'라는 경영자는 이미 여러 분야를 운영하고 있었다. 그리고 언젠가는 나도 회사나 조직 생활에서 은퇴할 날이 올 것이다. 설사 그렇다 해도 크게 흔들리거나 충격받지는 않을 것이다. 내 삶은 이미 다른 것들로 인해 균형 있고 풍요롭기 때문이다.

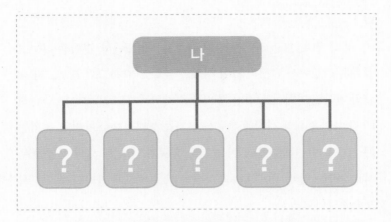

　내 삶의 최고 경영자인 내가 '나'를 경영하기 위해 어떤 비즈니스를 만들고 싶은가? 경영자로서 어떤 자세와 태도로 '나'라는 회사를 경영할 것인가? 어떤 분야에 투자하고 어떤 분야를 더 발전시켜야 하는가? 이처럼 스스로 질문하는 데서 1인 기업가 정신은 시작될 것이다.

언제나 나의 가슴을 뛰게 하는 강연 시간

인생에 투자하는
또 다른 방법

▶▶▶   아시아 금융의 중심지 홍콩. 이곳에서 일하면서 나는 왜 홍콩이 아시아 금융의 중심지가 될 수밖에 없었는지 피부로 실감했다. 미국이나 유럽 등에 비해 기관 투자자들에 대한 금융 규제나 제한이 거의 없는 것은 그렇다 치더라도 개인 투자자들에게도 이러한 장벽이 거의 존재하지 않는다. 예를 들어 우리나라에서 일정 금액 이상 해외로 송금을 할 경우에는 금융 당국에 신고가 들어가며 그에 따른 자료도 추가로 준비해야 한다. 하지만 홍콩에서는 개인의 해외 송금에 대한 제한이 전혀 없다. 금액에 상관없이 은행 창구나 인터넷 뱅킹을 통해 송금 절차를 따르면 그만이다.

따라서 홍콩의 개인 투자자들은 호주, 영국, 캐나다, 미국 등의 부동산 및 외환에 비교적 투자를 많이 한다. 그리고 워낙 현지 주식 시장의 규모가 작아 해외 주식 시장이나 해외 금융 상품에 투자하는 것이 너무나 자연스럽다. 이런 환경에 계속 노출이 되다 보니 나도 일만 하는 것이 아니라 월급을 모아 투자를 하는 방향으로 관심이 흐르기 시작했다. 그리고 그 시작은 홍콩의 부동산이었다.

홍콩에서 내 집을 마련하다

사실 홍콩에 오기 전 한국에서 직장 생활을 하며 모은 돈으로 서울 광화문의 한 오피스텔에 처음으로 내 집을 마련한 경험이 있어 부동산 투자에 대한 두려움은 없었다. 홍콩에 와서 매달 100만 원이 넘는 월세를 내면서 그 돈이 그렇게 아까울 수 없었다. 전세 개념이 없는 이곳에서는 무조건 월세 계약이 기본이었고, 그럴 바에야 차라리 대출을 받아 집을 사서 은행에 원금 및 이자를 내는 게 이득이라는 생각이 들었다. 그런데 홍콩의 부동산에 대해 아는 게 전혀 없었다. 무식하면 용감하다고, 나는 직접 부동산을 돌아다니며 시장 조사를 했다.

내가 처음으로 홍콩에 발을 디딘 2010년만 해도 홍콩의 부동산 가격은 조금씩 오르는 시점이었지 아직 오를 대로 오른 수준은 아니었다. 더구나 그때는 금융 당국이 은행의 주택 담보 대출 비율을 90%까지 허용해주었다. 그래서 주택 가격의 10%만 현금이 있어도 내 집을 마련할 수 있었다. 게다가 매달 은행에 내는 대출 원금과 이자를 합해도 월세보다 훨씬 저렴한 게 아닌가! 나는 아는 곳에만 투자한다는 원칙을 지키며 주로 활동하는 홍콩 섬의 미드레벨과 소호를 중심으로 집을 찾아보기 시작했다.

"안녕하세요, 집 좀 보러 왔는데요."

"반가워요. 월세를 찾나요? 매매를 찾나요?"

"매수를 하려고 해요. 방은 1개 아니면 2개, 혼자 살 수 있는 아파트로요. 가격은 5억 원 이하, 제일 저렴한 것으로요."

"그래요. 한번 찾아볼게요. 잠깐만 앉아 계세요. 괜찮은 집이 여러 개 있긴 한데 한번 보러 갈래요?"

"네, 지금 같이 가시죠."

그렇게 수많은 집을 보러 다니다가 결국 마음에 드는 집을 발견했다. 나는 부동산 같은 경우 한눈에 마음에 들면 무모할 만큼 직관적으로 행동하곤 한다. 물론 사전의 꼼꼼한 조사와 공부는 필수 조건이다. 마음에 드는 집을 보고 나서 계약을 서둘렀다. 모든 서류를 준비한 다음 계약을 하기 위해 기다리는데 계약 하루 전에 중개인으로부터 청천벽력 같은 소리를 듣게 되었다.

"죄송한데, 그 집이 오늘 다른 사람한테 팔렸어요……."

"네? 팔리다니요? 저 내일 바로 계약하려고 다 준비해서 기다리고 있었는데요?"

"요즘은 매수자가 많아서 조금만 괜찮다 싶은 매물은 바로 나가버린답니다. 실은 같은 건물에 또 다른 매물이 나왔는데 관심 있으면 한번 보실래요?"

그다음 날 가보니 그곳은 층수가 훨씬 높고 전망도 좋은데다 심지어 가격까지 같았다. 더 나은 조건인 것 같아 매수를 결심했다. 그런데 그날 저녁 또 중개인한테 전화가 왔다. 그는 나에게 생각지도 못한 말을 꺼냈다.

"미안합니다. 사실은 알아보니 그 집의 전 세입자가 부엌에서 자살을 했다고 하네요……."

"네? 자살을 했다고요?"

자초지종을 들어보니 불과 몇 달 전에 세입자가 부엌 창문으로 뛰어내렸다고 했다. 그래서 더 높은 층수임에도 가격이 낮았던 거였다. 홍콩에서는 이런 일이 있을 경우 법적으로 매수자에게 미리 고지를 해야 하기 때문에 중개인이 알려준 것이었다. 갑자기 온몸에 소름이 돋았다. 게다가 그 전에 사려고 했던 집은 자살을 한 집과 같은 통로의 두 층 아래 집이었다. 세상에 그 집을 샀으면 어쩔 뻔했을까 또 소름이 돋았다. 결국 나는 다시 열심히 집을 보러 다녔다.

소호에서 집을 보러 다니다가 골목의 작은 부동산으로 들어갔다. 경험상 알짜배기 집은 규모가 작은 개인 부동산에 은근히 많이 있었다. 그런 곳은 긴 세월 동안 동네에 자리 잡고 있던 터라 주민들과 오랫동안 신뢰 관계를 유지해왔기 때문이다. 문을 열고 들어가니 파마머리에 진한 화장을 한 중개인 아줌마가 나를 맞았다.

"어떻게 도와 드릴까요?"

"아파트 매수를 하려고 하는데요. 사람이 뛰어내린 아파트는 제

외하고 좋은 곳으로 소개 좀 해주세요."

나는 나름대로 부동산 투자의 철칙이 있었다. 그런데 여기에 한 가지 요소를 더 포함하게 될 줄이야……

- 지하철역이 가까운 곳 혹은 교통이 편리한 곳
- 전망이 좋은 곳
- 마트가 가까운 곳
- 큰길가보다는 약간 골목 안쪽에 위치한 곳(큰길가는 자동차 소음이 심함)
- 자살 등의 요인이 없는 곳

그녀는 굉장히 친절했다. 안 그래도 내가 좋아할 만한 집이 있다며 당장 두 곳이나 보여주겠다고 했다. 첫 번째 집에 갔더니 큰길가에 있어서 교통은 편리하지만 자동차 소음이 심할 것 같았다. 중개인은 더 좋은 집이 있다고 꼭 봐야 한다며 두 번째 집으로 출발했다. 길을 가다가 너무 괜찮은 집이 나타나서 나도 모르게 말이 튀어 나왔다. 내가 생각한 모든 요소를 다 갖춘 집이었다.

"아, 이 집 정말 좋네요!"라는 말에 그녀는 대답했다.

"바로 이 건물이에요!"

역시나 기대한 것만큼 좋았다. 집 안도 깨끗하고 관리를 잘해서 그런지 어디 하나 흠잡을 데가 없었다. 방은 2개였는데 둘 다 크기도 괜찮고 무엇보다도 창밖 전망이 건물에 막혀 있지 않아 탁 트인 점이 너무 마음에 들었다. 게다가 아파트 앞에는 작은 놀이터와 공원까지 있는 게 아닌가! 나는 다른 중개인과의 약속을 취소하고 바로 이 집으로 결정했다.

그런데 역시나 가장 큰 문제는 바로 가격. 현재 수중에 있는 돈은 달랑 한 달 월급뿐. 아무리 90%까지 대출을 받는다 해도 5천만 원이 넘는 돈을 어디서 구한단 말인가! 계산기를 수십 번 두드려도 답이 안 나왔다. 그러나 경험상 투자를 할 때 돈이 필요하면 어디선가 반드시(!) 구해졌다. 한국에서 나의 첫 집이었던 오피스텔을 구입할 때도 그랬다. 늘 돈이 부족했다. 결국 이번에도 가족의 도움을 받고 한국에서 추가로 대출을 받아 겨우 돈을 준비했다. 그렇게 홍콩에서 내 집을 마련한 순간이었다. 홍콩에서 아파트를 사면서 가격이 오를 거라는 확신이 있었기에 대출에 대한 부담을 가지지 않았고, 그 후 월급을 차곡차곡 모아 빌린 돈도 다 갚을 수 있었다. 그리고 홍콩 부동산은 계속해서 가격이 상승했고, 그렇게 온 기회는 그 이후로 다시는 오지 않았다.

내가 수많은 재테크 책을 읽으면서 느낀 점은 딱 한 가지다. 부동산은 남들이 뭐라고 하든 상관없이 정말로 자기가 원하고 필요할 때, 바로 그때가 최적의 매매 타임이라는 것이다. 앞으로 이렇게 될 것 같아서 혹은 저렇게 될 것 같아서 이런저런 이유로 아파트 구입을 계속 미루다가는 절대로 자기가 원하는 가격에 살 수 없다.

가장 좋은 재테크, 시간과 공부

지금까지 투자하면서 느낀 가장 좋은 재테크 방법은 다음과 같다.

첫째, 어릴 때 빨리 시작하는 것

둘째, 공부하는 것

예전에 대학생들이 해외 취업 관련해 나를 인터뷰한 적이 있었다. 인터뷰를 마치고 나는 파릇파릇한 그들에게 이런 말을 했다.

"지금 여러분 3학년 아니면 4학년이죠? 막상 회사에 입사하면 그게 끝인 것 같지만 실은 그때부터가 시작이라는 거 알아요? 여러분이 회사 생활하면서 1~2년 동안 돈을 어떻게 모으고 또 어떻게 관리하는지 그때부터 남들과 차이가 많이 날 거예요. 월급을 받는 즉시 써버리는 사람이 있고, 반면 차곡차곡 모아 주식이든 펀드든 적금이든 금융 상품에 넣고 불려나가는 사람이 있거든요. 1~2년 후 전자는 목돈 하나 없이 회사 생활을 하겠지만 후자는 어느 정도 목돈을 만들었을 거예요. 여기서 더 중요한 것은 그렇게 모은 돈을 어떻게 재투자해서 불려나갈 것인지 끊임없이 공부해온 사람은 또 1~2년 후에 남들과 다르다는 것이죠. 우리한테 중요한 것은 지금 당장 내 손에 있는 현금 1억이 아니에요. 그보다 더 중요한 것은 그 1억을 효과적으로 투자하고 관리할 수 있는 능력과 지식이지요."

회사에서 열심히 일을 잘하는 것도 중요하지만 내가 번 돈을 잘 관리하는 것이 더 중요하다. 『한국의 젊은 부자들』을 보면 일만 열심히 하는 사람은 오히려 돈을 벌 시간이 없다고 한다. 모두 선망하는 글로벌 투자 은행이나 잘나가는 대기업에서 일해서 아무리 연봉이 억대라 한들 매월 마이너스 통장에 의존한다면 소용이 없다. 실제로 그런 사람들이 주변에 꽤 있었다. 파레토의 법칙처럼 수입이 많으면 그만큼 소비도 늘어나기 때문이다. 중요한 건 얼마를 버느냐가 아니라 얼마를 투자하느냐다. 20대에 투자한 1~2천만 원이 30대, 40대가 되었을 때 몇 배의 수익으로 돌아올 것이다.

시간이 부자를 만든다는 말. 어느 정도 꾸준히 저축을 해봤거나 부동산 등 어느 것 하나에 2~3년 이상 투자를 해본 사람이라면 누구나 공감할 것이다. 돈이 돈을 굴린다는 사실, 경험을 해본 사람만이 아는 진리이다. 한번 자기 손으로 투자를 해본 사람은 돈이 돈을 버는 시간의 힘을 잘 안다. 시간의 위대함은 경험을 통해서 배우는 것이다. 그리고 그 이치를 깨닫고 투자의 재미를 알아 더 열심히 공부하고 더 열심히 투자한다. 결국 부자가 더 부자를 만드는 셈이다.

고등학교 때 읽었던 책 『부자 아빠 가난한 아빠』에서 가장 인상 깊었던 내용은 왼쪽에는 자산, 오른쪽에는 부채 모형이 있어 자산이 자산을 만드는 순환 구조였다. 어린 나이였지만 나는 그때 한 가지를 배웠다. 돈이 있어야 돈을 벌 수 있구나.

내가 지금 돈이 하나도 없는데 뭘 어떻게 해야 하나? 공부부터 시작해야 한다. 공부는 어떻게 시작하느냐고? 우선 서점으로 달려가서 재테크 관련 책을 수십 권 읽어보면 대략 감이 잡힌다. 뭘 어떻게 해야 할지, 자신은 어떤 방법으로 성공했는지 자세히 가르쳐주는 사람은 당연히 없다. 그것은 아무도 가르쳐주지 않는, 심지어 부모님도 가르쳐주지 않고, 학교에서도 가르쳐주지 않는 내가 스스로 깨우치고 공부해야만 하는 영역이기 때문이다. 그리고 아주 적은 돈이라도 천천히 시작하는 게 맞다.

투자하면서 함께 따라오는 것이 바로 외로움이다. 홍콩에서 처음으로 부동산 매매를 할 때 도통 물어볼 데가 없었다. 주변 사람들은 모두 월세로 살고 있었고, 그래서인지 물어봐도 아는 사람이 없었다. 내 나이 또래에 투자하는 사람은 드물뿐더러 가입할 수 있는 투자 클럽이나 동호회 등이 있을 리 만무했다. 결국 나는 맨땅에 헤딩하듯 항상 책을 보거나 인터넷에서 관련 규정을 찾아보는 수밖에 없었다. 꼭 그렇게까지 살아야 하느냐고 말하는 사람도 있을 것이다. 사실 남의 말은 한 귀로 흘려듣고 소신과 믿음을 가지고 장기적인 안목으로 행동하면 된다. 그렇게 작은 시작이 남들과 다른 미래로 인도해줄 테니까 말이다.

내가 홍콩 부동산에 처음 투자했을 때 주변에서는 다 이렇게 말했다.

"나는 좀 더 있다가 집값 좀 떨어지면 사려고."

그리고 그 후로 집을 샀다는 사람을 본 적이 없다. 더 치솟는 집값에 그들은 오늘도 수백만 원이 넘는 월세를 내가며 홍콩에서 살고 있으니

말이다. 투자자로서 나의 삶은 한국의 작은 오피스텔에서 시작해 홍콩
으로 이어졌고, 또 그것이 씨앗이 되어 영국까지 나아가고 있다.

MBA,
꼭 해야 하나요?
-홍콩사례

직장 생활을 어느 정도 하다 보면 누구나 한 번쯤은 고민하는 게 MBA가 아닐까 싶다. 기본적으로 MBA를 통해서 얻을 수 있는 건 크게 두 가지로 나뉜다.

❶ 새로운 업종으로 진로를 바꾸거나 이직하는 경우
❷ 같은 회사 내에서 시니어로 진급을 꾀하는 경우

MBA에서 1년 혹은 2년을 수학한 후 결과물을 얻기 위해서는 뼈 아픈 고생을 자처해야 한다. 특히 풀타임으로 공부할 경우 엄청난 양의 공부를 단기간에 끝내야 하는 동시에 구직도 병행해야 하기 때문이다. 그만큼 체력적으로 정신적으로 힘들지만 경력과 인생에 새로운 변화를 도모하고 싶다면 MBA만큼 좋은 자극제는 없다고 생각한다.

해외에서 경력을 쌓고 싶다면 졸업 후에도 꼭 남아서 일하고 싶은 나라에서 수학하는 것이 이익이라고 생각한다. 그만큼 현지 정보를 빨리 얻을 수 있고 무엇보다 인터뷰가 있을 때 쉽게 응할 수 있기 때문이다. 또 현지에서의 네트워킹에도 유리하게 작용할 수 있다.

홍콩대 MBA에서 만난 한 한국인 동기는 한국에서 3~4년 정도 일하다 홍콩이나 싱가포르 등 좀 더 큰 무대에서 경력을 쌓기 위해 홍콩대 MBA에 풀타임으로 입학했다. 그녀는 학업을 하면서 열심히 구직 활동을 해서 비교적 어렵지 않게 취업할 수 있었다. 현재 화웨이(Huawei) 홍콩 본점에서 컨설팅 업무를 담당하고 있는데, 한 달에 절반은 홍콩에 없을 정도로 전 세계로 출장을 다니며 열정적으로 일하고 있다.

하지만 해외 MBA가 좋은 것만은 아니다. 결코 취업이 만만치 않기 때문이다. 개인의 선택과 성향을 잘 맞춘다면 국내 MBA도 충분히 좋다. 같은 학부를 나온 한 선배는 영화 배급사에서 일하던 중 갑자기 회사에 부도가 나서 졸지에 실업자 신세가 되었다. 허탈한 것도 잠시, 그녀는 그동안 바쁘다는 핑계로 미뤄두었던 공부를 다시 시작해 카이스트 MBA에 입학했다. 그리고 열심히 구직 활동을 한 끝에 영화 쪽 경력을 살려 국내 대기업 통신 회사에 입사하게 되었다. 현재 굉장히 만족해하며 회사 생활을 하고 있다.

해외든 국내든 한 가지 잣대에 따라 어느 곳이 더 좋다고 말할 수 없다. 다만 스스로 정말 순수하게 더 배우고자 하는 의지가 있고, 전세계에서 온 다양한 학생들과 네트워크를 쌓고 싶으며, 추후 회사의 관리자로 승진해 경영을 하고 싶은 야망이 있다면 MBA만큼 좋은 학문은 없을 것이다.

홍콩의 MBA

MBA는 실용 학문이다. 따라서 입학과 동시에 취업 준비를 해야 한다. 기존의 경력을 살리면서 앞으로 어떤 공부를 더 해 어떤 회사에서 어떤 일을 하고 싶은지 명확한 목표가 있을수록 취업이 수월해지기 때문이다. 역시 여기에서는 내가 가장 잘 아는 홍콩의 MBA 위주로 설명하고자 한다.

홍콩이 좋은 이유는 비행시간이 3시간 30분 정도로 한국과의 지리적인 거리가 가깝고, 같은 아시아 문화권에 속해 인종 차별이나 이질감이 전혀 없다는 데 있다. 또 아시아 금융의 중심지이면서 전 세계 글로벌 기업의 아시아 본사가 다수 위치해 있어 취업에도 유리하다. 게다가 요즘에는 중국 기업의 홍콩 진출이 활발해졌고 그에 따라 많은 인재들을 채용하고 있다. 실제로 홍콩의 중국계 은행은 갈수록 채용을 늘리고 있다.

MBA에 풀타임으로 입학할 경우 학교에서 학생 비자를 발급해주며, 졸업 후에도 약 1년은 홍콩에 체류할 수 있도록 학교에서 도와준다. 그리고 홍콩은 우리나라와 무비자 협정이 체결되어 있어 여행 시 비자가 필요 없으며 기본적으로 한 번 입국하면 4개월간 머무를 수 있다. 또 기업의 규모가 어느 정도 있고 입사자의 기존 경력이 뒷받침된다면 취업 비자를 받는 일이 미국 등 다른 나라에 비해서 훨씬 쉽다. 비자 발급 비용 역시 5만 원이 안 될 정도로 저렴한데다 외국인

264

채용에 비교적 관대하다.

영국의 「이코노미스트」와 「파이낸셜 타임스(Financial Times)」에
서는 매년 전 세계 MBA의 랭킹을 정하는데, 홍콩의 학교가 3곳이나
100위 안에 들어 있다. 그만큼 교수진과 수업의 질이 우수하다는 의
미다.

「이코노미스트」 전 세계 MBA 랭킹 100위 중

2015년 순위	학교명
26	홍콩대학교
78	홍콩과학기술대학교
100	홍콩중문대학교

「파이낸셜 타임스」 전 세계 MBA 랭킹 100위 중

2015년 순위	학교 이름
14	홍콩과학기술대학교
28	홍콩대학교
30	홍콩중문대학교

홍콩에 있는 MBA 3곳의 입학 전형을 살펴보자. 기본적으로 3곳 모두 풀타임과 파트타임을 운영하고 있다. 풀타임은 1년~1년 반, 파트타임은 2년~4년 정도가 평균 수학 기간이며 각각 학비가 다르다. 주로 풀타임의 학비가 더 비싼 편이다.

그리고 파트타임의 경우 학교에서 따로 비자를 지원해주지 않기 때문에 회사에서 일하고 있거나 배우자의 비자를 통해 입국한 경우라면 먼저 비자를 학교에 증명해야 한다. 동기 중 한 명은 한국에서 일하다 홍콩대 MBA 풀타임 과정에 입학 허가를 받아 홍콩으로 들어왔다. 그러던 중 한 무역 회사에 취업을 하게 되어 풀타임으로 공부할 수 없는 처지에 이르렀는데, 학교에서는 이를 감안해 풀타임을 파트타임으로 변경해준 케이스도 있었다.

1. 홍콩대학교 MBA(The University of Hong Kong — Faculty of Business and Economics)

모교이며, 종합대학교로서 학부의 명성은 대단하다. 1911년에 개교해 홍콩에서 가장 오랜 역사를 가지고 있다. MBA 커리큘럼은 종합 경영 분야와 중국, 인도 등 신흥 국가 중심으로 잘 짜여 있다. 매년 전형이 조금씩 달라지므로 학교 홈페이지에서 정확한 내용을 확인해야 한다.

- 홈페이지 fbe.hku.hk/mba

- MBA 지원 fbe.hku.hk/mba/fulltime/admissions/apply—now

2. 홍콩과학기술대학교 MBA(The Hong Kong University of Science and Technology — HKUST Business School)

우리나라의 카이스트와 비교되는 학교로 과학 기술에 많은 역량을 집중한다. 특히 MBA는 금융 파이낸스 분야 쪽으로 우수한 교수진이 구성되어 있으며, 그래서인지 홍콩의 글로벌 뱅킹 출신이나 재직자가 많이 입학한다.

- 홈페이지 mba.ust.hk

- MBA 지원 hkust.force.com/application/MA_USTMBA

3. 홍콩중문대학교 MBA(The Chinese University of Hong Kong — CUHK Business School)

홍콩에서 최대 규모의 캠퍼스를 가진 9개 대학의 연합체이다. 홍콩 외곽 지역에 위치하고 있어 접근성이 조금 떨어진다는 단점이 있다. 홍콩중문대의 경우 광둥어와 표준 중국어로 진행되는 수업이 많이 개설되어 있으며 중국 쪽에 특화된 수업이 많다. MBA는 1966년에 개교해 아시아에서 가장 오래된 전통을 자랑한다.

- 홈페이지 mba.cuhk.edu.hk

- MBA 지원

  mba.cuhk.edu.hk/programs/full-time/admissions/apply-now

MBA 에세이 팁

MBA는 자신을 위한 투자이다. 투자 금액의 회수를 위해서라도 입학 전부터 졸업 후 경력의 목표가 뚜렷해야 성공적인 학교생활 및 취업을 할 수 있다. 따라서 에세이를 통해 왜 MBA에 오려고 하는지, 왜 이 학교에 지원했는지 설득할 수 있어야 한다. 학원에서 써준 비슷비슷한 에세이는 한번 읽어보면 쉽게 안다. 그러므로 충분히 고민한 후에 자신의 상황과 특성이 잘 묻어나오게끔 진심이 오롯이 드러나도록 쓰는 것이 중요하다.

1. 나만의 스토리를 만든다

에세이는 압축된 글로 나를 파는 것이다. 그렇기 때문에 가장 흥미진진한 것은 나만이 쓸 수 있는 세상에 단 하나뿐인 나만의 스토리일 것이다. 입학해서 어떻게 성장할 것인지 목표와 비전이 잘 드러나도록 쓴다. 나는 금융계 경력을 바탕으로 일반 경영 쪽으로 더 공부해 금융계의 경영 전략 쪽으로 커리어를 쌓고 싶은 목표를 설정했고 이를 에세이에 풀었다.

2. 학교의 커리큘럼과 커리어를 연관시킨다

그저 막연히 MBA에 가고 싶어서라고 쓰기보다는 지원한 학교의 어떤 커리큘럼을 통해 장차 어떤 커리어를 쌓고 싶은지를 에세이에 명확하게 드러내야 한다. 이런 고민 없이 무작정 지원하면 추후 인터뷰에서도 논리적으로 나를 어필하기가 쉽지 않다. 위에서 언급한 3곳의 학교만 하더라도 각 학교마다 장점이 다르다. 따라서 내가 가지고 있는 배경과 앞으로의 목표를 잘 고려해 가장 도움이 되는 학교에 지원하는 것이 좋다.

사실 에세이는 답이 없기 때문에 어떻게 쓰는 것이 정답이라고 말하기는 어렵지만 지원자의 진심과 명확한 목표가 드러나면 충분할 것이다. 다음은 내가 홍콩대에 제출했던 에세이의 일부다.

My four year of work experience has taken place in two of the premier organizations in the world: Goldman Sachs and KB Investment & Securities (a subsidiary of Kookmin Bank, one of the biggest banks in South Korea). Goldman Sachs taught me to market and KB taught me to lead. Both organizations provide practical, hands—on experience in the fundamentals of financial market in the international arena. I want to pursue a general management career after obtaining the professional qualifications provided by the HKU MBA. My long-term goal is to become a global business manager in my current work place, Bloomberg, with responsibilities in Asia, Europe, and America. My short-to mid-term career goal is to strengthen my analytical and business acumen and to transfer from Hong Kong to New York in which the global headquarter located.

(중략)

The HKU Business School arguably has the best resources, people and technical skills in Hong Kong, even in Asia. The part-time programme provides an excellent opportunity to learn in an invigorating environment. I plan to focus on General Management while selecting electives from the Finance and Technology and Operations Management. In addition to the theoretical and analytical skills set that MBA studies teach, one of the most valuable aspects of the MBA degree is that it is designed to change and stretch me beyond my comfort zone and it will definitely help to accomplish my objective. Also, I believe that the network will be the most rewarding aspect through MBA studies.

홍콩대 MBA 면접은 단체 토론으로 진행된다. 개인의 목표나 의지는 에세이를 통해서 확인하고 토론 면접을 통해서 개인의 리더십, 인성, 팀워크, 소통하는 태도 등을 평가한다. 그리고 개인 면접은 자기만의 스토리를 설득력 있게 전달하는 것이 주목적이다. 특히 외국인들과의 면접은 대개 편안한 환경에서 진행되므로 너무 긴장하지 않고 자연스럽게 말하면 충분하다. 사실 토론 면접은 흔치 않으므로 여기에서는 내가 직접 토론 면접에 참여한 후 느낀 점을 중심으로 이야기해볼까 한다.

1. 주제를 확실하게 한 다음 이야기의 방향을 제시한다

토론을 하다 보면 다른 사람의 의견을 듣다가 거기에 휩쓸리는 바람에 정작 나의 주제가 불명확해질 수 있다. 그러므로 말할 때는 주제와 의견을 먼저 밝힌 후 추가 설명을 제시하는 편이 훨씬 알아듣기가 쉽다. 즉, 이런 식이다. "저는 이런 이슈에 대해 이렇게 생각합니다. 그 이유는 이러저러 합니다"라고 말하면 무난하다.

2. 포인트를 잡고 이해하기 쉬운 언어로, 또박또박, 천천히, 강약을 주면서 말한다

내가 면접을 볼 때 한 지원자는 발언 시간을 너무 의식한 나머지 말할 기회를 잡자마자 쉬지도 않고 자신의 의견을 뱉어냈다. 그러다 보니 듣는 사람들이 그 사람의 의견에서 중요한 포인트를 잡아내기 힘들었을 뿐더러 같이 대화한다는 느낌보다는 일방적으로 듣는다는 느낌을 훨씬 많이 받았다. 그보다는 어느 정도 쉬어가면서, 또 중요한 내용은 적당히 강조하면서 말하는 편이 좋은 인상을 줄 수 있을 것이다.

3. 다른 사람의 의견에 동의하거나 반박하는 의견을 곁들이며 자기 의견을 말한다

모든 사람이 토론을 리드할 수는 없다. 하지만 지금까지 나온 말들을 정리하면서 자기 의견을 피력할 때 반박할 내용이 있으면 반박하고, 혹은 동의할 내용이 있으면 그것을 넣어서 진행하면 좋다. 다른 사람의 의견을 경청했다는 이미지를 줄 수 있고, 또 본인이 토론을 리드해간다는 인상을 줄 수도 있기 때문이다.

4. 실질적인 사례를 들어서 말하면 분위기가 집중된다

MBA의 경우 전 세계에서 온 다양한 국적의 지원자들이 많기 때문에 자신만이 알고 있는 현지 사례를 넣어가며 말하면 집중을 받을 수 있다.

자신의 장점과 강점을 가장 잘 아는 사람에게 부탁하면 좋다. 대학 교수님이나 회사 상사 정도가 무난하다. 나는 학부를 졸업한 지 꽤 지나서 전 직장이었던 골드만삭스의 매니저 두 분에게 추천서를 받았다. 다음은 지금은 퇴사하셨지만 내가 재직하던 시절 대표로 근무하셨던 분의 추천서이다. 홍콩대 추천서 양식 기준이다.

1. How long have you known the applicant and in what context? Please comment on the frequency of your interaction.

I have known Eun Jin Seo for more than 3.5 years. We hired her in mid-2006 as an assistant to our equities team in Korea, and later promoted her to an analyst role for our domestic sales team. As her direct manager, my interaction with Ms. Seo was very extensive during her employment at GS.

2. What are the applicant's principal strengths?

Apart from having great interpersonal skills, Ms. Seo is also extremely diligent, enthusiastic, well organized, efficient and highly dedicated. She was always one of the first in the office and always completed her tasks in timely and professional manner. This was one of the main reasons I promoted her after a year to be part of our domestic sales team. Additionally, she got along well with everyone on our team and was well-liked by everyone. Eun Jin was a great asset to our Korean equities team, I have little doubt she will do well in your MBA program.

3. In what areas can the applicant improve?
One area that I would like to see Ms. Seo improve is 'speaking up.' This will be vital in developing her leadership skills. However, part of this may be due to her cultural upbringing and environment. She is aware of this issue, and I am confident that studying and living abroad will help her improve this area of weakness.

4. In your opinion, has the applicant given careful consideration to his or her plans for entry into the MBA programme?
As part of my personal education philosophy, I have always encouraged our FAs(Financial Analysts) to pursue higher educational goals — either MBAs or other professional accreditations(CFA, CPA, etc). I was glad when I recently learn that hear that Ms. Seo was applying

for your MBA program. I think she would be an exemplary student.

5. Please comment on the ratings above and feel free to make additional statements concerning the applicant's accomplishments, managerial potential, and other personal qualities. Attach an additional sheet if necessary.

Eun Jin possesses the key characteristics we look for in our employees: diligence, teamwork, reliability, integrity, intelligence and motivation. I am convinced that educational background and professional experience will make her a valuable contributor to the student body at your MBA program. She is extremely motivated and goal-focused, and I strongly believe she can accomplish anything she sets her mind to achieving. I highly recommend her for admissions and strongly believe she has all the basic tools to become a strong business manager.

Part 4

새로운 무대, 세계

당신은 바로 자신 때문에

지금 여기에 지금의 모습으로 존재하는 것이다.

당신의 모든 현실과 미래는 당신 자신에게 달려 있다.

현재의 삶은 당신의 선택, 결정, 행동의 총체적 결과다.

따라서 당신은 행동을 바꿈으로써 당신의 미래를 바꿀 수 있다.

당신은 이루고 싶어 하는 미래와 삶, 추구하는 가치들에

보다 더 적합한 새로운 선택과 결정을 내릴 수 있다.

— 브라이언 트레이시(Brian Tracy), 『백만불짜리 습관』

가장 자랑스러운 이름,
가족

▶▶▶ 내 인생에서 가장 중요한 것을 꼽으라고 한다면 나는 주저하지 않고 가족이라고 답할 것이다. 나에게 가족이란 지금까지 나를 있게 해준 뿌리이자 미래를 꿈꾸고 도전하게 하는 원동력이다. 부모님은 항상 꿈을 크게 가지라고 말씀하셨다. 그래서인지 나를 위한 엄마의 기도 제목은 '5대양 6대주를 누비는 글로벌한 자녀가 되게 해주세요'였다. 어릴 때부터 그런 소리를 듣고 자랐기 때문인지 자연스럽게 큰 꿈을 꾸게 되었다. 그러다 내가 홍콩에서 전 세계로 출장을 다니며 일을 하자 결국 기도가 이루어졌다며 부모님은 굉장히 좋아하셨다.

내 삶의 가장 중요한 무대에 함께 있는 사람들, 가족이 있기에 지금의 내가 있을 수 있다. 지치고 힘들 때마다 나를 위해 기도해주는 가족들이 있기에 용기를 내고 힘을 내서 한 번 더 뛰어오를 수 있다.

인생에 힘든 일이 닥쳐도 가족이 있기에 웃고 털고 일어나 다시 시작할 수 있다. 가족은 내 꿈이고 내 미래이다.

나의 반쪽 나의 파트너

20대 시절, 주변의 남자들은 나를 그들의 기준과 잣대로만 판단하고 생각했다.

'해외에 나가면 고생인데, 우리나라에서 잘 살면 되지.'

'여자는 좋은 남자 만나서 뒷바라지 잘하면 그만이지.'

'예쁘고 착한 게 최고야.'

블로그 팬이라며 한번 만나고 싶다는 말에 나는 그와 홍콩에서 처음 만났다. 그런데 그는 주변의 어떤 남자와도 달랐다. 그냥 있는 그대로의 내 모습으로도 충분했다. 있는 척, 잘사는 척, 똑똑한 척, 예쁜 척, 착한 척……. 일부러 꾸며낼 필요가 없었고 부풀려 말할 필요도 없었으며 없는 것을 지어서 돌려 말할 필요도 없었다. 어쩌면 너무나 평범한 나의 모든 것이 그에겐 그대로 충분했다. 내가 홍콩에 오고 싶어 하는 이유에 대해 너무나도 잘 이해했으며, 또 응원해주었다. 오히려 잘 꾸미지 않고 수수한 내 모습이 제일 예쁘다고 했다. 있는 모습 그대로 한눈에 반해 오랜 세월을 함께하고 싶었단다.

그 역시 마음속 이야기를 자연스럽게 하나씩 꺼내기 시작했다. 넉

넉하지 못한 환경에서 유학을 떠나 일본에서 고생한 이야기, 하루에 3개씩 아르바이트를 하며 생활비를 벌던 시절, 일본어를 못해 차별받고 상처받았던 유학생 시절, 독하게 살아남아 사업을 했지만 그마저도 여의치 않아 새로운 꿈을 안고 홍콩으로 왔던 그때, 그리고 홍콩에서 새롭게 공부한 영어와 수십 군데 회사를 돌다가 결국 그렇게도 원하던 금융 회사에 정착하기까지…… 힘든 상황에서도 오뚝이처럼 다시 일어나 계속 꿈을 꾸고 노력했던 그의 이야기를 오랫동안 들었던 기억이 난다.

그로부터 1년 후, 우리는 부부가 되었다. 지금도 남편은 나에게 많은 이야기를 들려준다. 나 역시 아무에게도 말하지 못하는 것을 남편에게는 술술 말할 수 있다. 지원했다가 떨어질까 두려움에 결정하지 못했던 홍콩대 MBA. "당신 아니면 붙을 사람 없다"는 나보다 더 확신에 찬 그의 말에 용기를 얻어 지원할 수 있었다. 회사에서 고객에게 자존심 상하는 일을 당할 때마다 나보다 더 속상해하면서 그 사람 누구냐며 전화번호 달라고 화를 내준 사람도 바로 남편이었다.

나를 있는 그대로 사랑하고 내 모습 그대로 충분하다고 말해주는 사람. 만삭에 퉁퉁 부은 몸도 제일 예쁘다고 말해주는 사람. 화장기 없는 얼굴에 트레이닝복 차림도 제일 섹시하다고 말해주는 사람. 자기가 아는 여자 중에 내가 가장 똑똑하고 현명하고 지혜로운 사람이라고 칭찬해주는 사람.

남편이 옆에 있으면 그 어떤 일도 해낼 수 있을 것만 같다. 항상 긍정적이고 매사에 자신감이 넘치는 그를 보며 불안감을 극복할 때가 한두 번이 아니었다. 그는 참 본받을 게 많은 사람이다. 그는 자기가 하는 일에 무서울 정도로 집중하고 열정을 보인다. 주말만 되면 그가 늘 하는 말은 놀랍게도 "아, 빨리 회사 가고 싶어"이다. 같은 금융계에서 일해 시장 상황이나 트렌드를 꿰뚫고 있어 내가 모르는 분야를 그를 통해 많이 배운다. 항상 미래를 위해 준비하고 책을 읽으며 공부하는 그를 보며, 언제나 새로운 것에 도전하고 시도하는 그를 보며 나 역시 많은 자극을 받는다.

세상에서 단 하나뿐인 오직 내 편, 내 남편. 그가 내 남편이라는 사실이 너무나 자랑스럽다.

나의 또 다른 브랜드, 워킹맘

내가 태어나서 가장 잘한 일은 바로 두 아이들을 낳은 것이다. 아무리 회사에서 큰 성과를 이루고, 승진을 하고, 고객한테 칭찬을 들어 기분이 좋아도 아이를 키우면서 얻는 행복과 기쁨에는 비교할 수 없을 정도이다.

워킹맘은 하루에도 몇 번씩 끊임없이 스스로에게 질문한다. 과연 일을 계속해야 하는 걸까? 아이들을 내가 직접 키우는 게 맞지 않을까? 내 인생뿐만 아니라 가족의 인생에까지 영향을 미치는 중요한 질문에 즉흥적으로 감정적으로 답하기보다 논리적으로 이성적으로 생각하는 것이 맞다. 남들이 정해준 답이 아니라 내가 스스로 치열하게 고민한 후에 정리한 답변들로.

아이들을 놔두고 대체 이게 잘하는 건지 의문이 들 때마다 생각나는 한 사람이 있다. 골드만삭스 재직 시절 같은 팀에서 일했던 상무님. 워낙 회사가 유명하고 소수만 채용하다 보니 소위 엄친아, 엄친딸이 많았다. 그 상무님은 유독 일하는 자세가 남달랐는데, 일을 꼭 취미 생활처럼 하는 것이었다. 엄청나게 스트레스를 받는 일이 있어도 좀처럼 크게 화를 내거나 우울해하지 않았다. 또 재미있는 농담이나 웃긴 이야기를 들으면 팀 전체에 이메일이나 채팅으로 공유해 다 같이 웃게 했고, 팀원들을 대할 때도 항상 유머가 넘쳐흘렀다. 물론 맡은 일도 잘하고 따뜻한 마음과 진지한 면도 가지고 있었다.

게다가 목숨을 걸고 죽어라 일만 하는 게 아니라 칼출근하고 칼퇴근하는 생활에 팀에서는 그가 엄청난 부자라는 소문이 돌기 시작했다. 그도 그럴 것이 '나 취미로 회사 다녀!'라는 포스가 온몸에서 뿜어져 나왔기 때문이다. 일은 인생의 전부가 아니라 한 부분일 뿐이라는 것을 상무님은 일을 대하는 자세와 행동을 통해 보여주고 있었다.

나는 진지하게 계산해보기 시작했다. 1년 중 내가 하루 종일 아이와 함께 지낼 수 있는 날이 과연 며칠이나 되는지. 정말 이렇게 계속 일을 해도 되는 건지.

내용	날수
토요일, 일요일	96일
회사 휴가	20일
홍콩 공휴일	15일
총	131일

다 합치니 총 131일! 1년 365일 중 약 40%는 하루 종일 집에서 아이와 지낸다는 결과가 나왔다. '아, 이거 해볼 만한 장사구나!'

언젠가부터 나는 이렇게 생각하기 시작했다.

내 원래 직업은 '엄마'이고, 일은 '취미'일 뿐이라고.

1년에 절반 가까이나 원래 직업에 충실할 수 있으니 얼마나 행운이냐고. 동시에 취미 생활을 하면서 돈도 벌고 가끔씩 출장도 다니며 착하고 똑똑한 동료들과 시원한 사무실에서 이야기도 나누니 이 얼마나 행복하고 축복받은 일인가! 게다가 연초에는 보너스도 준다! 심지어 취미 생활이!

아무리 경쟁이 치열하고 내부 정치가 심한 글로벌 뱅킹이라고 해도 내부의 모든 사람들이 매일 엄청난 스트레스에 짓눌려가며 일하지는 않는다. 정말 높은 연봉을 받으며 두세 사람 몫을 혼자해내는 사람 중에도 일을 꼭 취미처럼 즐기면서 하는 사람이 있다. 내가 골드만삭스를 떠난 지 5년, 그 사이 부서의 헤드는 두 번이나 바뀌었고, 10년 근속의 트레이더 상무님도 은퇴하셨으며, 리서치 팀은 아는 사람이 거의 없을 정도로 싹 물갈이 된 현재, 아직도 그 상무님은 회사에서 인정받으며 재직하고 계신다. 모두 다 자기의 시간이 있듯이, 일을 취미처럼 즐기며 천천히 여물어가는 것이 지름길은 아니더라도 한 조직에서 성공할 수 있는 또 다른 길이 될 수 있지 않을까.

주변을 살펴보면 주어진 환경과 삶에 감사하고 행복해하며 멋지게 자신의 커리어를 쌓아나가는 빛나는 워킹맘들이 정말 많다. 나에게는 그런 분들이 너무나 대단하게 느껴지지만, 막상 나한테 똑같은 상황이 닥치면 별 고민 없이 잘해낼 것이라고 믿는다. 매일매일 힘들고 주저앉고 싶을 때가 많지만 그게 바로 인생이고 그러면서 더 현명해지고 지혜로운 사람이 되는 게 아닐까.

워킹맘으로서 굳이 꼭 유명세를 타거나 연봉이 엄청 많다거나 사회적으로 화려하지 않아도 내 자리에서 묵묵히 꾸준히 커리어를 쌓아갈 때, 그러면서 사랑하는 가족이 인생에, 커리어에 큰 믿음을 주고 지지를 해줄 때, 이 모든 것은 너무나 평범해 보이지만 그 자체만으로도 이미 대단하다.

내 행복의 원천, 사랑하는 가족

선택과 집중,
그리고 포기

▶▶▶   블룸버그에는 직원 개개인이 매니저와 함께 원하는 커리어의 방향을 미리 상의하고 이를 지원 및 조언해주는 문화가 정립되어 있다. 이러한 시스템에 따라 회사에서는 직원 개개인이 자신의 커리어에 대해 많이 생각해 의견을 반영할 수 있도록 적극적으로 개입한다.

매년 1월에 행해지는 연말 평가. 업무 평가가 끝나자마자 이번에도 여지없이 매니저의 질문이 이어졌다.

"은진씨, 올해 개인 계발 목표는 무엇인가요? 장기적으로 어떤 커리어를 원하죠?"

자기 계발 목표와 장기적인 커리어… 질문을 받고 나는 심사숙고한 후에 대답했다.

○

"제 역량을 더 길러 리더 포지션으로 올라가고 싶습니다."

나는 홍콩보다 더 넓은 곳에서 역량을 펼치고 또 발전시키고 싶었다. 한국에서 일할 당시 나의 꿈은 홍콩에서 일하는 것이었다. 전 세계에서 온 고객들과 비즈니스를 하고 다양한 문화와 배경, 인종이 섞인 팀에서 글로벌하게 일하는 것. 그래서 홍콩으로 왔고 나는 이곳에서 내 꿈의 판을 더 키우기 시작했다. 아시아를 넘어 전 세계로 판이 커진 것이다. 단순히 일만 잘하는 것을 넘어 한 조직을 이끄는 리더로서 나의 무대를 키워보고 싶었다.

그리고 아무래도 미국 회사다 보니 모든 상품의 기능 및 사용 편리성 등이 미국 혹은 유럽 시장에 맞춰져 있었다. 이러한 상품의 한계를 극복하면서 아시아 시장에서 세일즈를 성공시키고 나니, '앞으로의 상품 개발에 결정 권한이 있어 영향을 끼칠 수 있는 사람이 되면 어떨까'라는 생각이 들기 시작한 것이다. 게다가 본사의 위치상 비즈니스의 중요한 결정은 팀장급 이상에서 이뤄지는 경우가 많았다. 나는 진심으로 그 물에 들어가보고 싶었다. 내가 진행하는 비즈니스에서 내목소리로 결정을 내리고 지금보다 훨씬 중요한 영향을 끼치는 사람이 되고 싶었다.

일이냐? 육아냐?

드디어 기회가 왔다. 시니어 세일즈 매니저로서 아시아에서 내 위치가 점점 중요해지고 있었고, 동시에 결정적으로 아주 매력적인 기회가 나에게 찾아왔다.

"은진씨, 이번에 새로 생긴 팀의 아시아 헤드 자리에 관심이 있으면 한번 생각해보는 건 어때요?"

매니저의 제안은 내 마음을 흔들어놓기에 충분했다. 새로운 팀의 아시아 헤드 자리. 현재 하고 있는 일과 크게 다르지 않고 지원하면 어느 정도 합격 가능성이 있는 자리였다. 또 시니어에서 매니저로 자연스럽게 커리어가 쌓이는 좋은 기회였다. 그런데 만약 매니저가 되면 최소 한 달에 절반은 해외로 출장을 가야 한다. 싱가포르와 일본은 정기적으로 가고 분기별로 한 번씩 일주일 동안 영국이나 미국으로 출장을 가야 하는 자리였다. 장기적인 경력 개발을 위해 너무나 매력적인 제안이었고, 나에게 하늘이 준 기회처럼 느껴졌다.

하지만 이렇게 출장이 많다는 것은 그만큼 내가 가족과 보내는 시간이 부족할 것이라는 뜻이었다. 첫째 아이는 필리핀 출신 가사 도우미가 육아를 담당하고 있고, 둘째 아이는 사정상 한국에 있는 친정 부모님이 돌보고 있는 상황에서 고민이 되지 않을 수 없었다. 가족을 꾸리면서 내가 가장 중시한 가치는 일과 삶의 균형이었다. 이 와중에 내 커리어만 앞세워 이기적인 결정을 내릴 수가 없었다.

이러한 고민을 결정적으로 단호하게 끝낸 사건이 있었다. 둘째가 심한 애착 불안 증상을 보이고 있었던 것이다. 친정 부모님이 크나큰 사랑으로 아이를 돌봐주셨지만 정작 엄마가 왔다 갔다 눈앞에서 자꾸 사라지니 아이의 마음이 많이 불안해진 상태였다. 할머니가 화장실을 가지도 못할 정도로 할머니 옆에 꼭 붙어 다녔다. 그리고 처음으로 어린이집에 갔던 날, 도착해서 끝나는 시간까지 할머니만 찾으며 하루 종일 악을 쓰며 울었다고 했다.

더 이상 고민할 필요가 없었다. 승진은 깨끗이 포기하기로 결정했다. 그래, 나의 선택은 커리어가 아니라 가정이다. 지금은 일보다 가정에 더 집중하자. 내 커리어보다는 내 아이들이 더 중요하다. 나의 선택은 승진이 아닌 가족으로 확실해진 순간이었다.

많은 후배 워킹맘들이 나에게 조언을 구해온다. 일에 대한 만족도도 높고 인정도 받아 욕심이 나서 직장을 다니며 좀 더 공부를 하고 싶은데 어쩌면 좋겠냐고. 결국 답은 모든 것을 다 가질 수 없다는 것이다. 아이가 어릴수록 엄마 손이 더 필요하다. 나도 경험으로 아이가 36개월이 될 때까지는 주 양육자가 바뀌지 않고 최대한 엄마가 아이 옆에서 많은 시간을 보내며 애착을 잘 형성하는 것이 너무 중요하다는 것을 느꼈다. 아이에게 엄마가 필요한 시기에는 그 외에 다른 것을 포기할 줄 아는 것도 용기다. 그리고 사실은 지금 포기한 것 같아도 그 선택이 몇 년 후에 다른 형태로 더 많은 열매로 몇 배가 되어 다시 돌아올 것이다.

하루는 옆 팀의 시니어 세일즈 매니저와 점심을 했다. 일 이야기를 한창 신나게 하다가 개인적인 이야기로 자연스럽게 흘러가게 되었다.

"은진씨는 지금 아이가 몇 살이에요?"

"지금 1살하고 3살 된 아들 둘이에요."

"이야, 완전 아기네요!"

"그러게요, 제가 듣기로는 매니저님 첫째 딸이 의대를 갔다고 들었는데 졸업했나요?"

"올해 7월에 졸업했고 지금은 인턴 중이에요. 둘째 아들은 지금 18살이고요."

"정말 매니저님은 다 키우셨네요! 애들 어릴 때 힘들어서 어떻게 일도 하고 육아도 하셨어요?"

"은진씨 모르나요? 저는 둘째 임신하고 바로 회사 그만뒀어요. 한 5년 쉬었지요. 그리고 집에서 아이들 키우는 데만 전념했어요."

"정말요…?"

전 세계로 출장을 다니면서 능력을 펼치는 그녀가 육아로 인해 회사를 쉰 적이 있다는 말을 들으니 너무나 흥미로웠다. 나는 계속해서 물었다.

"그럼 집에서 육아에만 전념하다가 어떤 계기로 회사에 나오시게 된 거예요? 다시 일하러 나오시기까지 쉽지 않은 결정이었을 것 같아서요."

"둘째가 5살이 되었을 무렵이었나, 하루는 친구 집에 놀러 간다고 해서 차로 태워다주는 길이었어요. 아이가 차에서 내리고 나를 보며 한마디 하더군요. '엄마, 이제 밖에서 저 안 기다려도 돼요!' 그 말 한마디를 훌쩍 하고 친구 집으로 뛰어 들어가는 아이를 보면서 '이젠 아이가 어느 정도 커서 스스로 할 수 있겠구나'라는 생각을 하게 되었어요. 아이들이 나를 필요로 하는 것보다 내가 아이들을 더 필요로 했던 건 아닌가 하고요. 그리고 다시 일하러 나왔죠."

눈을 반짝거리며 듣고 있는 나를 보며 그녀는 말을 이었다.

"은진씨, 시간은 정말 빨리 가요. 그리고 아이들이 크는 것도 정말 순식간이구요. 자신에게 가장 중요한 우선순위가 뭔지 알게 되면 당연히 포기해야 할 것도 생길 거예요. 그런데 지금 포기했다고 해서 나중에 기회가 다시 생기지 않는 것도 아니거든요."

아이들이 엄마를 제일 필요로 하는 시기에 그녀는 아이들을 키우는 데만 전념했고, 아이들은 엄마의 품에서 사랑을 듬뿍 받으며 자존감이 넘치고 남을 배려할 줄 아는 사람으로 컸다. 첫째 딸은 비즈니스를 하라는 부모의 권유에도 아픈 사람을 돕겠다는 사명감을 갖고

291

들어가기 어렵다는 홍콩대 의대에 당당히 합격했고, 둘째 아들도 내년에 대학 진학을 앞두고 있다고 했다. 그리고 그녀는 현재 회사에 무려 15년 넘게 재직하며 왕성하게 전 세계를 돌아다니면서 비즈니스를 하고 있다.

인생은 공평하다. 모든 것을 다 가질 수는 없다. 내 인생에 정말 중요한 것. 그리고 지금이 아니면 안 되는 것. 나의 선택에 집중하고 그렇지 않은 것은 과감하게 포기하는 것이 맞다. 나는 승진을 포기했지만 그 대신 직장을 다니면서 조금이라도 더 육아에 전념하기로 결정했다. 나의 선택이 남들이 다 말리는 말도 안 되는 무모한 도전일지라도, 혹은 지름길이 아니라 골목길을 돌고 돌아 더 돌아가는 길일지라도, 결국에는 내가 그토록 원하던 꿈에 한 발짝 가까이 가게 해줄테니 말이다. 선택과 집중, 그리고 포기. 남들이 뭐라고 하건 말건 신경 쓰지 말고 내 소신대로, 내 의지대로, 스스로 믿음을 가지고 멋지게 살기를!

나의 또 다른 파트너, 크리스

내가 회사 일에 집중할 수 있는 데에는 나의 또 다른 파트너의 힘이 가장 크다. 그녀의 이름은 크리스. 필리핀에서 홍콩으로 와 입주 가사 도우미로 일하는 그녀는 우리 가족과 함께 지낸 지 벌써 4년이다 되어간다.

홍콩에는 약 32만 명의 외국인 입주 가사 도우미들이 일하고 있다. 합법적으로 가사 도우미를 위한 워킹 비자가 있고 최저 임금이나 관련 규범 등이 잘 정비되어 있어 필리핀, 인도네시아, 태국, 미얀마 등 개발 도상국에서 많이 오는 편이다.

내가 크리스를 만난 건 홍콩에서 다니던 교회 목사님의 소개 덕분이었다. 중국인 가정에서 2년간 일하고 계약이 만료될 시점에 우리 집과 인연을 맺을 수 있었다.

고용주와 고용인의 관계를 떠나서 사실 나는 마음속으로 그녀를 깊이 존경한다. 육남매 중 첫째로 태어나 아들 둘을 낳고 둘째가 3살이 되던 해 그녀는 아랍 에미리트로 떠났다. 필리핀 시골에서 농사를 짓는 남편의 벌이로는 아이들의 교육비는커녕 생활비를 마련하기도 어려웠기 때문이었다. 그녀는 매월 열심히 일해서 번 돈을 거의 쓰지 않고 그대로 필리핀에 사는 가족에게 보낸다. 그렇게 그녀가 해외에서 번 돈은 가족뿐만 아니라 그녀의 시부모님, 친정 부모님, 형제자매들이 필요할 때마다 요긴하고 쓰이고 있다.

항상 긍정적이면서 성실하게 일하는 그녀를 보고 나 역시 현실에 감사하는 법을 배웠다. 나보다 훨씬 열악한 환경에 놓여 있음에도 불구하고 그녀는 항상 감사하며 주어진 것에 만족한다. 나는 그녀가 화를 내거나 거짓말하는 것을 단 한 번도 본 적이 없다. 그만큼 성숙한 인격과 성실한 태도를 가졌고, 아이들도 매사 사랑으로 돌본다. 열심히 일하는 그녀가 고마워 나는 법으로 정해진 최저 임금보다 매월 월급을 더 주고 주말에 일하거나 추가로 다른 일을 할 경우에는 보너스까지 챙겨준다. 이런 모습을 본받아 그녀의 두 아들 역시 훌륭하게 자랐다. 현재 첫째는 대학을 졸업하고 해양사로 일하고 있으며, 둘째는 대학을 다니고 있다.

그녀 덕분에 나 또한 내 일에 온전히 집중할 수 있었고, MBA에서 공부할 수 있었으며, 무엇보다 우리 아이들이 사랑을 듬뿍 받고 안정적인 환경에서 자랄 수 있었다. 내가 포기할 수밖에 없었던 아이들과 보내는 수많은 시간을 그녀가 묵묵히 대신해주었다. 앞으로 전 세계로 뻗어 나갈 나의 꿈의 여정에 그녀가 항상 함께하길 바라본다.

우리 가족의 또 다른 일원, 크리스

나의 브랜드를
전 세계로

▶▶▶　　브랜드란 제품 및 서비스를 식별하는 데 사용되는 명칭이나 기호, 디자인 등을 말한다. 개인에게 브랜드란 시장에서 불리는 자신의 이름일 것이다. 내가 속한 조직, 이를테면 학교나 회사에서 사람들이 과연 나를 어떻게 보는가? 그리고 나는 어떻게 설명되고 싶은가? 직장인으로서 나의 브랜드를 생각해보는 것은 아주 의미 있는 작업이다.

　　브랜드를 어렵게 생각할 필요는 없다. 내 동료 E는 회사 사람들로부터 '소식통'이라고 불린다. 일을 잘하는 것은 물론, 무엇보다 사교성이 좋아 회사 내부의 여러 부서 사람들을 속속들이 알고 친하게 지내기 때문이다. 처음 만나는 사람에게도 특유의 친화력을 발휘하는 그는 '다정하고 사교성이 있는 사람'이라는 자신만의 브랜드를 꾸준히 키운 결과 오랫동안 원했던 부서로의 내부 이동에 큰 무리 없이 성공할 수 있었다.

그런가 하면 국내 대기업 재무팀에서 일하는 후배의 브랜드는 '들이대는 놈'이다. 회사에 입사하기 전부터 그는 금융과 재무 쪽으로 일찍이 진로를 정하고 관련 기회가 있으면 무조건 들이댔다. 그래서 대학 재학 중 증권사 인턴십 및 관련 분야 공모전 수상 등 다양한 경력을 쌓을 수 있었고, 그의 들이대기 정신은 입사해서도 이어지고 있다.

나에 대한 동료들의 의견을 들어보니 회사에서 나의 브랜드는 '긍정적이고 일 잘하는 직원'이었다. 사실상 나는 아시아에서는 어느 정도 인정받고 있었으나 글로벌 회사에 다니는 만큼 나의 브랜드를 전 세계로 알리고 싶었다. 내가 담당하는 회사도 글로벌 은행이 많고 그들 역시 중요한 결정은 미국이나 영국에서 이뤄지는 경우가 많았기 때문이다. 그렇게 시작되었다. 런던 출장 프로젝트가!

런던으로 출장을 가야만 하는 이유

출장 프로젝트의 타깃을 런던으로 결정한 이유는 내가 담당하는 글로벌 은행의 본사가 그곳에 있기 때문이었다. 그리고 무엇보다 아시아와 시간대가 겹쳐 긴밀하게 일하는 런던 동료들과도 실제로 만나보고 싶었다. 하지만 나는 런던 출장을 갈 일이 전혀 없었다. 내가 담당하는 고객은 모두 아시아에 있었기에 일본, 싱가포르, 말레이시아, 중국 등으로만 언제든지 출장을 갈 수 있을 뿐이었다.

그러던 어느 날, 친한 동료들과 점심을 먹다가 런던 이야기가 나왔다.

"런던으로 출장을 한번 가보고 싶은데 좋은 아이디어가 없을까?"

나의 질문에 동료는 의외로 술술 답을 했다.

"그래? 너무 쉬운 거 아냐? 너 아시아 담당하잖아. 런던에 있는 고객들 만나서 최근 아시아 금융계 트렌드나 뉴스를 전달해주고 아시아 쪽에서 도와줄 분야가 있는지 알아보면 되겠네."

"오, 좋은 아이디어다! 근데 그게 먹힐지는 잘 모르겠어……."

"뭐든지 네가 어떻게 스토리를 만드느냐 나름이야. 내가 보기엔 충분히 의미 있을 것 같은데?"

나는 골똘히 전략을 짜기 시작했다. 정말 바야흐로 아시아 시대였다. 미주와 유럽은 날로 극심해지는 정부 규제로 이미 많은 글로벌 은행이 규모를 축소하고 비용을 삭감하고 있는 반면, 아시아는 그야말로 전략적인 중심지가 되어가고 있었다. 특히 중국을 타깃으로 한 새로운 비즈니스가 계속 생기고 채용이 늘어나면서 경제가 활기를 띠고 있었다. 이런 상황에서 현재 아시아에 대한 구체적인 정보를 그들도 듣고 싶어 하지 않을까? 그것도 홍콩에서 온 현지 매니저한테 직접 듣는다면? 나는 큰 그림을 그리며 내가 만날 고객들을 정리해보았다. 그리고 그 미팅을 통해 전달할 수 있는 가치와 얻을 수 있는 장점, 비즈니스의 관점에서 어떤 시너지를 낼 수 있는지 자세히 적어서 매니저에게 제출했다. 아무도 나에게 가라고 떠밀지 않은 출장이었고, 아무도 요청하지 않은 런던행이었다. 그러나 나는 스스로 그 필요를 만들었고 적극적으로 요구했다.

결론적으로 너무나 쉽게 승인이 났다. 심지어 매니저는 좋은 아이디어라며 칭찬까지 해주었다. 인생의 모든 일이 그런 것 같다. 할까 말까 수없이 고민해도 막상 해보면 별거 아니라는 것. 무엇이든지 내가 어떻게 하느냐에 달렸다는 것. 나는 모든 미팅 자료를 완벽하게 만든 후 런던행 비행기에 몸을 실었다.

13시간의 장거리 비행을 마치고 도착한 런던은 예상했던 대로 어둡고 음산한 날씨로 나를 맞아주었다. 그러나 다음 날 아침 일찍 사무실에 도착한 나는 홍콩보다 두세 배는 족히 큰 회사의 규모에 놀라고 말았다. 열심히 준비해간 미팅 역시 모두 순조롭게 좋은 결과를 낼 수 있었다. 미국계 은행 IT팀의 유럽 매니저는 내부 소통이 쉽지 않아 아시아 쪽 상황을 잘 몰랐는데 덕분에 구체적으로 알 수 있었다며 감사의 인사를 건넸다.

아시아에서만 잘 알려져 있던 '서은진'이라는 브랜드는 조금씩 영국에 알려지기 시작했다. 그리고 언젠가 전 세계에 '긍정적인 아시아 세일즈 전문가'라는 나의 브랜드가 전달될 것이라고 믿는다.

○

피터와 함께한 점심 식사

한창 일을 열심히 하고 있는데 아래와 같은 제목으로 이메일이 왔다.

피터와 함께하는 점심 식사에 초대합니다!

피터? 피터가 누구지? 새로운 동료인가? 고객 이름인가? 궁금해
하며 이메일을 열어보는데 나는 하마터면 그 자리에서 얼어붙는 줄
알았다.

"홍콩 사무실의 우수 직원으로 뽑힌 것을 축하드립니다. 이번 회장님
의 홍콩 방문 일정에 맞춰 우수 직원들과 함께 식사하는 자리를 마련
해 회사 발전에 대한 여러분의 의견을 듣고자 합니다. 함께 건설적이
고 좋은 의견을 많이 나눌 수 있도록 참석을 부탁드립니다."

맙소사. 피터가 우리 회사의 회장님 피터라니! 너무 놀라서 입이
다물어지지 않았다.

사무실의 대회의실에서 진행된 점심 식사. 그가 밝게 웃으며 들어
오더니 바로 내 옆자리에 앉는 게 아닌가! 항상 공식석상에서만 보
다가 바로 옆에서 보니 오히려 더 친근하고 옆집 할아버지 같은 느낌
이 들었다. 게다가 세련된 옷차림, 훌륭한 매너에 나는 그에게 한눈

○

에 반해버렸다. 환갑이 넘은 나이에도 그는 런던, 홍콩, 싱가포르, 중국, 남미 등 전 세계에 열정적으로 출장을 다니며 직원들을 만나 회사 비전을 전하고 고객들을 만나 비즈니스를 만들어나가고 있었다. 딱 내 롤 모델이었다!

우리는 모두 샌드위치를 먹으며 피터의 이야기에 귀를 기울였다.

"오늘 이렇게 다들 자리해줘서 고맙습니다. 우리 회사가 직원들이 일하기 좋은 회사로 변하고 있는지 그에 대한 직원들의 이야기를 직접 듣고 싶어서 여러분을 초대했습니다."

너무나 자유롭고 열린 분위기에서 함께 참석한 동료들이 의견을 나누기 시작했다.

"저는 두 아이의 엄마입니다. 그런데 사실 아이를 키우며 회사에서 풀타임으로 일하는 게 쉽지는 않습니다. 일하는 시간을 조정할 수 있다든지 하는 다양한 복지가 있으면 좋을 것 같습니다."

"개인적으로 저는 회사가 이미 충분히 잘하고 있는 것 같아요. 런던에서 일할 때 저에겐 아시아에서 일하고 싶은 목표가 있었는데 회사가 그 기회를 줘서 이렇게 홍콩에서 일하고 있습니다. 이런 기회가 다른 직원에게도 많이 생겼으면 좋겠어요."

나도 말을 이었다.

"저는 회사에 멘토&멘티 시스템이 있었으면 좋겠어요. 예전에 있다가 지금은 없어진 걸로 아는데 아무래도 매니저가 이끌어줄 수 있는 영역과 멘토가 해줄 수 있는 영역은 다르니까요."

같은 테이블에 앉아 있던 피터의 비서는 우리가 하는 모든 말을 받아 적었다. 그리고 피터는 우리의 말을 진지하게 경청해주었다. 나는 회장님의 사람을 이끄는 리더십과 배려에 큰 감동을 받았다. 그저 높은 임원이나 경영 전략 부서가 회사를 이끌어가는 게 아니라 실질적으로 회사에서 일하고 있는 직원 한 명 한 명을 다 챙기고 아낀다는 인상을 받을 수 있었다.

그리고 여기서 나온 의견이 회사에 조금씩 반영되고 있음을 느낄 수 있었다. 물론 이 미팅이 직접적인 영향을 끼친 것은 아니겠지만 단 12주였던 산휴 휴가는 전 세계적으로 15주로 늘어났다. 또 그 외에 뉴욕이나 런던 등으로 해외 파견을 가는 직원들도 적잖게 볼 수 있었다.

회사의 노력이, 회장님의 노력이, 그리고 직원의 노력이 그 조직을 더 글로벌한 조직으로 만들어나가는 데 초석이 되지 않았을까. 내가 속한 조직에서 나의 브랜드를 전달하는 것도 중요하지만 내가 속한 조직을 먼저 글로벌한 브랜드로 만들어가는 것. 이 역시 개인의 태도와 자세에 달린 게 아닐까 생각해본다.

영국 출장에서 만난 마음이 따뜻한 동료 샬럿과 함께

행운을 불러오는
비밀

▶▶▶　이곳은 싱가포르. 아침부터 일하고 자정이 되어서야 호텔
에 도착했다. 이번 출장에 동행한 매니저가 공항 가는 길에 나에게
물었다.

"은진씨는 주로 비행기에서 어떤 영화를 보나요?"

"아, 사실 저는 영화를 잘 안 봐요. 출장 가는 비행기 안에서는 항
상 미팅을 준비하거든요."

비행기 안에서 나는 다음날부터 이어질 미팅 준비에 정신이 없다.
보통 사람은 교통수단에 있을 때 새로운 아이디어가 많이 생긴다고
한다. 종이를 꺼내놓고 미팅할 내용의 목차, 각 파트별 구체적인 사
안, 강조할 부분 등을 아주 세세히 적어 내려간다. 또 사전에 과거 미
팅 기록 및 고객사와 관련된 최근 뉴스와 트렌드도 꼭 챙긴다. 그제
야 자신감이 좀 생긴다. 내일부터 시작될 미팅도 잘 끝나겠구나. 좋

은 결과가 생기겠구나. 행운을 부르는 방법에는 거창한 비밀이 있는 게 아니다.

아비쉑 교수님이 홍콩으로 온 이유

홍콩대 MBA를 다니면서 가장 인상 깊었던 교수님이 한 분 있다. 미국 에모리대에서 혁신 및 차세대 정보 기술 분야에서 박사 학위를 받고 교수로서 학생들을 가르치다 홍콩으로 오신 아비쉑 카투리아 (Abhishek Kathuria) 교수님이다.

교수가 되기 전 그는 영국에서 5년 동안 컨설팅 회사에서 일했다. 그곳에서 IT 기업들의 시스템 개발 및 관리, 혁신과 차세대 정보 기술 등을 자문해주는 일을 했다. 그 과정에 그는 항상 이런 의문이 들었다.

"내가 진정 원하는 나의 꿈은 무엇인가?"

안정적인 직장에 좋은 대우, 무엇 하나 나무랄 데가 없었다. 그럼에도 불구하고 그는 새로운 도전을 한다. 미국으로 다시 공부를 하러 떠난 것. 그가 진정으로 원하는 꿈은 교수가 되어 자기 분야의 연구를 계속하고 학생들을 가르치는 것이기 때문이었다. 박사 학위를 받고 교수로서 학생들을 가르치면서 그는 얼마 지나지 않아 골치 아픈 문제에 봉착한다. 그것은 바로 미국 비자. 인도인인 그에게는 미국 영주권이 없었는데, 여기에 배우자의 워킹 비자 문제까지 겹쳐 상당히 복잡한 상황이었다. 보통 사람들은 이런 일이 닥치면 '나는 왜 이리 운이 없을까' 하며 현실을 탓하기 마련인데 그는 달랐다. 이것을 또 다른 기회로 보았다. 어차피 미국에 남기 힘들다면 고향인 인도와 가까운 곳에서 학생들을 가르치면 좋겠다고 생각하고 홍콩대로 오게 된다.

사람들은 운이 좋은 사람들을 보면 쉽게 말하곤 한다. '쟤는 너무 운이 좋아' 혹은 '저 사람은 어쩌다 운이 좋아서 잘 걸려든 거야'라고. 하지만 자세히 보면 그렇게 좋은 운을 만나기까지 아주 오랜 시간 남들에게 보이지 않는 어두운 곳에서, 자기 자리에서 묵묵히 노력한 시간이 있음을 알 수 있다.

아시아에서 가장 좋은 대학교인 홍콩대 경영 대학 교수. 그 누구라도 탐낼 자리임이 분명하다. 그에게 주어진 운은 그가 5년 동안 열심히 일했던 컨설팅 회사에서의 경력과 또 5년 동안 미국에서 땀 흘려 공부하고 연구해 얻어낸 박사 학위와 강의 경력이 있었기 때문에 가능했다.

그리고 단언컨대 그에게는 앞으로도 더 많은 행운이 따를 것 같다. 그는 홍콩에서 컨설팅 회사를 차려 여러 기업들의 자문을 해주고 있고, 최근에는 배우자와 함께 스타트업 회사를 창업해 경영하고 있다. 게다가 홍콩에서 수업이 없을 때는 고향인 인도에 있는 대학에 가서 무료로 경영 정보 기술 강연을 한다고 한다.

행운을 가져오는 법. 행운의 기회를 끊임없이 만들고 이를 통해 발전하는 것이다. 즉, 이러한 행운은 어쩌다 걸려든 것이 아니라 개인의 마음가짐과 태도에 따라 만들어진 것이 아닐까. 내 미래의 행운은 내 손 안에 들어 있다는 것. 행운을 위해 나는 어떤 기회를 만들어나가고 있는가?

비키의 꿈을 이뤄준 중국어 책 한 권

영국에서 온 동료 비키는 언어에 관심이 많다. 모국어인 영어 외에도 프랑스 어와 이탈리아 어도 유창하게 한다. 그런데 하루는 이런 생각을 했단다.

'이번에는 아시아 언어에 한번 도전해볼까? 그럼 중국어가 재밌겠다!'

그녀는 곧바로 중국어 학원에 등록하고 회사 책상에 학원에서 공부하는 중국어 책을 꽂아놓았다. 그러던 어느 날, 매니저가 무심코 지나가다가 그녀의 책상에 꽂혀 있던 중국어 책을 보게 되었다.

"어, 너 중국어 공부하니? 그럼 아시아에서 일하면 되겠다!"

이를 계기로 그녀는 사내에서 대놓고 떠들고 다니기 시작했다. 아시아에서 일하고 싶다고. 기회는 의외로 빨리 찾아왔다. 아시아에 있는 동료와 두 달 정도 위치를 바꿔서 일하는 교환 프로그램에 뽑힌 것이다. 이를 통해 그녀는 두 달 동안 홍콩에서 일할 수 있는 기회를 얻게 되었다. 그리고 영국에 돌아가서도 언젠가 아시아에서 일하겠다는 꿈을 놓지 않고 꾸준히 일했다.

그리고 5년 후, 새로운 홍콩팀 매니저 포지션에 그녀는 용기를 내어 지원했고 결국 아시아로 오게 되었다. 그녀는 말한다. 내가 꿈꾸는 일이 당장 내일 이루어지진 않는다고. 그렇지만 그 꿈을 간직한 채 조금씩 노력하면 언젠가는 이뤄진다고. 비키의 꿈은 한 권의 중국어 책에서 시작되었고, 결국 그 책이 그녀에게 좋은 기회를 가져다주었다. 어쩌면 우리가 그렇게 바라는 행운도 이렇듯 사소한 것에서 시작되는지도 모른다. 사소한 것이 조그만 기회를 만들고 그것이 큰 기회로 이어져 결국 내 인생에 큰 행운이 찾아오는 것이다.

모든 것은 시간이 걸리기 마련이다. 내 꿈을 간직하며 꾸준히 노력한다면 언젠가 내가 그리던 그 꿈속에서 살고 있는 현실이 찾아올 것이다. 행운을 불러오는 비밀은 바로 거기에 있다.

05

나의
무대 위에 서서

▶▶▶ 　　홍콩 센트럴에 위치한 한 글로벌 은행의 빌딩. 나는 동료
와 함께 15층으로 향한다. 직원의 안내를 받아 회의실에 도착하니
다행히 미팅 시간 10분 전이라 텅 비어 있다. 나는 가져온 노트북을
켜고 준비한 프레젠테이션 자료를 화면에 띄웠다. 시간이 조금 지나
자 약속했던 고객이 회의실 안으로 들어오기 시작했다.

"안녕하세요? 토니 대표님, 알렉스 전무님. 바쁜 시간 내주셔서
감사합니다."

"반가워요, 은진씨."

"오늘 미팅, 두 분과 함께 바로 시작해도 되겠습니까?"

"아뇨, 오늘은 아시아 각국의 채권 세일즈 헤드와 매니저가 유선
으로 참석할 겁니다. 자, 다들 전화 라인에 들어와 있나요?"

글로벌 은행 채권 세일즈의 아시아 대표 및 전무와의 미팅. 그리

고 호주, 싱가포르, 일본, 말레이시아 담당자들도 참석했다. 나는 크게 숨을 한 번 쉬고 말을 시작했다.

"토니 대표님, 아주 바쁘신 것 잘 알고 있습니다. 오늘 미팅은 1시간으로 잡았는데 충분하신가요?"

"아뇨, 바로 다른 스케줄이 있어서 오늘은 30분 안에 끝내도록 합시다."

"네, 잘 알겠습니다. 그럼 시간 관계상 본론으로 바로 들어가도록 하겠습니다. 오늘 제가 발표할 주제는 이미 말씀드린 대로 총 두 가지입니다. 먼저 기존의 채권 거래 기록을 바탕으로 스마트한 채권 거래 아이디어를 제공해주는 새로운 기능을 소개하겠으며, 그다음으로는 수기 절차 없이 자동으로 거래를 배분해주는 기능을 소개하도록 하겠습니다."

나는 자신 있게 미팅을 주도해나갔다. 아시아 대표가 참석하는 중요한 미팅이었고, 따라서 좋은 결과를 내야만 한다는 상당한 부담을 가지고 있었다. 대표의 결정에 따라 아시아 전체를 담당하는 거래가 성사될 수 있을 만큼 규모가 컸기 때문이다. 이 미팅을 위해 나는 일주일이 넘게 프레젠테이션을 준비했고, 실제 미팅 전에 매니저와 실전처럼 스피치 연습도 했다. 열심히 준비한 덕에 자신감 있고 당당하게 미팅에 임할 수 있었다. 당연히 미팅 결과도 긍정적이었다.

글로벌 은행의 전략과 미래를 결정하는 주요 임원과 실무진들 앞에서 미팅을 진행하는 바로 그 무대. 이것이 나의 지식과 경험을 기반으로 내 역량과 기량을 뽐낼 수 있는 최고의 무대이다. 이곳에서 나는 내가 할 수 있는 최선의 노력으로 최고의 모습을 보여줬다. 수많은 실패와 좌절을 겪고서 이루어낸 무대. 철저한 준비와 연습으로 인해 그 무대에서 나는 더 이상 떨지 않았으며 두렵지도 않았다. 온전히 즐길 수 있는 나의 무대. 앞으로의 나의 무대는 더 큰 세계를 향하고 있다.

지금, 나는 내 인생의 주인공이다

얼마 전 한 방송국의 PD가 연락을 해왔다. 엄마나 아내가 아닌 여자로서 주체적인 삶을 사는 사람을 취재하는 다큐멘터리를 만들고 있다면서 나에게 출연을 요청한 것이다. 세상에 내가 TV에 나온다고? 무의식적으로 말도 안 된다는 생각이 들었다. 나는 방송인도 아니고 단 한 번도 TV에 출연한 적이 없는데 왜 나를…? PD는 정중하게 나를 설득했다. 나머지 출연자분들도 대부분 일반인이고, 내가 해외에서 열심히 커리어를 쌓으며 엄마로서 아내로서 생활하는 평범한 일상이 오히려 다른 사람들에게 공감과 용기를 줄 수 있다고 말이다.

곰곰이 생각해본 끝에 긍정적으로 수락을 했고 몇 주 후 담당 스태프 3명이 홍콩을 방문했다. 그리고 내가 주로 활동하는 곳을 따라다니며 카메라에 담기 시작했다. 가족이 함께 지내는 우리 집, 내가 일하는 회사 사무실, 미팅이 있는 고객사 사무실, 그리고 MBA 수업을 듣는 홍콩대 캠퍼스. 화면에는 나오지 않았지만 주말에 참석한 홍콩 동료의 결혼식장까지……. 사흘 동안 아침부터 저녁까지 늘 붙어 다니며 출퇴근하는 길까지 촬영했다.

드디어 다가온 방송 날, 〈지금, 여자입니다〉라는 제목의 다큐멘터리가 jtbc에서 방송되었다. 두근거리는 마음을 안고 TV 안에서 펼쳐지는 내 모습을 보았다.

홍콩에서 펼쳐지는 나의 무대. 글로벌 비즈니스를 할 수 있는 회사가 있고, 그 무대에서 나는 전 세계를 돌아다니며 많은 사람들을 만난다.

내가 공부할 수 있는 무대. 다양한 인재들이 모여 지식을 쌓으면서 의견을 나누는 MBA가 있고, 그 무대에서 나는 새로운 아이디어를 얻고 앞으로 다가올 미래에 대해 배운다.

나에게 주어진 최고의 무대. 나에게 엄마라는 선물을 안겨준 아이들과 남편이 머무는 집이 있고, 그 무대에서 나는 매일 울며 웃고, 인생을 배우고, 삶의 의미를 깨달으면서 지혜롭고 현명한 엄마로 아내로 커가고 있다.

이 무대에서 나는 최선을 다해 삶을 살고 있고 이곳에서만큼은 나 자신 그대로일 수 있다. 이 무대 위에서 나는 반짝반짝 빛나는 글로벌 커리어 우먼으로, 열혈 학생으로, 지혜로운 엄마로 등장한다. 이 무대 위에서만큼은 내가 주인공이고 내가 주연 배우이다. 나에게 주어진 이 모든 것들이 지금까지 내가 노력해서 얻어낸 나의 무대라는 것을 나는 안다. 그리고 앞으로 나의 무대는 세계로 더 뻗어 나가고 더 신날 것임을 안다. 지루하지도 재미없지도 답답하지도 않다. 나에게 주어진 이 무대가 감사하고 행복하다.

가끔 이런 생각이 든다. 한 사람에게 주어진 무대의 한계는 스스로 만드는 게 아닐까. 해보기도 전에 포기하고, 해볼 생각조차 하지 않고, 막상 해보려고 해도 실행하지 않을 때가 얼마나 많은가. 내가 꿈꾸는 나의 무대, 내가 원하는 나의 무대는 무엇인가. 나는 그것을 위해 오늘 어떻게 준비하고 있는가.

지금 나의 무대는 무엇인가? 과연 나는 그 무대에서 최선을 다하고 있는가? 익숙한 삶, 반복된 일상, 지루하고 답답한 매일……. 나에게 주어진 무대를 불평하기 전에 그 무대조차도 누군가에게는 그토록 원하는 그 무엇일 수 있다는 사실을 깨달아야 한다. 그리고 나에게 주어진 무대에 감사하며 최선을 다해 멋진 무대를 만들어나가야 한다.

나의 무대. 나를 중심으로 움직이는 무대. 온전히 내가 나를 몰아넣을 수 있는 무대.

나는 어떤 무대를 가지고 있고, 또 어떤 무대를 만들어나가고 싶

313

은가?

    수많은 청중들의 박수 속에서 주인공이 되어 화려한 스포트라이트를 뒤로 한 채 반짝반짝 빛나는, 나의, 그리고 여러분의 멋진 무대를 응원한다.

jtbc〈지금, 여자입니다〉다큐멘터리 중에서

시간 관리
어떻게 하나요?

"도대체 시간 관리는 어떻게 하나요?"

워킹맘으로서 가장 많이 들었던 질문이다. 두 아이를 키우며 풀타임으로 일하고, MBA 공부를 하면서 블로그와 강연, 그리고 부동산 투자까지 열심히 하는 나를 보고 사람들은 혀를 내두른다. 사실 일하면서 육아까지 하기란 쉽지 않다. 하지만 그렇다고 불가능하기만 한 건아니다.

일을 하면서 가장 중요한 것은 일과 삶의 밸런스를 맞추는 것이다. 일만큼 개인의 삶도 중요하기 때문이다. 어떤 일을 하면서 인생의 전부를 희생시키지 않는 방법이 분명히 있다. 균형 잡힌 삶을 살아야 더 나은 사람이 되고, 조직 안에서도 훌륭한 리더로 성장할 수 있다. 인생의 균형이 잘 잡혀 있을 때 어떤 일을 해도 효율적으로 할수 있기 때문이다.

기본적으로 평일 하루 일과는 다음과 같다. MBA 과정 중에 있을 때는 퇴근 후 바로 학교로 가서 오후 10시까지 수업을 듣느라 집에 돌아오면 파김치가 되곤 했는데 학교를 졸업하고 나니 개인적인 여유가 많이 생겼다.

시간	일정
오전 7시	출근 준비
오전 8시 ~오후 6시	회사 근무 (야근을 거의 하지 않는다)
오후 6~7시	퇴근
오후 7시~9시	아이 돌보기 (아이들은 9시 전에 자도록 습관을 들였다)
오후 9시~12시	개인 시간 · 운동 · 독서 · 블로그 글쓰기 · 온라인 강연 듣기 · 한국 가족과 통화 등

1. 가장 중요한 일을 제일 먼저 한다

시간 관리에 관한 가장 중요한 원칙이다. 회사든 집이든 어디서든 이 원칙은 적용된다.

회사에서는 가장 중요하고 우선순위가 높은 일부터 처리한다. 회사 안에서 나만의 경쟁력을 쌓기 위해서는 내가 정말 잘하는 분야, 앞으로 업계에서 전망이 있는 전문 분야를 키우는 것이 중요하다. 따라서 내가 할 수 있는 일을 찾아 역량과 능력을 쌓는 데 집중해야 한다. 즉, 굳이 내가 하지 않아도 될 일은 다른 사람에게 일임하는 것이다.

미국의 헤드헌팅 그룹인 로버트 해프 인터내셔널에 따르면 보통 직장인이 일하는 시간은 근무 시간의 절반뿐이라고 한다. 나머지

50%는 낭비된다. 동료와 수다를 떨거나, 지각하거나, 오랫동안 점심을 먹고 차를 마시거나, 일찍 퇴근한다. 사적인 전화를 걸고, 신문을 읽고, 개인적인 일을 하고, 인터넷 검색을 하며 시간을 낭비한다. 월급을 받는 시간의 50% 정도만 실제 일과 관련된 활동에 쓴다.

보통 직장인들은 일을 할 때 중요하고 어려운 일보다는 재미있고 쉬운 일부터 처리한다. 그런 일들은 대개 사소하며 우선순위가 낮다. 하지만 우선순위가 높은 일에 집중하고 중요한 일부터 해야 시간을 더 효율적으로 관리하는 동시에 나만의 경쟁력을 쌓을 수 있다. 언젠가부터 나도 아침에 출근하자마자 스케줄을 보고 일정을 다시 확인하며 중요한 일부터 처리했다. 그 후로 나는 거의 야근을 하지 않게 되었다.

집에 있을 때는 아이와 함께 보내는 시간에 집중한다. 청소나 빨래 등 집안일보다 더 중요한 것은 아이와 함께 눈을 맞추며 교감하는 일이다. 따라서 워킹맘이든 전업맘이든 집안일에 있어 외부 도움을 받을 수 있다면 아주 좋다. 집이 좀 지저분해도 스트레스를 받지 않는다. 정말 중요한 것은 아이와 즐겁게 시간을 보내는 것이니 말이다. 그리고 아이와 함께할 때 컴퓨터를 하거나 휴대 전화를 보지 않는다. 아이와 함께하는 데만 오롯이 집중한다.

나의 경우 다행히 입주 가사 도우미가 거의 모든 집안일을 담당하고 있어서 굉장히 많은 도움을 받고 있다. 그러나 주말이나 공휴일처럼 도우미가 쉬는 날에도 집안일을 거의 하지 않으려고 노력한다. 그

래서 우리 집은 항상 지저분함에도 전혀 개의치 않는다. 도우미에게
도 집안일보다는 아이를 돌보는 육아에 더 관심을 쏟으라고 이야기
하는 편이다.

2. 하루에 남아도는 자투리 시간을 이용한다

하루 중 의외로 10~20분씩 남아도는 시간이 많다. 짧은 시간엔 특히
집중이 잘된다. 화장실에서 세안을 하면서 짧은 영어 TED 강의 한
편을 들을 수 있고, 출퇴근하는 교통수단 안에서도 책을 볼 수 있다.
나는 잠들기 전의 시간을 잘 활용하는 편으로, 주로 다음 날 있을 미
팅이나 중요한 업무 등을 떠올리고 메모를 하며 전략을 짠다. 혹은
영어로 된 원서를 소리 내어 읽으면서 영어의 감을 유지하기도 한다.
　다음은 데일 카네기(Dale Carnegie)의 『카네기 행복론』에 등장하
는 이야기다.

> "미국에서 가장 성공한 보험 판매원인 프랭크 베트거(Frank Bettger)
> 는 하루의 계획을 세우는 데 아침까지도 기다리지 않았다. 그는 이미
> 전날 밤에 계획해 이튿날 판매할 보험의 액수를 결정한다. 전날 팔다
> 가 남은 잔액은 다음 날의 목표액에 추가한다."

3. 해야 할 일은 체크 리스트로 관리한다

다이어리든 휴대 전화 애플리케이션이든 개인의 성향과 선호도에

따라 편리한 것을 사용하면 된다. 나는 휴대 전화 애플리케이션을 사용하는데, 해야 할 일이나 중요한 메모 등을 이곳에 적어놓고 관리하기 때문에 잊어버리는 일이 없고 효율적으로 시간을 쓸 수 있다. 그리고 꿈과 목표를 써놓고 자주 들여다본다. 나의 꿈과 목표는 무엇이며 어떻게 이룰 것인지도 자주 생각한다. 꿈은 머릿속에 상상으로만 남아 있는 게 아니다. 어떻게 실행해 삶으로 현실로 이룰 것인지가 더 중요하다. 자주 들여다보고 자주 생각하고 또 자주 상상하며 조금씩 실행해보자. 그러다 보면 어느새 시간 관리의 달인이 되어 꿈에 한 발짝 더 다가가 있는 내 모습을 발견하게 될 것이다.

4. TV를 보지 않는다

방송통신위원회에 따르면 한국인의 TV 시청 시간은 하루 평균 3시간 11분이라고 한다. 하루에 3시간, 1년이면 천 시간이 넘는데 그냥 TV만 보기에는 인생이 너무 아깝지 않나. 우리 집에는 TV가 없다. 그러다 보니 아이가 잠들고 난 후에 개인 시간이 많이 생겼다. 그리고 TV 소음 등에 방해를 받지 않아 독서나 책 집필 등 개인적으로 집중해서 할 일도 효과적으로 할 수 있었다. 집에 있는 TV를 꺼보자. 그리고 휴대 전화도 과감하게 잠시만 내려놓자. 내가 발견하지 못한 숨어 있는 시간을 보다 생산적으로 쓸 수 있을 것이다.

평범한 작은 시작이
특별해지는 짜릿한 순간

나는 누군가를 만나면 그 사람을 유심히 살피는 습관이 있다. 그중에
서도 유난히 특별하게 느껴지는 사람들이 있다. 그런 사람들은 얼굴
이 예쁘거나 잘생겨서도 아니고, 몸매가 좋거나 옷을 잘 입어서도 아
니다. 대단한 배경을 가져서도 아니고, 연봉이 높거나 대단한 권력이
나 힘을 가져서도 아니다.

　MBA 동기 중에 '키트'라는 홍콩 친구가 있다. 그녀는 두 아이를
키우는 워킹맘으로 금융 회사에서 일하면서 공부가 더 하고 싶어
MBA에 입학했다. 처음에 그녀를 만났을 때는 작지도 크지도 않은
평범한 키와 몸매, 그리고 외모에 그리 큰 인상을 받지는 못했다. 그
런데 그녀를 보면 볼수록 점점 그녀가 특별하고 매력적인 사람이라

고 느껴졌다. 왜 그럴까? 객관적으로 유심히 살펴보니 그 이유를 알
수 있었다.

　바로 그녀의 태도 때문이었다. 말투는 항상 겸손했고 자기가 말하
기보다는 남의 말을 더 잘 들어주었다. 내 이야기가 그다지 재미없어
도 항상 깔깔거리며 함께 웃어줘 덩달아 나까지 기분이 좋아지곤 했
다. 일하면서 육아하는 게 쉽지 않을 텐데 나는 그녀가 불평하는 것
을 단 한 번도 본 적이 없었다. 그저 충실하게 수업에 참석하고 열심
히 공부하는 모습에 나도 더 자극을 받았다. 그런 그녀와 함께 시간
을 보내다 보니 평범했던 그녀가 점점 더 특별한 사람으로 보이기 시
작했다.

　특별하고 매력 있는 사람에게는 말투, 제스처, 웃는 인상, 다른 사
람의 말을 경청하는 태도, 지혜롭게 다른 사람을 이해하고 공감하는
능력, 다른 사람을 존중하고 스스로 겸손해하며 자신감에 찬 모습 등
온몸에서 뿜어져 나오는 아우라가 있다. "나는 특별한 존재야!"라고
자기 입으로 말하지 않아도 그저 그 존재만으로도 특별함이 묻어 나
오는 사람이다. 스스로 느끼지는 못하지만 한눈에 봐도 자아존중감
이 높은 사람이다.

나는 성공한 사람이 아니다

이 책이 나오기까지 3년이 넘는 시간이 걸렸다. 그 사이 원고를 썼다 지웠다 고치기를 수십 번 하면서 표현의 한계를 느끼기도 했다. 하지만 글을 쓰는 내내 평범한 나의 모습과 내가 했던 경험이 점점 더 특별해지는 것을 느꼈다.

나는 절대 성공한 사람이 아니다. 나보다 훨씬 대단하고 존경할 만한 업적을 이룬 사람들이 수없이 많다. 그럼에도 불구하고 한없이 평범한 나의 경험과 배움이 어떤 이들에게는 특별한 이야기로 남아 그들 삶에 도움이 되지 않을까. 대단하지 않은 이야기라 해도 내가 겪은 실패와 좌절마저도 그들에게는 공감을 주고 나도 할 수 있다는 자신감을 불어넣어줄 수 있지 않을까. 나보다 더 멋지고 똑똑하고 현명한 청년들은 그 어떤 일을 도전해도 다 할 수 있을 거라고 생각한다. 이 책이 그 일을 해나가는 데 조금이라도 도움이 된다면 나는 성공한 사람이라고 자신 있게 말할 수 있다.

마지막으로 얼마 전 나는 6년간 몸담았던 직장에서 나오게 되었다. 어쩌면 이 시간이 나에게는 또 다른 도전과 기회를 탐할 수 있는 축복의 시간이 될 수 있겠다는 생각이 든다. 그렇게 설레는 마음을 안고 나는 평범한 일상으로 돌아가 또다시 특별한 미래를 그릴 것이다. 특별한 미래는 내가 오늘 조금씩 도전함으로써 다가오는 것이기 때문이다. 그것이 바로 내 현실이고 내 미래고 내 꿈이 아닐까.

◯

자.

눈을 감고 상상해보자.

나의 1년 후 미래는 어떤 모습일까?

나의 5년 후 미래는 어떤 모습일까?

나의 10년 후는 어떻게 변해있을까?

내가 나중에 할머니(할아버지)가 되었을 때는 어떤 모습일까?

우리는 모두 한 명 한 명 너무나 특별한 존재이다. 그 특별함을 발견해 세상을 빛낼 수 있는 사람은 오직 자기 자신뿐이다. 스스로를 믿고 꾸준히 도전해 특별한 나만의 삶을 살아가기를 바란다.

• • • Special thanks to

책을 쓰면서 그 순간순간 모든 순간이 정말 행복했다. 퇴근 후 집에 돌아와 아이들과 시간을 보낸 다음 아이들이 잠든 고요한 시간. 혼자 컴퓨터 앞에 앉아 키보드를 두드리며 원고를 써내려가던 시간. 내 인생에서 글을 쓰며 이렇게 행복했던 시간이 없었던 것 같다.

이 책이 나오기까지 가장 많은 도움을 준 최유진 에디터님과의 만남은 3년 전으로 거슬러 올라간다. 하루는 블로그에 의미심장한 댓글이 하나 달려 있었다.
"안녕하세요. 저는 한국의 위즈덤하우스라는 출판사에서 에디터로 일하고 있습니다. 오랫동안 블로그를 지켜봐서 팬이 되었습니다. 혹시 저와 일적인 면에서 새로운 인연이 될 수 있을까 해서 연락을 드렸습니다. 함께 책을 내서 서은진님의 이야기를 더 많은 사람들과 나누고 싶은데요. 이와 관련해 더 자세한 이야기를 나눌 수 있으면 좋겠습니다."
그렇게 그녀와의 인연이 시작되었고 한국에 갈 때마다 그녀를 만나 회포를 풀었다. 책 이야기보다는 오히려 사는 이야기에 더 집중되었던 우리의 만남. 그래서 이

책이 더 소중하고 나의 책과 함께 해준 그녀가 나에게 너무나 소중하다.
온통 빨간색으로 그녀의 피드백이 가득히 적혀 있던 나의 첫 원고.
"작가님, 글을 좀 더 생동감 있고 살아 있게 쓰시면 훨씬 좋을 것 같아요."
그녀의 피드백이 나에게 피와 살이 되어 다시 나의 진심을 담아 글을 써내려갈 수 있었다. 그리고 그녀의 지혜롭고 슬기로운 조언으로 이 책이 탄생될 수 있었다.

저녁 늦게까지 책을 쓰는 나를 보며 항상 용기와 에너지를 준 남편, 나의 보물 하준이와 범준이, 또 멀리서 항상 딸을 응원해주시는 부모님과 가장 친한 친구이자 하나뿐인 여동생 유진이, 등대 같이 듬직하고 항상 나를 믿어주는 큰오빠, 그리고 부족한 저를 응원해주고 지지해주는 많은 동료와 친구들에게 감사의 말씀을 드립니다. 마지막으로 책을 위해 함께 성장하는 응원의 메시지를 주신 분들과 이 책에 추천의 글을 써주신 분들은 모두 저의 블로그 이웃님들입니다. 한결같은 응원을 보내주시는 블로그 이웃님들, 진심으로 감사드리고 사랑합니다.
나의 모든 것을 주관하시는 하나님께 영광을 돌립니다.

327

국립중앙도서관 출판시도서목록(CIP)

걱정 마, 시작이 작아도 괜찮아 / 지은이: 서은진. — 고양
: 위즈덤하우스, 2016
　　p. ;　cm

ISBN 978-89-6086-960-8 03810 : ₩13800

산문집[散文集]

818-KDC6
895.785-DDC23　　　　　　　CIP2016017235

걱정 마, 시작이 작아도 괜찮아

초판 1쇄 발행 2016년 8월 8일 초판 2쇄 발행 2016년 8월 30일

지은이 서은진
펴낸이 연준혁

출판 1분사
편집장 한수미
책임편집 최유진 디자인 함지현

펴낸곳 (주)위즈덤하우스 출판등록 2000년 5월 23일 제13-1071호
주소 경기도 고양시 일산동구 정발산로 43-20 센트럴프라자 6층
전화 031)936-4000 팩스 031)903-3891 홈페이지 www.wisdomhouse.co.kr

값 13,800원　ⓒ서은진, 2016
ISBN 978-89-6086-960-8 03810